너를 닮은 사람

정소현 소설집

너를 닮은 사람

초판 1쇄 발행 2012년 9월 28일
초판 3쇄 발행 2018년 7월 3일
재판 1쇄 발행 2021년 10월 15일
재판 5쇄 발행 2021년 12월 1일

지은이 정소현
펴낸이 이광호
주간 이근혜
편집 이민희 최지인 조은혜 박선우 방원경
펴낸곳 ㈜문학과지성사
등록번호 제1993-000098호
주소 04034 서울 마포구 잔다리로7길 18(서교동 377-20)
전화 02) 338-7224
팩스 02) 323-4180(편집) 02) 338-7221(영업)
전자우편 moonji@moonji.com
홈페이지 www.moonji.com

ISBN 978-89-320-3906-0 03810

너를 닮은 사람

정소현 소설집

문학과지성사

차례

양장 제본서 전기

시립 도서관 정기간행물실의 삼면은 제본된 책들이 꽂힌 서가로 둘러싸여 있었다. 겹겹이 세워진 서가는 열람실 안쪽까지 깊숙이 뻗은 여러 개의 좁은 통로를 만들어냈다. 난생처음 도서관에 간 나는 어디에도 발을 들이지 못했다. 발을 잘못 들였다가는 길을 잃거나 마주치지 말아야 할 것과 맞닥뜨리게 될 것만 같은 기분이 들었다. 지난 신문들은 감색 하드보드 표지로 제본되어 열람실 안 가장 깊숙한 벽면의 서가에 꽂혀 있었다. 내가 태어난 해에 발행된 신문을 찾아 서가의 안쪽으로 들어갔다. 안쪽으로 들어갈수록 감색 표지는 점점 잿빛을 띠었고 신문의 명칭과 연도를 표시한 금박이 누덕누덕 떨어져 있었다. 나는 남아 있는 금박과 요철로 연도를 확인하며 통로를 따라 걸었다. 서가는 1988년 1월 자 신문에서 끝났다. 뒤편의 서가에는 다른 신문사에서 1987년에 발행한 신문들이 꽂혀 있었다. 20년도 안 된 신문들이 삭아가며 내뿜는 꿉꿉한 냄새에 취해 서가를 몇 바퀴 돌아보아도 1988년 이전의 신문을 찾을 수는 없었다.

출입문 옆의 데스크 주변은 드나드는 사람들로 번잡했다. 사람들은 안쪽으로 들어가 자리를 잡거나, 젊은 남자 사서에게 노란 서류 봉투를 받아 들고 밖으로 나갔다. 남자 사서는 무언가를 묻는 사람들에게 대답을 하느라 분주해 보였다. 그의 옆에는 희끗희끗한 단발머리의 여자 사서 한 명이 앉아 있었다. 코끝에 안경을 걸치고 책상에 이마가 닿을 듯 고개를 푹 숙인 채 붉은 표지의 책을 읽고 있었는데, 언뜻 보면 조는 것 같기도 해 말을 걸 수가 없었다. 사람이 잠시 뜸해진 사이 남자에게 1983년에 발행된 신문의 위치를 물었다. 남자는 20년이 지난 신문들은 모두 지하 서고에 소장되어 있다며 마이크로필름으로 볼 수 있다고 했다. 마이크로필름이 무엇인지 모르면서도 나는 고개를 끄덕였다.

며칠 자 어떤 신문이 필요하세요? 여기 이름과 주민등록번호를 적어주세요.

1983년 신문 전부 다 필요한데요. 찾아야 할 자료가 있어서요.

너무 많은 신문을 요구하는 것을 이상하게 생각할 듯해 소일거리로 보려는 게 아님을 강조했다. 그는 열람실 한쪽에서 마이크로필름과 뷰어를 가져다주었다.

서류 배부 기간이라 오후에는 사람들이 많이 오갈 테니 안쪽으로 들어가 앉아주세요.

열람실 안쪽은 입구와는 달리 한적했다. 길고 좁은 격자 창문이 나 있는 동쪽 벽면에는 나지막한 잡지대가 비치되어 있었고, 그 앞에 여러 개 놓인 6인용 책상에 사람들이 드문드문 앉아 신문이나 잡지를 읽고 있었다. 나는 평일 낮에 해가 잘 드는 도서관 창가에 앉아 잡지를 읽는 일이나 아주 높은 하이힐을 신고 사람이 없는 박물관 복도에서 또각또각 발소리를 내며 걷는 일을 동경해왔다. 그 오랜 동경 탓이었는지 도서관에서 한가하게 일상을 보내고 있는 사람들에게 질투가 났다. 그 사람들 사이에 끼어 앉는 건 아무래도 어울리지 않는 듯해 데스크 가까운 창가에 자리를 잡았다. 나는 도서관이라는 낯선 장소에서 마이크로필름이라는 엉뚱한 물건을 들고 난감해하며 1983년 1월 1일 자 신문부터 읽어나가기 시작했다. 이것이 내가 직장을 그만두고 처음 한 일이었다.

신문은 세로쓰기가 되어 있어 사회면만 읽는데도 좀처럼 진도가 나가지 않았다. 글씨를 오랫동안 들여다본 적이 없는 데다 도서관의 모든 것이 낯설어 쉽게 집중을 할 수 없었다. 데스크 뒤편에는 유리문이 달린 책장이 길게 놓여 있고 그 안에는 붉은 표지의 책들이 빼곡히 꽂혀 있었다. 남자 사서는 사람들에게 서류를 나눠주는 짬짬이 하얀 면장갑을 낀 손으로 맨 위 칸부터 책을 뽑아 운반용 카트에 차곡차곡 꽂았다. 붉은 벨벳 표지로 제본된 책의 옆면에는 사람 이름과 생몰년으로 보이는 숫자가 금박으로 새겨져 있었다. 남자 사서의 움직임은 재빨랐지만 방문객들을 상대하다 보니 책장 한 개를 비우는 데 오랜 시간이 걸렸다. 그런 분주함 속에서도 여자 사서는 책에서 눈을 떼지 않았다. 나는 폐관 시간까지 두 달분의 신문도 다 읽지 못했다. 신생아 유기 사건을 다룬 기사는 나타나지 않았다. 필름을 돌려주는데 남자가 나눠주는 노란 서류 봉투에 고딕체로 적힌 검은 글씨가 눈에 들어왔다.

합법적으로 사라지고 싶어 하는 사람들을 위한 무료 서비스

왠지 모르게 구차한 느낌이 드는 장황한 제목이었다. 나는 남자에게 물었다.

무슨 서류인데 이렇게 받아 가는 사람이 많아요?

세상에서 합법적으로 사라지고 싶어 하는 사람들을 위

한 무료 서비스 신청서예요. 2년에 한 번씩 신청을 받는 건데, 여기서만 접수하는 거라 사람이 좀 많아요. 설명해드릴까요?

남자는 행동만큼이나 재빠르게 대답하며 데스크 뒷벽에 놓인 커다란 책장을 가리켰다.

아니, 괜찮아요. 그냥 뭔가 해서요.

남자는 리플릿을 한 장 건네주었다. 무료라는 말에 잠시 솔깃했지만, 사라진다거나 합법적이라는 단어 중 어느 것에도 흥미가 생기지 않았다. 대체 왜 세상에서 사라지려 하는 건지, 사라지는 마당에 불법이면 어떻고 합법이면 어떤지 이해할 수가 없었다. 나는 가급적이면 살아서 내가 어디서 태어나 어떻게 여기까지 오게 됐는지 알고 싶었다. 나는 리플릿을 가방 속에 아무렇게나 구겨 넣었다.

엄마는 거실에 누워 있었다. 나는 엄마를 한눈에 알아보지 못하고 밟고 지나칠 뻔했다. 그즈음 나는 가끔 그런 실수를 했다. 엄마는 술에 취해 있었고 바닥에는 포도주병이 뒹굴고 있었다. 3개월 할부로 구입했던 핑크빛 실크 블라우스 앞자락에는 포도주 얼룩이 붉게 배어 있었다.

언니, 내가 저녁 차려줄게. 돈 벌어 오느라 고생했어.

엄마는 나를 죽은 이모로 착각했다. 잠에서 깨어난 엄마는 부산을 떨며 밥상을 차려 왔다. 나는 김이 모락모락 피어오르는 찌개 한 숟가락을 입에 떠 넣자마자 뱉어냈다. 찌개는 시큼하게 상해 있었다. 그런 나를 보고도 엄마는 싱글싱글 웃으며 병에 든 술을 입으로 가져갔다. 엄마의 웃는 얼굴이라면 신물이 났다. 엄마의 손에서 술을 빼앗아 개수대에 부었다. 그리고 냉장고에 남아 있는 술을 모두 찾아 꺼내 쏟아붓자 엄마가 내게 달려들어 뒤통수를 때리며 말했다.

이게 다 네년 때문이야. 네년이 다 망쳤어.

나는 엄마에게서 등을 돌린 채 싱크대를 붙잡고 가만히 서 있었다. 엄마는 숙인 내 머리와 등을 내려치고도 분이 풀리지 않았는지 종아리를 발로 여러 번 찼다. 엄마는 금세 힘이 빠져 내 어깨에 매달렸고 나는 엄마를 방으로 끌고 들어가 앉혔다. 엄마는 소리를 질러댔다.

언니, 왜 이래. 그 사람이 오면 가만둘 것 같아? 내가 이번엔 눈감아줄 테니까 문 열어.

엄마의 헝클어진 머리채를 잡아채 패대기치고 싶다는 생각이 꾸역꾸역 밀려왔다. 나는 엄마의 방문을 꼭 닫고 손끝을 향해 밀려가는 생각을 간신히 삼켰다. 엄마는 문을 열고 나오려고 안간힘을 쓰며 욕지거리를 했지만 나는 문에 등을 힘껏 기대고 서서 열어주지 않았다.

어서 자. 자꾸 떠들지 말고.

엄마는 문에 몇 번 몸을 부딪다가 금세 포기하는 것 같았다. 잠시 후 문을 열자 엄마는 바닥에 가만히 누워 천장을 멀뚱멀뚱 쳐다보고 있었다. 엄마는 나와 눈이 마주치자 아무 일 없었다는 듯 헤헤 웃었다. 하지만 나를 알아보고 그러는 게 아니라는 것을 알고 있었다. 나도 눈이 피로해 누워 있는 엄마와 장판을 분간하기 어려웠으므로 서럽거나 억울할 일도 아니었다.

엄마가 처음부터 나를 못 알아봤던 건 아니다. 처음에는 아주 가끔 나를 다른 사람으로 착각하거나 자기가 무엇을 했는지 잊는 정도라 그다지 심각하게 생각하지는 않았다. 의사는 장기간의 음주로 인해 나타나는 기억력 장애라며 앞으로 점점 더 심해질 테니 초기에 입원 치료를 하라고 권유했다. 우리가 가진 돈은 월세방 보증금뿐이었고 내가 받는 월급으로는 간신히 생활을 유지할 정도였기에 입원은 엄두도 못 냈다. 엄마는 자기 의지로 술을 끊을 수 있다고 큰소리를 쳤고, 나는 그 말을 믿지는 않았지만 당장 돈이 안 들어간다는 데 혹해 믿는 체했다. 그러나 엄마에게선 노력하는 기색이 전혀 보이지 않았다. 얼마쯤 예상한 일이었기에 화가 나지도 않았다. 얼마 지나지 않아 엄마는 점점 더 많은 것을 기억하지 못하게 됐고, 나를 알아보지 못하는 시간도 길어졌다. 어느 날 아침밥을 차려주고 출근하는 내게 엄마는 말했다. 아가씨는 왜 나한테 이렇게 잘해줘? 그 후 엄마는 두 번 다시 나를 알아보지 못했고 내게 언니, 아줌마, 아가씨 등 여러 호칭을 붙여주었다. 그리고 집 밖으로 거의 나가지 않았다. 그런 상황이 나쁘지만은 않았다. 나돌아 다니지 않는 엄마 덕택에 생활비가 3분의 1은 줄었다. 엄마가 12개월 할부로 구입한 모피코트 말고는 카드 대금이 더 이상 청구되지 않았기에 나는 처음으로 저축을 시작했다. 엄마가 외상으로 받아 오는 술값 정도는 그동안 엄마가 쓴 것에 비하면 푼돈에 지나지 않았다. 월세와 약간의 생활비를 뺀 나머지 돈을 1년 정도 저축해 목돈을 조금 모은 뒤 직장을 그만두었다.

일을 했던 건 노동의 기쁨이나 자아 성취 같은 거창한 이유가 아니라 내가 벌지 않으면 굶을 수밖에 없다는 단순한 이유 때문이었다. 이혼 후 엄마는 집 안에 틀어박혀 술만 마셨다. 그러다가 한번 나가면 오랫동안 돌아오지 않았다. 여기저기서 빌린 돈으로 생활을 해야 했음에도 엄마의 씀씀이는 점점 커졌다. 결국 내가 중학생이 되던 해 아빠가 양육비로 남긴 20평짜리 주공아파트를 팔아 빚을 청산했다. 나를 버리지 않는 것이 의아할 정도로 엄마는 내게 관심이 없었다. 중학생 때 나는 자주 굶었고, 방학 동안에는 패스트푸드점에서 아르바이트를 했다. 학비를 마련할 길이 없는 나를 딱하게 여긴 선생님의 추천으로 장학금을 주는 여자 실업고등학교 야간반에 진학했다. 낮에는 남자 고등학교 매점에서 아르바이트를 했고 방학 동안에는 갈빗집에서 음식을 날랐다. 남자아이들은 나를 빵순이라고 불렀고 주방 아줌마들은 막내라고 불렀다. 고등학교를 졸업하기 전에 변두리 공단 지역에 있는 중소 의류 회사에 취직을 했다. 그곳에서 전산 작업과 복사를 하고 커피를 타는 '김양'으로 6년을 보냈다. 사흘에 한 번 꼴로 야근을 하고 일주일에 한 번 철야를 하며 창고의 재고를 체크했다. 월급만으로 부족할 때가 많았기에 주말에는 예식장 도우미 아르바이트를 했다.

네가 돈을 벌어다 줘서 너무 기뻐. 힘들어도 어떡하겠니. 이만큼 키워준 보답은 해야 사람이지. 내가 돈을 벌자 엄마는 그제야 관심을 보였다. 월급날이면 밥도 지어주고 퉁퉁 부은 다리를 주물러주었다. 월급은 모두 엄마의 카드 대금과 생활비 명목으로 쓰는 용돈으로 들어갔다. 내 수중에 남는 돈은 거의 없었고 생활도 전혀 나아지지 않았지만, 그래도 월급날이 가장 즐거웠다. 아빠가 사우디아라비아에서 편지를 보내오던 시절만큼이나 행복했다. 엄마가 기억을 잃자 경제적 고통이 사라진 동시에 한 달에 한 번 찾아오던 알량한 행복도 함께 사라졌다. 내가 누구인지 알아보지도 못하는 엄마를 위해 더는 돈을 벌고 싶지 않았다. 6년 동안 결근이나 조퇴 없이 열심히 일했던 내가 예고도 없이 사직서를 내자, 상사도 직원들도 그만두는 이유를 슬쩍 물어볼 뿐 붙잡으려 하지는 않았다. 사람들은 복권이 당첨되기라도 했느냐, 시집을 가게 된 거냐 하면서 새로운 인생이 나를 기다리고 있을 거라고 추측하며 내 앞날의 행운을 빌어주었다. 나는 새로운 인생을 시작하는 것은 고사하고, 그 낡아빠진 인생을 어찌하면 좋을지도 알지 못했다.

출근할 때보다 한 시간 늦게 일어나 천천히 도서관을 향해 걸었다. 아무리 늑장을 부리며 걸어가도 열람 시간까지는 30분 이상 기다려야 했다. 도서관 정원 벤치에 앉아 샌드위치와 캔 커피로 아침을 때우며 묵직해 보이는 가방을 짊어지고 지나가는 늙수그레한 학생들을 바라보았다. 그들의 다 뜨이지 않는 눈은 통근 버스 안에서 선 채로 잠들던 사람들의 눈보다는 생기 있어 보였다. 사서들은 8시 40분쯤 출근을 했고 9시가 못 돼 열람실 문을 열어놓았다. 나는 1983년의 마이크로필름과 뷰어를 빌려 도서관 안쪽 창가에 자리를 잡았다.

이른 시간, 무서울 정도로 조용한 그곳에 혼자 앉아 있자니 세상에 혼자 남겨진 듯한 기분이 들었다. 그런 기분을 몰아내기 위해 마이크로필름을 읽는 일에 몰두했다. 시간이 지날수록 세로쓰기에도 익숙해지고 헤드라인과 기사 첫머리만 읽으면 된다는 것을 깨달았기에 닷새 만에 1년분의 신문을 모두 읽을 수 있었다. 내가 본 신문 어디에도 신생아 유기 사건 같은 건 기록되어 있지 않았다. 그런 기사가 없다는 사실에 안도감을 느끼기는커녕 오히려 불안한 마음만 커졌다. 1983년에 다른 신문사에서 발행한 신문까지 읽기 시작했다. 거기서도 발견하지 못한다면 1982년에 발행된 신문들까지 찾아 읽을 생각이었다. 일이 복잡하게 된 건 엄마 때문이었다. 내 주민번호는 83으로 시작하지만 엄마는 자기 편의에 따라 내가 태어난 해를 1982년이라고 했다가 1983년이라고도 했다. 앞뒤가 맞지 않는 엄마의 말을 지적하면 엄마는 화를 냈다. 아, 몰라몰라. 그런 게 뭐가 중요해? 엄마가 거짓말을 하는 건지 기억을 못 하는 건지 나로서는 정말 알 수가 없었다.

도서관이 익숙해질 무렵 두 사서들은 매일 가장 먼저 찾아와 마이크로필름을 빌리는 내게 알은체를 했다. 정기간행물실에 한곳에 오랫동안 앉아 있는 나 같은 사람은 드물었다. 대개 서류를 받으러 방문하는 사람들이었고, 열람자들은 신문이나 잡지를 읽다가 금세 자리를 떴다. 남자 사서는 서류를 받으러 온 사람들의 질문에 답하며 책을 정리하느라 계속 분주했지만, 대조적으로 여자 사서는 한가해 보였다. 붉은 표지의 책만 계속 읽다가 가끔 컴퓨터에 무언가를 입력하는 일이 다였다. 폐관 시간이 다가오고 사람들이 모두 나가자 남자 사서는 화장실에 다녀오는 내게 커피를 한 잔 건넸다. 여자 사서는 날마다 신문을 그렇게 열심히 들여다보는 이유가 무언지 물어왔다. 대답을 듣기 위한 질문이 아닌 듯해 그저 기사를 찾고 있다고 대답했다. 그녀는 자신이 나를 도울 수 있을 거라고 했다.

제 일이 여기에 제본된 것들의 내용을 기억하는 거니까 도움이 될 수 있을 거예요. 예전엔 신문이나 잡지의 내용까지도 담당했는데 그건 이제 컴퓨터가 하고, 지금은 저 양장 제본서의 내용들만 기억해요. 뭐, 비인간적인 처사에 대한 인간적인 뭐라나…… 여하튼, 1998년 이전의 신문 기사는 모두 기억하고 있으니까 도울 수 있을 거예요.

그 많은 사건을 어떻게 기억하세요? 자기 식구도 기억 못 하는 사람이 있는데. 그런 게 가능한가요?

그럼요. 그게 내 일인걸. 사실 일어나는 사건의 종류는 몇 가지 안 돼요. 시간, 장소, 사람만 바뀔 뿐이지 다 똑같은 일들의 반복이니까 별거 아니지요. 사실 나도 가끔 내 이름이나 집 전화번호를 깜빡깜빡하는 사람인데요 뭐. 자식 이름도 까먹곤 한다니까.

우리의 깔깔거리는 웃음소리가 아무도 없는 열람실의 서가 속으로 퍼져 들어갔다. 나는 마치 도서관의 일원이 된 듯한 기분에 마음이 울컥했다.

혹시 1982년이나 1983년에 있었던 신생아 유기 사건을 알고 계세요?

그녀는 아주 잠깐 심호흡을 하더니 단호한 말투로 대답했다.

그런 사건은 없었어요. 신생아 유기 사건이 처음 등장한 게 1988년이에요. 1990년대엔 공중변소나 물품 보관함, 쓰레기 하차장 같은 곳에 버려지는 애들이 많았어요. 하지만 1980년대 초반이라면 분명히 없어요. 찾아봐도 안 나올 거예요.

찾는 이유를 캐묻지 않는 그녀에게 고마운 마음이 들긴 했지만, 그녀의 기억력을 믿을 수 없었다. 그 후 며칠간 1982년에 발행된 신문의 마이크로필름을 빌려 기사를 찾아보았지만, 그녀의 말처럼 신생아 유기 사건에 대한 기사는 찾을 수 없었다.

1982년 혹은 1983년, 그때 아직 나는 태어나지 않았다. 여인숙이 즐비한 뒷골목, 쓰레기 봉지의 터져나간 부분으로 비둘기들이 꾸역꾸역 몰려들었다. 내 친어머니, 그때에는 누군가의 딸이기만 했던 소녀는 골목에서 풍기는 시큼한 냄새에 헛구역질을 하면서 제 또래의 여고생에게서 빼앗은 흰 농구화에 쓰레기에서 흘러내린 물이 튈까 깨금발로 골목을 빠져나갔다. 소화가 안 돼서 정말 미치겠어. 30분 간격으로 칭얼대는 소녀 때문에 잠을 설친 내 아버지일지 모르는 남자 중의 하나는 약국이나 가보라며 버럭 소리를 질렀고, 동이 트자마자 소녀는 여인숙 근처 약국을 찾았다. 소녀는 내가 잉태된 줄도 모르고 훼스탈 두 알을 활명수와 함께 털어 넣었다. 그러고도 속이 편치 않자 끼니때마다 꼬박꼬박 약을 챙겨 먹었다. 그러나 나는 결코 소화되지 않았고, 기어이 태어났다. 그리고 곧 공중변소의 쓰레기통에 버려졌다. 몸에 더러운 휴지가 덕지덕지 붙은 채 청소부에게 발견되었을 때, 나는 용케도 살아 있었다. 의사가 궁둥이를 아무리 때려도 눈을 꽉 감은 채로 울지 않았다. 눈물을 아낀 나의 탄생은 다음 날 자 조간신문의 사회면에 기록되었다.

이것이 엄마가 말해준 내 출생의 전모였다. 아빠가 집을 나간 뒤, 엄마는 밤마다 팔베개를 해주고 동화를 읽듯 옛날이야기를 해주었다. 엄마는 한 불량한 소녀의 이야기를 시작했고 그 소녀의 이야기에 점점 살을 붙였다. 나는 그 이야기가 무서워 눈을 꽉 감고 잠든 체했지만 엄마는 이야기를 멈추지 않았다. 아빠가 잠시 돌아와 짐을 싸 들고 우리 곁을 영영 떠나던 날 엄마의 이야기는 완성되었다. 엄마는 무릎을 베고 누운 내 머리를 쓰다듬으며 말했다. 그건 네 엄마 이야기야. 나는 네 친엄마가 아니야. 이렇게 될 줄 알았다면 널 데리고 오지 않는 건데.

엄마의 손이 머리 위로 무겁게 내려앉았다. 나는 엄마의 이야기를 절반도 이해하지 못했고 믿지도 않았으면서도 거짓말이지? 거짓말이지? 하며 되물었다. 내 물음이 울음으로 바뀌고, 그 울음이 멈출 때까지도 엄마는 아무 대답 없이 내 머리만 쓰다듬었다. 흐느낌이 완전히 멈추고 나자 그녀는 내게 대답했다. 거짓말이라면 얼마나 좋겠니.

그리고 나를 향해 이를 하얗게 드러내고 웃었다. 그날 이후 나는 울지 않게 되었다. 다만 어쩐지 화장실이 편안하게 느껴졌던 이유를 알 것 같았다. 결국 엄마와 아빠는 이혼을 했고, 더 이상 엄마는 팔베개도 이야기도 해주지 않았다. 엄마의 이야기를 믿을 수가 없었지만 그게 사실인지 굳이 확인하고 싶지는 않았다. 중학교에 진학할 때 제출했던 주민등록초본에는 내가 아빠의 친자로 기록되어 있었다. 나는 그것만 믿기로 했다. 아빠가 나를 데리고 가주기를 바랐지만 아빠는 두 번 다시 되돌아오지 않았다.

집에는 온통 불이 켜져 있고 텔레비전도 켜져 있는데 엄마가 보이지 않았다. 피로한 눈을 비비고 자세히 보니 엄마는 안방의 벽에 기대어 앉아 있었다. 아이비 덩굴이 수놓인 엄마의 티셔츠는 벽지의 문양 사이에 파묻혀 있었고 엄마의 얼굴은 오래된 벽지처럼 누렇게 찌들어 있었다. 밤이 되자 엄마는 내 방으로 건너와 내 옆에 누웠다. 내가 누구인지도 모르고 내 옆을 파고들었다.

엄마, 영지는 1983년에 태어난 게 맞아?

엄마는 눈을 위로 치뜨며 곰곰이 생각하더니 대답했다.

음…… 영지…… 가만있자…… 그게 누군데? 근데 말이야, 대경 씨는 언제 와?

엄마가 붉은 양장 제본서가 되어 도서관 책장에 꽂히는 것을 떠올렸다. '합법적'이라는 말이 왜 쓰였는지 알 것 같았다. 나는 엄마에게 이불을 덮어주며 말했다.

당신 전 남편? 오늘은 그 사람 생일이라 부인하고 아들하고 저녁을 먹었다더라. 아들이 벌써 고등학생인데, 지 아빠 판박이더라니까.

엄마는 일어나 앉더니 내 뺨을 철썩 내리쳤다.

다 언니 때문에 이렇게 된 거야. 그 사람 돌아오기 전에 우리 집에서 나가.

나는 못 들은 척하고 말했다.

사우디에서 죽은 사람이 어떻게 돌아와? 기억 못 하나 본데, 철골에 깔려 죽었어. 절대 안 돌아와. 바보같이 그걸 몰랐구나.

나는 거리낌 없이 그렇게 말할 수 있는 내 자신이 꽤나 마음에 들었다. 앞뒤도 맞지 않는 거짓말에 엄마는 마치 아빠가 죽은 것처럼 슬퍼했다. 아빠에 대한 엄마의 이상스러운 집착을 이해할 수 없었다. 네 아빠 잘못이 아니야. 엄마는 입버릇처럼 말했지만, 나는 수긍할 수 없었다. 우리를 버린 건 아빠였으니까.

내가 아빠를 마지막으로 만난 건 중학교의 첫 여름방학이 시작되기 직전이었다. 엄마가 집을 오래 비워 빈집에서 홀로 생활하는 날이 많았다. 엄마, 학교에 보충수업비도 내야 하고 쌀도 떨어졌어. 이거 들으면 꼭 전화해줘. 호출기에 아무리 녹음을 해도 엄마는 답하지 않았고 며칠 동안 돌아오지 않았다. 나는 점심으로 2백 원짜리 옥수수빵을 사 먹고 저녁엔 백 원짜리 우리집라면을 끓여 먹었다. 주머니엔 회수권밖에 남지 않았다. 도움을 줄 친척도 없었고, 자주 이사를 다녀 아는 이웃도 없었기에 아빠를 찾아갈 수밖에 없었다. 새카맸던 아빠의 얼굴은 뽀얗게 변했지만 나는 쉽게 알아볼 수 있었다. 아빠는 손을 흔드는 나를 처음 보는 사람인 양 유심히 살폈다. 이런, 너무 자라서 못 알아봤

네. 아빠는 초코우유에 빨대를 꽂아 내게 주고 벤치에 앉았다. 나한테는 널 부양할 법적인 책임이 전혀 없어. 양육비도 다 줬거든. 더 도움을 못 줘서 미안하구나. 너한테 지금 돈을 조금 주는 건 어렵지 않은데, 그건 좋지 않은 습관을 들이는 거야. 너한테 좋을 게 없어. 내겐 좋은 습관보다 푼돈이 중요하다는 걸 아빠가 알 리가 없었다. 난처한 표정의 아빠에게 더 이상 아무 말 하지 않고, 집으로 오는 버스를 서둘러 탔다. 고맙게도 아빠는 버스가 떠날 때까지 제자리에 서서 손을 흔들어주었지만, 나는 그런 것에 감동받는 어린이가 아니었다. 쓸데없이 써버린 회수권 두 장과 함께 아빠를 버렸다. 회수권 쪽이 조금 더 아까웠다.

술에 취해 비틀거리며 들어서는 엄마에게 나는 다짜고짜 말했다. 아빠는 개아들놈이야. 엄마는 들고 들어온 쇼핑백을 내팽개치고 청소기 연장 봉을 뽑아 내 엉덩이를 때렸다. 버르장머리 없는 년, 근본도 모르는 년. 엄마는 개처럼 으르렁댔다. 아빠는 개아들놈이야, 내 입이 더러워질까 봐 개새끼라곤 말 안 해. 나는 더 크게 말했다. 때리다 지친 엄마는 왜 그러느냐고 물었지만 나는 아빠를 만난 것을 말하지 않았다. 아빠는 잘못이 없어. 다 우리 탓이야. 나는 나까지 끌어들이는 엄마에게 몹시 화가 났다. 엄마는 백화점 쇼핑백에서 내 옷 몇 벌과 그땐 필요도 없었던 체크무늬 브래 지어를 꺼냈다. 교복을 입어서 옷은 필요 없는데. 나는 엄마에게 보충수업비를 달라고 했다. 어머, 미안해. 돈은 없어. 엄마가 대답은 그렇게 했지만 정말 미안해하는 것 같지는 않았다.

나는 마이크로필름 두 장과 얇은 영화 주간지 한 권을 꺼내 들고 정기간행물실 안쪽 창가에 앉아 하루를 보냈다. 마이크로필름만 보면 마음이 갑갑해졌으나 그것 말고는 딱히 할 일이 없었다. 서가의 통로 깊숙한 곳까지 미끄러져 들어가는 햇빛의 움직임에 눈을 고정한 채 가만히 앉아 있었다. 통로로 몰려가는 공기의 흐름과 종이 삭아가는 소리가 기분 좋게 귀를 간질였다. 도서관은 내가 머물렀던 어느 곳보다도 편안해, 세상에 혼자 남겨질 거라면 그 자리에 남아 영원히 아무에게도 발견되고 싶지 않았다. 집에 오는 길에 남자 사서에게서 서비스 신청서를 한 부 받아 넣으며 물었다.

이건 죽는 것과는 다른 거겠지요?

그럼요. 고달픈 삶을 사는 사람이라면 죽음을 생각해볼 수 있지요. 하지만 죽는다는 건 여간 어려운 일이 아니잖아요. 그러니까 자살 도우미니 증발 브로커니 하는 범법자들이 있는 게 아니겠어요. 이 서비스는 개인의 기억을 추출해 내 양장 제본서로 남기는 방식을 채택했습니다. 추출된 기억은 표지 속의 칩에 이식되고, 동시에 책으로 기록되어 허가한 대상에 한해 열람이 가능하게 되죠. 몸은 사라지지만 정신은 제본된 기억 속에 머물게 되는 거지요. 예전에는 기술 부족으로 기억을 모두 남겼는데 2001년부터는 머물고자 하는 기억을 선택할 수 있습니다. 도서관에서는 그 기억의 내용까지 데이터베이스화해서 영원히 보존해주고요. 정부에서는 이것만 합법화했습니다. 기업에서 하는 유사한 처방들은 사실 다 불법이에요.

그는 자동 응답기처럼 능숙하게 대답했다. 그러고는 즉흥적인 생각이라면 그만두는 게 좋을 거라고 했다. 신청을 해서 특별한 경우가 아니면 대체로 통과하지만, 그래도 이십대가 통과될 확률은 그다지 높지 않으니 큰 기대는 하지 말라고도 했다.

엄마는 아무것도 먹지 않았고, 나는 도서관과 집만을 오갔기에 생활비가 거의 들지 않았다. 퇴직금이 다 떨어지면 아르바이트라도 하려고 했지만 그 상태라면 한동안은 문제없을 듯 했다. 식사를 좀 하라는 내 말에 엄마는 그냥 놔두라며 날뛰었다. 엄마는 많이 쇠약해져서 나를 때려도 전혀 아프지 않았다.

잘됐네. 남편은 당신이 굶어 죽길 바라던데.

나는 그런 말을 일상적으로 내뱉었고 어떤 죄책감도 느끼지 않았다.

거짓말이지? 그렇지?

엄마는 눈을 번득이며 내게 달려들었다.

거짓말이라면 얼마나 좋겠어.

나는 엄마를 향해 활짝 웃었다. 엄마는 내게 매달리며 훌쩍거렸다.

자꾸 울지 말고, 나를 좀 기억해봐. 그러면 그만둘게.

나는 엄마를 매몰차게 밀어냈다. 끝내 엄마는 나를 단 한 순간도 기억하지 못했다. 나는 가져온 서류의 신청인 칸에 엄마의 이름을 써넣었다. 서류에는 신청인의 일대기, 신청 이유, 남기고 싶은 기억을 써넣는 공란이 있었다. 그것을 채워 넣는 것이 엄마가 나를 기억하게 하는 일보다 쉬울 것 같았다.

엄마가 나를 알아보지 못하는 것처럼 나도 엄마를 점점 알아보지 못하게 됐다. 나는 벽과 엄마를, 장판과 엄마를 구분하지 못했다. 가끔 누워 있는 엄마의 다리를 밟거나 머리카락을 밟았다. 밟고서도 밟은 줄을 모르고 지나쳤다. 엄마는 집 안 어디에도 없는 것 같았지만 어느 곳에서나 나타났다. 엄마는 반쯤 잠든 내 머리를 슬며시 쓰다듬으며 내 미래에 대한 이야기를 하기 시작했다.

너는 외롭고 쓸쓸하게 늙어갈 거야. 나도 곧 너를 떠날 거고, 아무도 너를 쳐다봐주지 않을 거야.

귀를 막아도 엄마는 알아듣지 못할 말로 속삭였다. 나는 견디다 못해 엄마를 집에서 끌어내려고 했지만 그럴 때마다 엄마는 손에서 빠져나가 집의 어딘가로 스며들었다. 눈에 띄면 잡아보려고 안간힘을 써봐도 엄마를 잡을 수 없었다. 엄마는 쉽게 내 눈에 띄지 않았다. 서류 신청 마감이 가까워오고 있었지만 나는 서류의 빈칸을 하나도 채워 넣을 수가 없었다. 생각해보니 엄마에 대해 아는 것이 거의 없었다. 내 손에 몇 차례 잡혀 실랑이를 벌였던 엄마는 더 이상 내 앞에 모습을 드러내지 않았다. 보이지도 않는 엄마를 제본하는 것은 불가능하며 무의미한 일이기도 했다. 결국 나는 또 버려졌고, 출생 또한 미궁 속에 빠진 채 그대로 멈춰버렸다. 그다지 새로울 것도 없는 일이었으므로 슬프지는 않았다. 견딜 수 없이 지겨웠을 뿐이다.

나는 간단하게 짐을 챙겼다. 다시는 집으로 돌아가지 않을 생각이었다. 엄마를 위해서라면 월세나 생활비 한 푼도 내고 싶지 않았다. 어차피 내가 엄마의 호적에 들어가 있는 것도 아니고 내 명의로 빌린 집도 아니니 주인이 찾더라도 모르는 일이라고 시치미를 떼면 그만이다. 장롱에서 우표책과 앨범을 꺼내 가방에 넣었다. 그때까지 잠자코 있던 엄마는 부엌 벽에서 튀어나와 내 가방을 붙잡고 늘어졌다. 자꾸만 가방으로 달려드는 엄마를 밀쳐내고 집에서 빠져나왔다. 우표책과 앨범은 나에게도 행복한 날들이 있었다는 증거물이었으므로 양보하고 싶지 않았다.

내가 태어났을 때 아빠는 사우디아라비아에서 일을 하고 있었다. 내가 아빠와 전화 통화를 할 수 있게 된 무렵부터 아빠는 일주일에 한두 번씩 편지를 보냈다. 엄마가 읽어주던 편지는 늘 사랑한다는 문장으로 끝났다. 아빠는 글을 못 읽는 나를 위해 사진을 동봉했다. 하늘이나 사막, 시장 풍경이나 아빠의 숙소가 찍힌 사진을 앨범에 소중하게 붙였다. 엄마는 아빠가 사진작가가 될 거라고 말했다. 엄마가 편지 봉투에 밥솥의 김을 쐬어 우표를 감쪽같이 떼어내면, 나는 우표를 우표책에 끼워 넣었다. 항만이나 오아시스 혹은 유적을 배경으로 콧수염을 기르고 하얀 구트라를 뒤집어쓴 왕의 얼굴이 그려진 우표는 점점 늘어갔다. 나는 왕의 콧수염이 보기 싫어 아빠가 빨리 돌아오기를 바랐다. 잠시 돌아왔다 떠나곤 했던 아빠는 우리에게 니콘 카메라를 사주었다. 나는 캐러멜처럼 검게 반짝이는 아빠의 얼굴이 낯설고 무서워 사진을 찍지 않으려고 도망 다녔다. 아빠가 떠나면 다시 그리워했다. 엄마는 밤이면 편지를 읽어주거나 아빠가 주인공으로 활약하는 아라비안나이트를 들려주었다. 맑은 날에는 마당이나 놀이터, 방 안에서 사진을 찍어 아빠에게 보냈고, 남은 사진을 앨범에 끼워 넣고 날짜를 써 넣었다. 초등학생이 되던 해 아빠는 영구 귀국했다. 아빠가 찍은 사진을 더 모을 수 없는 것과 잠자리에서 엄마의 이야기를 들을 수 없다는 게 아쉬웠지만 나는 아빠를 기쁘게 받아들였다. 그러나 아빠는 얼마 지나지 않아 집을 영영 떠나버렸고, 그날 밤부터 엄마는 내 귀에 무서운 소녀의 이야기를 속삭이기 시작했다.

집을 나와 서울 중심에 있는 본적지에 찾아가 호적등본을 뗐다. 나는 여전히 아빠의 딸로 기록되어 있었고 호적에 나 말고는 아무도 들어 있지 않았다. 아빠의 집을 찾는 데는 두 시간이 채 걸리지 않았다. 그는 시의 외곽에 있는 동네에서 작은 사진관을 운영하고 있었다. 나는 미적거리며 사진관과 버스 정류장 사이를 여러 번 오갔다. 사진관 문을 열고 들어가자 앞머리가 갓 벗겨지기 시작한 깡마른 남자가 라디오를 듣고 있었다. 그는 내가 필름을 찾으러 간 손님인 줄 알았는지 이름을 물었다. 내 이름을 말하자 그는 놀란 표정과는 어울리지 않게 차분하고 매끄러운 목소리로 말했다.

오, 영지구나. 영 다른 사람 같아 못 알아봤네. 여긴 어떻게 알고 찾아왔어?

혹시라도 보고 싶어 찾아갔다거나, 내가 어린 시절 그랬던 것처럼 돈이 필요해 찾아간 것으로 오해할까 싶어 계획에도 없는 말을 꺼냈다.

놀라실지도 모르지만, 엄마가 집이 돼버렸어요.

요즘 같은 세상엔 책상이 되기도 하고, 신발장이 되기도 하고, 이름조차 안 남기고 완전히 사라지는 사람들도 허다한데 그런 것에 비하면 네 엄마는 괜찮은 편 아니냐?

그는 내게 의자와 찬 음료를 내주며 무심하게 대답했다. 그런 태도에 나는 기분이 상했다.

그렇게까지 미워할 필요가 있어요? 헤어진 지도 오래됐는데……

너는 말이다, 딴생각 하지 말고, 잘 지켜봐. 집 어딘가에 그냥 숨어서 집이 된 척하고 있는 건지도 모른단 말이지. 그 정도 거짓말쯤은 거뜬히 할 수 있는 사람이니까.

저도 엄마의 거짓말이 지겹기는 마찬가지예요. 하지만, 설마, 그런 걸 속일 수 있다고 생각하세요?

설마 하다가 속는 거다. 내가 바보라서 속은 게 아니야. 내 애를 가졌다고 속이고 결혼까지 한 여자인데 무슨 말이 더 필요하겠니?

엄마와 아빠가 함께 입양을 했을 거라고 혼자 추측했던 것과는 달리 엄마가 아이를 가졌다는 사실은 조금 희망적이었다. 나는 마치 다 알고 있는 것처럼, 그때 그 아이가 나라는 백 퍼센트의 믿음을 가지고 있는 것처럼 말했다.

저도 알아요. 그런데 무얼 속으셨다는 건지…… 혹시 제가 아빠 아이가 아니란 거예요?

그는 난처한 얼굴로 나를 물끄러미 바라보았다.

아직 모르고 있었던 거니?

그는 말을 꺼낼 듯 입술을 열었다 다물기를 여러 번 반복한 후에야 간신히 말을 꺼냈다.

분명 네 엄마가 말했을 거라고 생각했는데 아닌가 보구나. 애를 배지도 않은 여자가 어떻게 애를 낳겠니? 내가 헤어지자고 하니까 아이가 생겼다며 필사적으로 붙잡더구나. 배가 불러오기도 전에 사우디로 떠밀 때부터 의심을 했어야 했는데, 어쨌건 나는 돈 부치느라 사막에서 청춘을 다 보내고 인생은 엉망이 되었지 뭐냐.

나는 고개를 끄덕거리며 담담하게 앉아 있었다. 한동안 침묵이 흘렀다. 아빠는 빈 필름 통을 만지작거리며 내 얼굴을 간간이 쳐다보았다.

중요한 건 아닌데, 궁금한 게 하나 있어요. 저는, 누구예요?

글쎄 모르겠다. 오래돼서 기억이 안 나. 엄마나 이모한테 물어보는 게 빠를 거다. 어쨌든 너는 내 핏줄이 아니야.

이모는 이미 죽었고 엄마는 집이 되었으니 더는 물어볼 곳도 없었다. 난 그의 분노를 이해할 수 있을 것 같기도 했다. 그러나 그의 말을 있는 그대로 믿을 수 없었다. 책임을 다하지 못한 죄책감을 덜어내기 위해 그가 꾸며낸 이야기일 수도 있었다. 나로서는 아빠라는 사람이 정직한지 어떤지 알 수 없었다. 어쨌든 아빠와 같은 핏줄이 아니라는 말을 들으니 이리저리 엉켜버린 끈을 툭 잘라내버린 것처럼 홀가분한 기분이 들었다.

제 의지와는 관계없던 일이지만, 인생을 망쳐드려, 죄송해요.

그의 옹졸함이 마음에 걸려 진심으로 미안하지는 않았지만 사과하는 편이 마음이 편할 것 같았다. 그러자 그는 당황한 듯 크게 손사래를 쳤다.

네 잘못이 아니니까 그런 소리는 하지 마라. 지금 이렇게 사진관이라도 하고 있으니까 괜찮아. 그래도 사우디에 있을 때 너 때문에 견딜 수 있었는데…… 이렇게 돼 정말 미안하다.

그는 애꿎은 필름 통만 찌그러뜨리며 바닥을 한참 내려다보더니 증명사진을 찍어주겠다고 했다. 나는 그냥 가겠다고 했지만 그는 조명을 켜고 기어이 나를 스튜디오 의자에 앉혔다. 나는 정면을 보며 억지웃음을 살짝 지었고 그는 내 표정이 좋다며 셔터를 여러 번 눌렀다. 터지는 플래시에 눈이 시큰거렸다. 그는 며칠 후에 사진을 가지러 꼭 들르라며 자리에서 일어서는 내 등을 토닥였다.

나는 세상에서 합법적으로 사라지기로 했다. 여기 있으나 없으나 매한가지라면 사라지는 편이 훨씬 경제적이다. 신청 서류를 작성하는 데 생각보다 오랜 시간이 걸렸다. 나의 일대기를 쓰는 부분을 먼저 메워나갔다. 쓰다 보니 내 삶이 그다지 불행하지도 않고 너무 평이해서 탈락될지도 모른다는 생각이 들었기에 쓰레기통에서의 출생을 끼워 넣었다. 이상하게도 그 장면은 내가 실제로 겪은 일들보다 더 생생하게 떠올랐다. 제본되어야만 하는 당위성에 대해 몇 가지가 생각났지만 경제적 이유라고 간단하게 적었다. 남기고 싶은 기억을 선택해 적는 게 가장 어려웠다. 가능하면 행복한 기억 속에 머물고 싶었다. 그런 순간을 떠올려봤지만, 그것은 나쁜 기억을 불러일으키는 도화선에 지나지 않았다. 나는 기억의 대부분을 삭제하고 도서관 창가에 앉아 보낸 시간만을 남기기로 했다. 서류를 작성하는 일주일 동안 마치 오래전부터 제본되기를 꿈꿔온 사람처럼 마음이 들떠 있었다. 나는 마지막 날 마감 시간에 맞춰 접수를 마쳤다.

남자 사서는 3천 명 이상 신청서를 받아갔지만 신청자는 2천 명쯤 되는 것 같다고 했다. 이틀 후 신문에 이 서비스에 대한 특집 기사가 실렸다. 나는 이 서비스에 대한 찬반론이나 사회학적 분석 같은 긴 글은 제쳐두고 신청자 통계만을 눈여겨보았다. 실직자나 노숙자가 IMF 때보다도 많았고 늘 그래 왔듯 실연을 당하거나 배우자를 잃은 사람, 사는 게 이유 없이 싫다는 청소년도 다수였다. 다른 해와 다른 건 칠십대 이상의 노인이나 삼십대 초반의 취업 준비생들이 눈에 띄게 많아졌다는 점이었다. 의외로 시한부 환자들이나 장애인이 신청을 한 경우는 아주 드물었다. 나는 다른 사람들에 비해 자격이 턱없이 부족한 게 아닐까 하는 생각이 들었다. 한번 탈락하면 다시 기회는 주어지지 않는다고 했기에 초조했다. 떨어진다면 무엇을 하며 살아야 할지 막막했다.

나는 매일 도서관 정기간행물실 구석, 정원이 보이는 창가에 앉아 신문을 뒤적이며 발표를 기다렸다. 1차 서류 전형 합격자는 사흘 만에 발표가 났다. 서류상의 부적격자만을 추려내는 일이라 오래 걸리지 않았다. 그중 3분의 2가 1차 서류 전형에 통과했다. 나도 합격자 명단에 끼어 있었다. 서류 심사에 통과한 사람들 중 이십대는 백 명도 되지 않는다고 했다. 젊은 사람들은 대체로 서류 심사에서 탈락했다. 그들이 살아 있을 경우의 이익이, 사라질 때에 발생하는 손실보다 더 크다는 이유였다. 1차 합격자들의 신원조회를 하는 데 닷새가 더 걸렸고, 그 과정에서 3분의 1 정도가 탈락했다. 부도를 내고 도피하려는 사람이나 막대한 빚을 진 사람처럼 남에게 피해를 주는 유형과, 작성한 서류의 내용과 실질적 내용이 전혀 달라 범죄로 이용할 가능성이 의심되는 유형이었다. 최종적으로 8백여 명이 남았고 나는 그중 221번째였다. 하루에 30명씩 제본이 진행된다는 공고가 붙었다. 나는 여드레째 날의 명단에 들어가 있었다.

최종 발표가 있던 날 나는 잠시 집에 들렀다. 엄마가 보고 싶다거나 집에 미련이 있어서 갔던 것은 아니다. 현관은 굳게 잠긴 채 열리지 않았다. 골목을 향해 나 있는 창문을 겨우 열어, 들고 나왔던 앨범과 우표책을 집 안으로 던져 넣은 뒤 옆집 대문 앞에 한동안 앉아 있었다. 얼마 후 창문이 슬그머니 닫히더니 집이 조금씩 흐느끼듯 진동하는 것 같았다. 집 안에서는 아무 기척이 없었지만 나는 엄마가 이미 집이 되었으리라 짐작했다.

제본될 순서를 기다리는 동안 도서관과 찜질방을 오갔다. 작별 인사를 할 사람을 생각해봐도 아무도 떠오르지 않왔다. 나를 '우리 막내'라고 부르며 밥을 챙겨주었던 갈빗집 주방 아주머니나 회사에서 철야를 할 때 자판기 커피를 뽑아주며 힘내라고 말하던 공장 창고 직원을 잠시 떠올렸지만 그들과는 이미 작별한 사이였으므로 새삼 인사를 할 필요는 없었다. 생각 끝에 나는 두 사서에게 작별 인사를 하기로 했다. 그들은 내가 데스크 뒤편 책장에 4년 동안 머물게 되므로 사실 자신들과 헤어지는 건 아니니 작별 인사는 하지 않아도 된다고 했다. 여자 사서는 나를 영원히 기억해주겠다고 했다. 그리고 그녀가 세상을 떠난 후에도, 내가 선택한 기억 속에 머물게 된 나는 데이터베이스화되어 영원히 잊히지 않을 거라고 했다. 누군가에게 영원히 기억된다는 것에 대해 깊이 생각해보지 않았지만 꽤나 안심이 되었다.

여드레째 되는 날 오전 8시에 맞춰 시립 병원으로 갔다. 모인 사람들 중 다수가 삼사십대로 보이는 남녀들이었는데 대체로 밝은 표정이었다. 명단에 있는 사람 중 두 명은 시간이 지나도 오지 않았다. 간호사는 오지 않는 사람들도 있다며 5분 이상 그들을 기다려주지 않았다. 간호사는 두 장의 서류와 하얀 면으로 된 긴 원피스를 나누어주었다. 나는 신체 포기 각서와 장기 기증서에 사인을 했다. 사인을 하면서 눈물을 흘리는 사람도 있었다. 간호사는 주의사항을 이야기했다.

자, 금속성 물체는 모두 제거하시고요, 옷을 갈아입어주세요. 기억의 분량에 따라 소요되는 시간이 각각 다르지만 30분 이내면 모두 끝납니다. 그만두고 싶은 분은 말씀해주세요. 시술 전까지 언제든지 그만두실 수 있어요. 이제 성함을 부르면 두 분씩 차례로 들어가주세요.

나는 음식과 음료가 준비되어 있는 대기실에서 차례를 기다렸다. 사람들은 나처럼 먹는 일에 취미가 없는지 아무도 음식에 손을 대지 않았다. 사람들은 별 대화 없이 창 밖의 푸릇한 정원을 내려다보고만 있었다. 눈물을 흘리며 사인을 하던 한 명이 대기실을 나가 돌아오지 않았고, 시술 직전에 그만두겠다고 한 사람이 두 명 있어 대기 시간이 한 시간 이상 단축되었다. 나는 기다린 지 세 시간 15분 만에 무균실로 들어갔다. 흰 가운을 입은 시술자들은 나를 침대에 눕히고, 다시 생각할 수 있는 5분의 시간을 주었다. 나는 후회하지 않는다며 재촉했지만 그들은 말없이 서류를 뒤적이며 시간이 되기를 기다렸다. 벨이 울릴 때까지의 5분은 내가 살아온 시간보다도 더 길게 느껴졌다.

내가 선택한 기억의 한 부분은 몸에서 분리되어 깨끗한 붉은 벨벳 표지로 양장 제본되었다.

『영지(1983~2008)』

내 요구에 따라 성을 제외한 이름과 생몰년이 금박 고딕체로 새겨졌다. 다른 책들보다 얇은 나는 정기간행물실 데스크 뒤편 책장의 제일 아래 칸 오른쪽에서 여섯째에 꽂혔다. 남자 사서는 하얀 면장갑을 낀 손으로 내가 아주 소중한 물건이라도 되는 양, 아주 조심스럽게 책꽂이에 꽂았다. 그의 손놀림은 아주 부드러웠다. 마음이 놓였다. 나는 콧노래를 흥얼거리며 오래된 서가와 서가들이 만드는 통로로 둘러싸인 도서관의 구석, 해가 잘 드는 창가에 앉았다. 화장실에 들어앉은 것처럼 편안해져 더 이상 알고 싶은 진실 같은 건 없었다.

너를 닮은 사람

클라인, 너는 내 집을 향해 서 있었다. 네가 언제부터 그곳에 서 있었는지, 어떻게 여기까지 왔는지 짐작할 수 없었다. 리사를 태운 남편의 차가 출발할 때까지도 너는 거기 없었다. 마을 산책로를 향한 창문의 프레임 안쪽에 미동도 없이 서 있는 여자의 모습을 보았을 때, 그 사람이 너라고 생각했다. 작달막한 너는 지난 세기말 유행했던, 종아리의 반을 덮는 검은 롱 코트를 입고 가만히 서서 내 집을 응시하고 있었다. 그 코트는 네가 다른 누구도 아닌 너라는 것을 알려주는 증거였다. 코트는 네가 결혼하기 전 나와 함께 시 외곽의 아웃렛에서 예복 대신 구입한 것이다. 돌아오는 내 차 안에서 넌 그렇게 비싼 브랜드의 코트는 처음 입어본

다며 천진하게 웃었다. 너의 두 달 치 점심 값 정도 되는 그 코트가 싸구려 원단으로 만든 기획 상품이라고, 입어봐야 별로 따뜻하지도 않을 거라고 차마 네게 말하지 못했다. 너는 폴리에스테르가 3분의 2쯤 섞인 육중한 코트를 입고 추위를 모르는 사람처럼 가벼운 걸음으로 사뿐사뿐 걸어 다녔다. 비싼 옷을 입어본 적이 없다는 것을 자랑처럼 말하는 너, 값싼 옷 따위로 금세 따뜻해지는 네가 부러웠다. 그 무렵 네가 부러웠다. 네가 가진 모든 것들, 네가 가지지 못한 것들, 어느 하나 부럽지 않은 것이 없었다. 그 싸구려 코트마저 부러웠다. 네가 10년도 더 지난 그 낡은 옷을 아직까지 입을 줄은 몰랐다. 그리고 세월을 거슬러온 그 옷이 그렇게 무섭게 느껴질 줄은 몰랐다.

얼마 전 리사의 학교에서 너를 닮은 사람을 보았다. 리사는 미술 교사에게 폭행당해 전치 3주의 상해를 입었다. 미술 교사는 폭언을 퍼부으며 주먹과 책으로 리사의 머리와 얼굴을 함부로 내리쳤다. 같은 반 아이가 그 장면을 찍은 동영상을 인터넷에 올리면서 이 사건이 세간에 알려지게 되었다. 리사는 태어나 처음 당한 폭력에 이만저만 충격을 받은 것이 아니었다. 게다가 그 수치스러운 장면을 많은 사람이 보았다는 사실을 더 끔찍하게 생각했다. 얼굴과 머리에 피멍이 들고 고막이 터진 채로 돌아온 리사는 한동안 방 밖으로 나오지 않았다. 아이의 친구들이 얼마나 처참한 광경이었는지 내게 이야기해주었기에 무슨 일이 있었는지 알 수 있었다. 나는 차마 동영상을 볼 수 없었다. 한달음에 학교로 달려가 딸을 때린 교사를 만났다. 그녀는 도리어 폭행을 당한 사람처럼 초점 없는 눈으로 멍하니 앉아 있었다. 나는 10여 년 전에 유행했던 옷차림 그대로, 젊지 않지만 그렇다고 늙지는 않은, 아가씨도 아줌마도 아닌 이상한 분위기의 그녀를 보고 소스라치게 놀랐다. 클라인, 그건 분명 너였다. 만나지 말아야 할 사람과 다시 인연이 닿았다는 생각 때문이었는지, 먼지 쌓인 박제 같은 외양 때문이었는지 불쾌하고도 불길한 기분이 들었다. 그러나 그녀는 나를 전혀 알아보지 못하고 생면부지의 사람처럼 대했기에 네가 아닐지도 모른다고 생각했고, 헤어질 때쯤 그녀가 그저 너를 많이 닮은 사람인 것을 확신하고 안심했다.

그녀는 체벌에 관해서는 처벌 받을 것이지만, 아이의 잘못이 크기에 사과는 하지 않겠다고 했다. 내 딸이 얼마나 부잡스럽고 안하무인인지 설명하려 애썼으나, 난 누구보다 그 애를 잘 알고 있었다. 그녀는 그 애가 어떤 아이인지 전혀 알지 못했다. 그 사랑스러운 아이는 요즘 애들과는 다르다. 다른 아이들이 그녀를 '미친 미술 선생'을 줄여 만든 '미미 씨'라는 별명으로 부르며 조롱해도 내 딸만은 거기에 동참하지 않았다고 했다. 내 딸이 수업 시간에 떠들지 않은 것은 분명했고, 잘못한 게 있다면 미술 시간에 다른 공부를 한 것뿐이다. 그건 미술 교사를 무시해서가 아니라 특목고 시험을 앞두고 초조해져 실수를 한 것뿐이다. 그녀는 무조건 잘못을 빌라는 자신의 말을 듣지 않고 제 상황을 설명하려던 아이의 당돌한 행동이 마음에 들지 않았던 게 분명하다. 아니면 예체능 과목을 경시하는 풍조에 대한 분노를 한꺼번에 터뜨린 것일지도 모른다. 나는 뻔뻔한 얼굴로 잘못한 것이 없다고 말하는 그녀가 평생 교단에 서지 않기를 바랐지만 약간의 벌금을 내고 몇 개월 휴직하는 것으로 사건이 마무리되었다. 내가 실의에 빠져 불면에 시달리자 아이의 아빠가 나섰다. 그 뒤로는 내가 관여하지 않아 그 일이 어찌 되었는지 모른다. 나는 아이가 마음을 추스르도록 도우려 했지만 소용없었다. 한 달여 동안 아이는 마음을 잡지 못하고 방황했다. 입시를 망친 것은 차치하더라도 마음의 상처를 회복할 수 있을지가 걱정이었다. 리사가 학교로 돌아간 것은 교감의 전화를 받은 뒤였다. 교감은 미술 교사가 학교를 그만두었다고 했다. 그녀 스스로 그만두었든, 남편의 인맥을 통해 압박을 받았기 때문이든 상관없었다. 그런 교사는 무슨 수를 써서든 그만두게 하는 것이 옳다고 생각했다. 그런 사람이 학생을 가르친다는 것을 용납할 수 없었다. 리사는 등교를 했고 시간이 흐를수록 점차 안정을 찾는 것 같았지만 전처럼 명랑하고 자신감 가득한 아이로 돌아가지 못했다. 상처 하나 없던 아이의 마음에 큰 흉터를 남긴 그녀를 용서할 수 없었다.

네가 집 앞에 나타나기 전까지 그녀가 단지 너를 닮은 사람이라는 것을 추호도 의심하지 않았다. 내가 아는 너는 그 여자가 드러낸 일그러진 열등감이나 사나움과는 거리가 먼 사람이었다. 게다가 아르바이트로 아이들을 가르치는 것에 진저리를 쳤던 네가 교사가 되었을 가능성도 희박했고, 이제 삼십대 후반에 접어들었을 네가 이십대의 모습과 똑같을 리도 없었다. 나와 성까지도 같은 그 흔해빠진 이름은 어디에나 한두 명씩 있기 마련이었고, 네가 나를 모른 체할 이유도 없었다. 그랬기에 네 얼굴을 보고, 네 이름을 듣고도 너라고 생각하지 않았다. 그런데 그 이상한 여자가 너였다니 나는 놀라지 않을 수 없었다. 나를 모르는 척했던 네가 왜 이제 와서 집까지 찾아왔는지 알 수 없었다.

우리는 10여 년 전 괴테 인스티투트 초급 독일어 교실에서 처음 만났다. 첫날 나란히 앉았던 너와 나는 성과 이름이 같았다. 내 연배에서는 흔치 않은데 네 연배에는 아주 흔한 이름이었던 것 같다. 독일어 선생님은 편의상 이름 앞에 A, B를 붙이려 했지만, 너는 어디를 가나 네 이름 앞에 달려 있는 수많은 A 또는 B가 지겹다며 너를 작다는 의미를 지닌 클라인klein이라고 불러달라고 했다. 네 키는 작았고, 나보다 열네 살이나 어렸기에 그 이름과 잘 어울렸다. 그날부터 사람들은 너를 클라인이라고 불렀고 너는 새로 생긴 이름을 마음에 들어 했다.

독일어를 시작한 것은 무언가 되고자 해서가 아니라 외로움과 열등감 때문이었다. 네게 말한 적은 없지만 이십대 초반의 나는 너만큼 가난했고 더 바빴으며 끔찍하게 치욕스러웠다. 빚쟁이들에게 쫓겨 거처를 옮겨 다니며 제 이름조차 못 쓰고 살았던 부모는 내가 성인이 되자 기다렸다는 듯 내 명의로 신용 대출을 받아 잠적했다. 나는 만져보지도 못한 돈을 갚기 위해 밤낮없이 일했지만 결국 신용 불량자가 되었다. 그런 상태로는 정규직은 고사하고 계약직으로도 취직하기 어려웠다. 낮에는 작은 회사에서 일용 사무 보조원으로 일하고, 밤에는 찜질방 청소를 하며 부쳐지냈다. 조금 더 쉽게 목돈을 벌 수 있는 더러운 일들이 손짓했지만 내 부모같이 음지의 곰팡이처럼 살고 싶지 않았기에 가까스로 외면하곤 했다. 내가 다니던 회사에서 방위산업체 근무를 하던 일곱 살 연상의 대학원생이 사장 아들이라는 이야기를 들었을 때, 그가 나를 가난에서 구제해줄 사람이라고 생각했다. 한 번도 연애를 해본 적이 없는 그의 마음을 얻는 것은 어렵지 않았다. 그는 재미없고 매력 없는 사람이었지만 상식적이고 성실한 사람이었기에 내 부모처럼 나를 힘들게 하지는 않을 것 같아 나쁘지 않았다. 우리는 시부모의 완강한 반대를 물리치고 결혼에 성공했다. 강렬했던 가난은 허무할 정도로 쉽게 끝났지만 곧 친절로 위장된 은근한 멸시가 그 자리를 채웠다. 결혼한 지 6개월 만에 첫 아들을 낳은 나는 그의 가족으로 편입될 수 있을 거라 기대했지만 그것은 순진한 생각이었다. 그의 가족은 태생과 계급이 다른 나를 받아들이지 않았다. 시부모와 그의 형제들은 나를 매우 깍듯하게 대하며 상냥하게 말을 걸긴 했지만 나와 대화하고 싶어 하지는 않았다. 파산한 내 부모, 고졸 학력, 내 존재 자체가 동정과 경멸의 대상이었다. 그러나 나는 사랑스러운 아들과 나를 위하는 남편이 있어 견딜 수 있었다. 아들은 내 젊음을 파먹으며 쑥쑥 자랐고, 나의 남은 이십대는 낮잠처럼 무의미하게 흘러갔다. 위로가 되는 것은 시간이 흐른다는 사실뿐이었다. 그러나 시간이 흐른 후 내게 남은 것은 외로움 외엔 아무것도 없었다. 중학생이 된 아들, 늘 바쁜 남편은 하숙생처럼 집을 오갔고 나는 그들이 돌아오기만을 기다리며 집을 지켰다. 외로워 견딜 수 없었지만 딱히 만날 친구도 할 일도 없었다. 어린 시절 꿈은 고급 빌라에서 돈 걱정 없이 사는 것이었다. 그것이 현실이 된 지금 이루고 싶은 꿈도 없었고 하고 싶은 것도 없었다. 어느 날 나는 집 근처를 산책하다가 화장실을 찾느라 평소 늘 지나치곤 했던 괴테 인스티투트에 들어갔다. 로비 게시판에 붙은 시간표를 보고 독일어 강좌가 있다는 것을 알게 되었다. 새로운 공부를 해 남부럽지 않은 직업을 갖고 싶다고 생각해본 적은 있었지만 무엇을 해야 할지 몰랐던 나는 독일어 강좌를 신청했다.

독일어 강좌의 수강생은 대부분 유학을 앞둔 대학생이거나 대학원생이었다. 너도 회화과 2학년생이었고 유학을 계획하고 있었다. 대학을 나오지 않은 삼십대 주부인 나는 이질적인 존재였다. 사람들은 내게 중학생 아들이 있다는 것에 놀랄 뿐 더 관심을 두지 않았다. 사람들은 자신의 전공과 유학을 화제로 삼아 쉬는 시간이나 강의가 끝난 뒤 카페테리아에 모여 앉아 대화를 나누었고 스터디 그룹을 만들기도 했지만 나는 자격지심 때문에 그들과 섞이지 못했고 그들도 나이 많은 나를 끼워줄 생각을 하지 않았다. 너는 늘 수업이 시작한 뒤에 들어와 끝나기가 무섭게 교실을 나가곤 했다. 너는 내 옆자리에 앉아 독일어로만 진행되는 수업을 전혀 알아듣지 못하는 나를 도와주곤 했다. 네가 아니었다면 나는 독일어 공부를 중간에 그만두었을지도 모른다. 네게 고맙다며 밥이라도 사주려 했으나 너는 밥 먹을 시간도 없다며 사양했다. 늘 바쁜 척하는 네가 은근히 얄밉기도 했지만 나를 상대해주는 사람은 네가 유일했기에 절실하게 가까워지고 싶었다. 그래서 미술에 문외한이었던 나는 네게 쉽게 읽을 수 있는 미술 책을 추천해달라고 하거나 갤러리를 다녀와 빈약한 대화를 이어나갔다. 한 코스가 끝날 무렵 우리는 사생활을 이야기할 정도로 가까워졌고, 이어지는 강좌를 하나하나 함께 들으며 둘도 없는 친구가 되었다. 나는 너와 인생의 아주 중요했던 한 시절을 함께 보냈다. 너와 헤어진 후 내 삶은 그 이전과 완전히 달라졌다. 나는 과거를 뒤돌아보지 않음으로써, 시간을 함께한 사람들을 내 인생에서 퇴장시킴으로써 한 시절을 정리했다. 너도 그렇게 정리한 과거의 인물이며 내 삶에 다시 끼어들면 안 되는 존재였다.

너는 내 집의 초인종을 눌렀다. 나는 집 안에 없는 사람처럼, 네가 찾은 집이 내 집이 아닌 것처럼 응답하지 않았다. 너는 뻔뻔하고 당당하게 현관문을 두드리기 시작했다. 안에서 기척이 없자 점점 더 세게 두드렸다. 사방이 산으로 아늑하게 둘러싸인 전원주택 단지는 조금만 떠들어도 온 동네가 시끄러웠다. 무슨 일이라도 생겼다는 눈치가 보이면 이웃 여자들이 티타임을 핑계로 찾아와 사건을 캐내는 것으로 무료함을 달랠 것이 분명했다. 한동안 리사가 학교에 가지 않는 것으로도 수군수군했던 것을 알기에 문 두드리는 소리가 온 마을에 메아리치기 전에 응답했다. 네가 클라인이건 미술 교사이건 간에 집에 들이기 싫었지만 현관을 열었다. 너는 쭈뼛쭈뼛하며 현관으로 들어서더니 신발도 벗지 않고 무릎을 꿇었다.

정말 미안해요. 용서해주세요.

이제껏 뻔뻔한 태도로 일관하던 너의 갑작스러운 행동에 당황했다. 학교에서 만났을 때와는 너무나 다른 태도라 무슨 목적으로 그러는 것인지 불안했다. 너는 무릎을 꿇고 고개를 숙인 채 중얼거렸다.

언니, 언니인지 몰랐어요. 미안해요. 저를 알아보시겠어요?

클라인, 그건 너였다. 네가 나를 알아보지 못한다면 나도 굳이 알은체하고 싶지 않았다. 그러나 네가 나를 뒤늦게 알아본 것 같았기에 재회의 기쁨이라도 나누는 척해야 할 것 같았다. 나는 네가 무엇을 바라 이곳에 와서 완전히 끝난 일에 대해 무릎까지 꿇어가며 용서를 비는 건지 이해할 수가 없었다. 앞으로 귀찮은 일들이 벌어질 것만 같은 기분이 들었다.

그만 일어나. 나도 이제 알아보겠네. 이렇게 만나게 돼서 유감이야.

너를 일으켜 거실로 안내했다. 내가 직접 일으켜주지 않으면 온종일이라도 무릎을 꿇고 있을 기세였다. 너는 어색한 듯 집 안을 두리번거리다가 소파에 앉았다.

언니, 정말 오랜만이에요. 그동안 연락 못 해 미안해요. 리사 엄마가 화가라고 하기에 얼굴을 보고서도 그냥 언니를 닮은 사람인 줄 알았어요. 언니가 화가가 되어 있을 거라곤 생각 못 했으니까요. 그런데 얼마 전 미술 잡지에서 언니를 보고 깜짝 놀랐어요. 언니 작품이랑 인터뷰가 실린 기사였는데, 그걸 보니 알아보겠더라고요. 어떻게 전혀 못 알아봤나 몰라요.

네 입에서 화가라는 단어가 나오자 부끄러운 것을 들킨 것마냥 얼굴이 화끈거렸다. 너를 만나기 전 나는 미술이 무언지 전혀 몰랐다. 난 네게 처음 드로잉을 배웠다. 나도 남들처럼 너와 함께 독일어 스터디를 하고 차를 마시며 수다를 떨고 싶었지만 너는 밥 먹을 시간도 없이 바빴다. 학교를 다니면서 입시미술학원 강사로 일했고 짬짬이 개인 교습도 했다. 다른 학생들만큼 작업을 하기 위해 늘 새벽에 가장 먼저 학교에 갔다. 학비와 재료비, 용돈을 벌어 써야 했던 너는 늘 시간과 돈이 부족했다. 소중한 시간을 돈 몇 푼 버는 데 날려버리고 있는 네가 너무 안쓰러워 네게 드로잉을 배우기 시작했다. 너는 몰랐겠지만 그림을 배우고 싶었던 것이 아니라 너와 함께 있고 싶기도 했고, 늘 고단한 너를 쉬게 해주고 싶었다. 나를 가르치게 되면서 넌 돈이 안 되는 자잘한 개인 교습을 모두 그만두었고 내 집에 자주 들러 시간을 보냈다. 넌 개인 공간이 없는 네 집보다 큰 거실과 서재가 있던 내 집을 좋아했다. 늘 바빴던 남편과 여러 학원을 다니는 아들은 밤이 깊어서야 들어오곤 했지만 너와 함께 있어 쓸쓸하지 않았다. 너는 새 식구처럼 집 안 빈 곳을 채워주었고, 새로 배운 드로잉도 재미있어 시간이 어떻게 가는 줄도 몰랐다. 점점 남편과 아들에 대한 애정보다 그림과 너에 대한 애정이 커졌다. 내가 무엇을 하고 싶은 건지 알 수 없었지만 너와 시간을 보내다 보니 그림을 그리며 사는 것도 괜찮을 것 같았다. 하지만 내게 썩 재능이 있는 것 같지는 않았기에 그저 꿈을 꾸어볼 뿐이었다. 그런 내게 너는 노력하면 할 수 있다며 용기를 북돋워주었다. 긴 세월이 흘렀지만 네 앞에서는 여전히 드로잉을 배우던 학생인 것 같아 왠지 부끄러웠다.

내가 이렇게 늙었으니 못 알아볼 법도 하지. 앞머리 하얀 것 봐. 나도 몇 번을 보고도 너인지 몰랐는데 뭐. 너야말로 교직에 있을 줄은 몰랐네. 애들 가르치는 거 싫어했잖아.

그림을 계속 그리고 있을 줄 알았어.

저도 제가 이렇게 될 줄 몰랐어요. 몇 년 정신 놓고 있다 보니 더 이상 그림을 그릴 수 없었어요. 학교엔 먹고살자고 취직한 거예요. 저 같은 인간이 선생이 된 것도 말이 안 되는 일이죠. 역시 해선 안 되는 일이었어요. 그걸 이제야 깨닫다니…… 언니, 정말 미안해요. 용서하세요.

너는 자꾸만 미안하다고 했지만 그 말이 곧이들리지 않았다. 나를 뒤늦게 알아보고 관계를 돌이키고 싶어 잘못을 수습하고 있는 것 같았다.

그동안 어떻게 지냈어? 유학은 갔다 온 거야?

아뇨. 못 갔어요. 유학은 아무나 갈 수 있는 게 아니었어요. 나같이 가진 것 없는 사람은 안간힘을 써도 이 땅을 못 떠나게 되어 있더라고요. 하고 싶은 일을 다 할 수 있다고 믿던 시절이 좋았지요. 좋은 꿈 꿨던 거예요. 살다 보니 그림 그리는 것 따위가 중요하지 않다는 것도 알았고요. 이젠 미술에 관심도 없어요. 관심이 있었다면 언니를 좀더 일찍 다시 만날 수 있었을 텐데, 아쉬워요.

미술 말고 다른 어떤 것에도 관심이 없던 네게 이런 말을 듣게 될 줄은 몰랐다. 넌 몇 푼 되지 않는 돈을 쪼개 저축해 가며 유학을 준비했다. 학비가 들지 않아 독일을 택했다며 반년 정도의 생활비만 모으면 떠날 거라고 했다. 여기서만큼 열심히 하면 거기서도 못 살 것이 없다고 자신했다. 너는 그곳에서 화가로 꼭 성공하고 싶다고 했다. 너는 자신감과 에너지로 충만해 외부의 어떤 도움도 필요 없어 보였고, 젊음이 주는 우울이나 불안감 따위와는 전혀 관계없는 사람 같았다. 늘 후줄근한 후드 티셔츠와 무릎 나온 청바지를 입고 있어도 반짝반짝 빛났다. 가난조차 작고 볼품없는 너를 반짝이게 하는 장식품이었다. 그런 너를 보면 빨리 지나가버리기만을 바랐던 내 이십대가 가여워 견딜 수가 없었고 네 젊음과 꿈이 부러웠다. 그랬던 너를 세월이 망쳐놓았다. 내가 화가가 된 것이 네게 저지른 큰 잘못인 것 같아 아무 말도 할 수 없었다.

결혼은 했니?

결국 못 했어요. 유석 선배가 결혼식 일주일 전에 사라졌어요. 그전에도 그런 적이 있어 돌아올 줄 알았는데 결혼식 날까지 안 나타나더라고요. 언니가 말렸을 때 그만뒀어야 했는데…… 그 뒤로 남자를 못 사귀겠더라고요. 몇 년 아무도 만나지 않고 아무것도 하지 않고 지내다 보니 이 꼴이 됐네요. 하지만 이젠 괜찮아요.

너는 전혀 괜찮아 보이지 않았다. 여전히 그 시간에 붙들려 있는 망령 같았다. 사실 유석과 헤어진 것은 알고 있었지만 오랜 세월 동안 혼자 살고 있을 거라고 생각하지 않았다.

내가 유석을 알게 된 건 너를 알고도 1년 이상이 지나서였다. 네가 너무 바빠 연애를 할 시간도 없어 보였고, 남자에게 그다지 인기 있을 외모도 아니라는 생각에 애인이 있느냐고 묻지 않았다. 언젠가 넌 식당에서 일하다가 화상을 입은 엄마를 간호하고 집안일을 맡아 하느라 모든 일을 잠시 그만둔 적이 있다. 네가 없는 동안 그림을 가르쳐줄 같은 과 선배를 소개했다. 내 집에 온 사람은 키가 크고 볼품없이 마른 남자였다. 제멋대로 자란 머리에 수염도 깎지 않은 채 벙거지를 쓰고 야상을 입은 모습이 마치 부랑자 같아 집에 들여도 될지 망설였을 정도였다. 그는 농담을 잘하고 껄렁거리는 스타일이었다. 그는 넉살 좋게 열 살이나 많은 나를 누나라고 불렀다. 그는 너보다 겨우 세 살 많은 주제에 나이 많은 남자인 것처럼 행동해 비위가 상했다. 게다가 시간 약속을 잘 지키지 않았을 뿐 아니라 수업을 빼먹기 일쑤였다. 수업 시간에도 내가 그리는 것에는 전혀 관심을 두지 않고 자기 일을 하기에 바쁜 것 같았다. 너처럼 성실한 사람이 왜 그런 사람을 내게 소개시켜주었는지 알 수 없었지만 네게 불만을 이야기하기도 미안해 네가 오는 날만을 기다렸다. 그러던 어느 날 그가 두고 간 작은 크로키 북을 보았다. 거기에는 이젤 앞에 앉아 있는 내 모습을 그린 여러 장의 그림이 끼어 있었다. 단선으로 간략하게 그린 크로키였지만 첫눈에 나인지 알 수 있었다. 그림 속의 나는 실제의 나보다 훨씬 아름다웠다. 그에게 크로키 북을 돌려주자 그는 쑥스러운 듯 웃으며 말했다.

오른쪽 눈이 아름다워요. 깊고 따뜻한 눈동자의 색감과 잘 어울리는 모양이에요.

그는 마치 관찰 일기를 쓰듯 그런 낯간지러운 말을 하고는 아무렇지도 않게 수업을 했다. 나는 아름답다는 말을 아주 오랜만에 들었다는 것을 깨달았다. 그가 목탄을 쥔 내 손을 잡을 때, 내 뒤에 서서 드로잉을 수정해줄 때 나는 숨을 쉴 수 없을 정도로 가슴이 뛰었다. 내가 그림을 그리는 동안 그는 나를 그렸다. 나는 태연한 척했지만 극도의 긴장감을 느꼈고, 수업이 끝날 때쯤이면 고꾸라질 것처럼 피곤했다. 그도 내가 긴장하는 것을 아는 것 같았지만 오히려 즐기는 듯 내게서 시선을 떼지 않았다.

네가 곧 돌아올 거라는 소식을 전하는 그에게 계속 나와줄 수 없느냐 물었다. 흔쾌히 응할 것 같았던 그는 누구도 가르칠 생각이 없었는데 네 부탁이라 들어준 거라며 거절했다. 나는 구애를 거절당한 사람처럼 부끄럽고 슬퍼 어쩔 줄 몰랐다. 그를 다시 만나고 싶지 않았지만 가끔 그는 너와 함께 오곤 했다. 그가 나를 왜 찾아오는 건지 알 수 없어 괴로웠다. 내 앞에서 너희 둘은 만담을 하듯 주거니 받거니 대화를 하다가도 아주 사소한 것에 고집을 부리며 다시는 안 볼 사람들처럼 싸움을 했고 시간이 지나면 또 언제 싸웠냐는 듯 희희낙락했다. 이상하게도 나는 둘의 관계가 궁금하지 않았다. 마치 동성 친구나 남매 지간처럼 가까운 사이일 거라고 생각했다. 난 네게 유석이 사귀는 사람이 있는지 물었다. 그때 네가 그의 애인이라며 부끄러워하던 낯선 모습을 잊을 수가 없다. 복학생이었던 유석이 너에게 구애한 뒤 2년 넘게 사귀는 중이라고 했다. 그제야 나는 네 일부만을 알고 있을 뿐 진짜 네 삶은 우리 대화의 바깥에 있다는 것을 깨달았다. 난 한없이 외로워졌고 너희에게 소외당한 것처럼 슬펐다. 너는 그와 네가 많이 닮았다고 했지만 사실 그렇지 않았다. 너와 달리 그는 모든 것이 지나쳤다. 지나치게 자신만만했고, 지나치게 열등감에 사로잡혀 있었다. 그 모순적인 감정들이 균형을 이루고 있었기에 아름다웠다. 그를 분리해놓은 것이 너와 나라는 생각이 들었다. 나는 너희의 관계가 그리 오래가지 않을 거라고 생각했다. 유석이 너를 사랑했던 것이 거짓은 아니었을 테지만 그는 나를 사랑하고 있었다. 그는 너 몰래 찾아와 내가 보고 싶었다고 하며 나를 그리곤 했다. 나는 그 사실을 네가 알까 걱정돼 그에게 다시 나타나지 말라고 경고했다. 그러면서도 나는 내심 그가 다시 나를 찾아와주길 바랐다.

너는 졸업 후 그와 결혼을 할 거라고 했다. 난 그것이 유학과 마찬가지로 네 계획일 뿐인 줄 알았다. 그러나 그것은 너희 둘 사이에 모두 끝난 이야기였고 결혼 날짜까지 받아놓은 상태였다. 네가 졸업하고도 유석은 학교를 한 해 더 다녀야 했지만 둘 다 객지 생활을 하고 있었으므로 빨리 살림을 합치는 편이 낫다며 서둘렀던 것이다. 난 너의 결혼을 극구 반대했다. 내가 유석을 사랑해서 그런 것만은 아니었다. 나는 유석만큼 너도 사랑했다. 유석은 너보다 더 가진 것이 없었고 그림 그리는 것 말고는 제대로 하는 일이 없었다. 졸업 후 작가로 활동하고 싶어 하는 너희 둘이 결혼을 한다면 빈곤층이 될 것이 뻔했다. 둘 중 한 명은 생계를 책임져야 하는데, 생활력이 강한 네가 그 역할을 맡을 가능성이 농후했다. 결혼은 현실이고, 네 인생을 드라마틱하게 변화시킬 수 있는 유일한 기회니 쉽게 결정하지 말라고 했다. 나는 네가 유복한 남자를 만나 편안하게 그림을 그리며 살았으면 했다. 그러나 너는 내 말을 듣지 않았다.

쪽방에 살더라도 마음 맞는 사람이랑 하고 싶은 일 하고 살래요.

나는 너의 철없음에 어이가 없었지만 한편으로 질투가 나 견딜 수 없었다. 너와 그가 함께 보낸 시간들, 둘의 유대

감, 모두 내가 모르는 것들이며 당연하게도 너희가 공유한 모든 것에서 난 소외되어 있었다. 그를 질투하는 것인지 너를 질투하는 것인지 나도 알 수가 없었다. 나는 화가 났다. 제대로 입지도 먹지도 못하면서 돈을 모으는 주제에 가난을 무시하다니…… 왠지 내가 가난에 굴복한 속물이 된 것 같아 모욕당하는 기분이 들었다. 너와 있으면 그랬다. 네가 가지지 못한 것, 가진 것 모두 내게 이상한 열패감을 가져다주었다.

그래도 언니가 유학 다녀와 성공해서 다행이에요. 그때 언니랑 같이 갔더라면 내 인생이 좀 달라졌을까요? 난 우리가 오래오래 함께 지낼 줄 알았어요. 어려서 그랬나 봐요. 그땐 누구를 알게 되면 헤어지지 않을 줄 알았어요. 언니와 함께 지냈던 시절이 참 좋았는데…… 이십대라 그랬는지…… 자꾸 생각나고 그래요.

나는 공부를 하고 싶어 유학을 갔던 것이 아니었다. 너희의 결혼을 차마 볼 수 없어 어디든 떠나고 싶었던 것뿐이다. 네 졸업과 결혼이 점점 다가오고 있었다. 둘은 전세 원룸을 얻었다. 유석이 졸업하면 전세금을 빼 유학을 갈 계획이라며 아무 가구도 사지 않으려는 너희를 중고 가구점에 데려가 최소한의 가구를 사주었다. 예복마저 하지 않겠다던 너희를 시 외곽의 아웃렛에 데려가 옷을 사 입히며 그것이 너희에게 해줄 수 있는 마지막 선물이라고 생각했다. 나는 바쁜 너 대신 유석과 함께 가구를 받고 집을 정리하면서 내게 그런 시절이 없었다는 것을 깨달았다. 마치 신혼을 시작하게 되는 사람이 나인 것처럼 들뜨면서도 슬펐다. 내가 꿈꾸는 것이 새로운 공부를 하고 남부럽지 않은 직업을 가지는 것이 아니라 이런 게 아닐까 하는 생각이 들었다. 내가 가진 것들을 버려야 얻을 수 있는 것들, 어쩌면 버려도 얻을 수 없는 것들이라고 생각하니 눈물이 났다. 유석은 내가 우는 이유를 아는지 모르는지 가만히 안아주었다. 밥을 먹다가도, 가만히 앉아 있다가도 눈물이 주르륵 흘러내리곤 했다. 가끔 그런 모습을 본 아들은 제가 잘못을 해 그런 것처럼 주눅이 들었다. 아이에게 미안해서라도 계속 그렇게 살 수는 없었다. 너희가 결혼하기 전에 이 나라를 떠나는 것만이 해결책이었다. 남편은 아들 핑계를 대며 한번 잡아보고는 내 뜻대로 하라고 방관했다. 아들은 기숙사가 있는 고등학교로 진학을 했고, 나는 학교도 정하지 않고 포트폴리오와 어학 시험 준비도 없이 베를린으로 출발했다. 떠나기 전날 나는 네게 전화를 걸어 작별 인사를 하며 물었다. 생활비를 내가 부담한다면 나와 함께 유학을 가겠느냐고 하자 너는 농담으로 받아들이며 잘 다녀오라고 했다. 너를 다시 만나지 않을 생각이었지만 그것을 모르는 너는 결혼 사진을 보내겠다며 도착하면 주소를 알려달라고 했다.

그때만 해도 내가 화가가 될 수 있을 거라고 생각하지 않았다. 새로운 공부를 시작한 것만으로도 충분했기에 언감생심 그 이상의 꿈은 꾸지 않았다. 유학을 다녀와서는 늦둥이 리사를 키우는 것만으로도 행복했다. 이십대보다는 한결 여유가 있었기에 아이를 키우는 동안 짬짬이 그림을 그렸다. 아이가 초등학교에 들어간 것을 기념해 남편이 갤러리를 대관해 전시회를 열어주었는데 일요화가에 지나지 않던 나는 독일 유학 경력 때문에 뜻하지 않게 주목을 받았다. 아이가 중학생이 되자 시간이 많아져 본격적으로 창작 활동을 시작했다. 내가 화가라는 타이틀을 갖게 되자 더 이상 아무도 나를 함부로 대하지 않았다. 그러나 나는 이름이 알려지는 것을 원하지 않았다. 지나간 시절의 나를 알고 지내던 사람들이 나를 떠올리는 것이 싫었고, 다시 그들과의 관계를 이어나가야 하는 상황이 올까 싫었다. 아니나 다를까, 그 우려처럼 네가 찾아왔다. 이제 너는 우리가 만났을 무렵의 나보다 나이가 더 많아졌다. 그 시절이 가장 좋았다고 하는 것을 보면 그 이후의 삶이 그다지 행복하지 않았던 것 같다. 너와 헤어진 후 내 삶은 완전히 달라졌다. 과거의 것들과 결별할수록 나는 더 나은 사람이 되었다. 내게 가장 좋은 시절은 늘 바로 지금이었다. 나는 젊은 네가 더 이상

부럽지 않았다.

너는 장식장에 놓인 리사의 많은 사진과 내가 그린 리사의 초상화, 우리의 가족사진을 유심히 보았다. 마치 부럽다는 듯 한참을 들여다보는데, 나는 이상한 기분이 들어 사진을 모두 치워버리고 싶었다.

언니한테 딸이 생겼을 줄은 몰랐어요. 리사가 아기 때부터 예뻤네요. 형부는 안 닮고 언니만 닮은 것 같아요. 독일에 다녀와서 낳으신 거예요?

아니, 독일에서 낳았어. 아들이랑 직장 때문에 남편이 그리 나갈 수도 없었고, 공부도 마쳐야 해서 그냥 거기서 베이비시터 쓰면서 혼자 키웠어. 돌 지나서까지 얼마나 고생했는지 몰라.

더 애틋하겠어요. 그렇게 힘들게 키운 귀한 아이한테 제가 그랬으니 언니가 얼마나 마음이 아프셨겠어요? 정말 미안하다고밖에…… 언니, 정말 미안해요. 제가 잘못했어요. 제가 사는 게 팍팍하다 보니 그런 실수를 많이 해요. 진심으로 사과하는 거니까 용서해주세요.

그래. 다 해결됐으니까 그 이야긴 그만하자.

아무리 네가 정중하게 사과해도 쉽게 용서할 수 없었다. 용서하기에는 우리가 받은 상처가 너무 컸다. 아이의 마음에 생긴 상처를 생각하면 죽을 때까지 용서하고 싶지 않았다. 네가 자꾸만 용서해달라고 하니 마치 내가 가해자가 된 기분이 들어 불쾌했다. 난 악다구니를 쓰며 리사를 비난했던 네 모습을 잊을 수가 없었다. 너는 집을 떠날 때까지 미안하다는 말을 반복했다. 너의 반복되는 사과를 들었을 때에는 부담스럽고 불쾌했는데 이상하게도 네가 돌아간 후에 마음이 한결 가벼워졌다.

네가 찾아와서 사과를 했다고 전하자 리사는 아주 불쾌한 표정을 지으며 진저리를 쳤다.

엄마, 그 사람 집에 들이지 마세요. 이제 와서 갑자기 사과를 한다니 너무 수상해요. 다른 선생님들이 함께 어울리지 않을 정도로 이상한 사람이에요. 저는 이제 괜찮아졌어요. 그냥 운이 없었던 거라고 생각할래요.

과연 괜찮아졌는지 모르겠지만 낙천적으로 말하는 리사가 사랑스러웠다. 그 사건 따위가 이렇게 건강한 아이에게 영향을 줄 리 없다고 믿고 싶었다.

너는 다음 날 아침, 같은 시간에 다시 찾아왔다. 네가 다시 찾아올 거라고 생각하지 못했기에 벨 소리에 무심코 응답하고 말았다. 인터폰 화면에는 집 건너편의 풍경만 보일 뿐 아무도 없었고, 저예요, 하는 목소리만 들려왔다. 누구냐고 되물어도 우물우물하는 소리만 들려 답답한 마음에 문을 열었더니 네가 문 앞에 서 있었다. 너는 다짜고짜 나를 끌어안고 어깨에 얼굴을 묻더니 흐느껴 울었다. 당황스러워 너를 떼어내려고 했지만 쉽지 않았다. 나는 네가 눈물을 멈출 때까지 가만히 서 있었다. 잠시 후 너는 거짓말처럼 웃는 얼굴로 거실로 들어가 앉았다. 마치 내 집을 드나들던 옛날처럼 자연스러웠다. 나는 다시 찾아온 너의 저의를 알 수가 없어 불안했다.

어제 동영상을 처음 봤는데 내 자신이 너무 무서웠어요. 점점 괴물이 되어가는 게 눈에 보일 정도였어요. 사실 그때가 잘 기억나지 않아요. 자고 일어났던 것처럼 기억이 비어 있어서 무슨 일을 한 건지 구체적으로 몰라요. 리사가 받았을 충격을 생각하니 너무 미안해서 내가 할 수 있는 일이 있다면 뭐든지 해주고 싶어요. 정말 미안해요.

어제 충분히 사과했잖아. 이제 됐으니까 그만해. 리사도 괜찮다고 했어. 살다 보면 그럴 수 있지. 너도 빨리 잊어.

네가 너무 괴로워하는 것 같아 말은 그렇게 했지만 나는 용서할 수도 없었고 잊지도 못할 터였다.

언니는 저를 용서 못 하잖아요. 어떻게 하면 용서받을 수 있을까요?

네게 필요한 것은 용서한다는 말일지도 몰랐다. 그 말을 듣기 위해 몇 번이고 찾아올 기세였다. 나는 진심으로 용서할 수 없었지만 간단한 대답으로 귀찮은 일을 피할 수 있다면 그렇게 하는 것이 나을 것 같았다.

아무것도 안 해도 돼. 정말 용서할게. 그러니까 너무 괴로워하지 마.

건성으로 대답하는 듯한 인상을 주지 않기 위해 너의 눈을 똑바로 쳐다보며 똑똑히 말했다. 너는 적당히 만족한 눈치였다. 이제 용건이 끝났구나 싶어 마음이 홀가분해졌다.

미안해요. 내가 이렇게 이상한 사람이 된 건 유석 선배 때문이에요. 그가 나를 망쳤어요. 처음에는 결코 용서하지 않겠다고 결심했어요. 자다가 벌떡 일어나 가슴을 치고 울곤 했어요. 그가 어디서 무엇을 하는지, 나를 떠난 이유가 뭔지라도 알았다면 그렇게 힘들지는 않았을 거예요. 시간이 지날수록 그때까지도 그를 잊지 못하고 미워하는 내 자신이 너무 싫어 차라리 용서하고 싶었어요.

지나간 세월을 자꾸 생각해서 뭐 해. 오래전 일에 머물러봐야 너만 손해야. 얼른 잊어.

시간은 지나가지 않아요. 나는 여기 있는 게 아니라 갈기갈기 찢겨 과거들 속에 흩뿌려져 있어요.

아주 오래전의 사건을 핑계로 네 이상한 행동을 정당화하려는 것 같았지만 큰 설득력은 없었다. 함께 살던 남자도 헤어지면 잊는 것이 당연한데, 너를 버린 남자를 그토록 오래 마음에 담아둔 채 증오하는 것은 네 성정의 문제가 아닐까 싶었다. 나는 네가 빨리 돌아가길 바랐지만 너는 소파에 멀뚱멀뚱 앉아 갈 생각을 하지 않았다. 너는 내게 작업실을 구경시켜달라고 했다. 내 작품이 보고 싶다며 허락도 받지 않고 2층으로 올라갔다. 너는 아직 완성하지 못한 그림과 벽에 걸린 그림 몇 점을 한참 들여다보더니 입을 열었다.

제가 언니한테 도움은 됐네요. 제 에스키스가 전시회 여러 번 할 만큼은 안 됐던 것 같은데……

나는 네가 그렇게 생각할 줄 몰랐다. 너는 에스키스들이 담긴 두꺼운 노트를 보여주곤 했다. 노트에는 오래된 길과 다 쓰러져가는 건물, 무너진 담벼락 들을 스케치한 것과 시간에 관한 글을 적어놓은 것 등이 있었다. 나는 그게 좋은 작품인지 알 수도 없었고 무슨 소리인지도 잘 몰랐다. 너는 낡고 더럽고 아픈 것들을 사랑한다고 했다. 내 과거를 모르는 네 눈엔 내가 그런 것들을 전혀 모르는 사람처럼 비쳐졌겠지만, 나는 태생적으로 너보다 그런 것들과 더 가까웠기에 아주 잘 알고 있었다. 그러니 엄밀히 말하자면 네 작품을 도용한 게 아니라 그런 것들도 작품이 될 수 있다는 사실을 배운 것에 지나지 않는다. 그랬기에 다른 주부 작가들처럼 꽃 그림을 그리지 않고 내가 잘 아는 것을 손쉽게 그렸을 뿐이다. 네게 이런 이야기를 해주며 오해를 풀고 싶었지만 넌 내 말을 툭 자르고 말했다.

제 것과 다른 게 보이긴 하네요. 하긴 모방하다 보면 새로운 것도 나오니까요. 모방에서 시작한 게 미술이니까 뭐 그렇다고 해두죠.

너는 내 말을 들을 생각이 없는 것 같았다. 하지만 나는 떳떳했고 너도 큰 문제로 생각하지 않는 것 같았기에 입을 다물었다. 넌 그 말을 꼭 하고 싶어 남아 있던 사람처럼 말이 끝나기 무섭게 돌아갈 채비를 했다. 난 네가 다시 오지 않기를 바라며 인사했다.

잘 살아, 이번 일은 그냥 잊었으면 좋겠어. 실수야 할 수도 있는 거니까.

너는 내 말에는 대답하지 않고 갑자기 생각난 듯 불쑥 말을 꺼냈다.

언니, 유석 선배가 안부 전해달래요.

너를 떠났다던 남자가 내게 안부 인사를 했다니, 네 정신이 좀 이상한 게 아닐까 걱정스러웠다.

헤어졌다면서 무슨 안부야.

아, 지금은 돌아와 같이 있어요. 그냥 같이 있는 거예요. 함께 있는 것도 싫지만 헤어지는 것보다는 나으니 그냥저냥 살아가고 있어요. 언니가 많이 보고 싶다더라고요.

너는 그 말을 남기고 떠났다. 유석이 내 가까이에 와 있음을 알고 나니 다리가 후들거렸다. 그도 너와 마찬가지로 다시 만나고 싶지 않았다. 너희에게 나는 처음부터 없었던 사람이었으면 했다.

독일로 떠나기 전 유석에게 그곳에서의 생활비를 대줄 수 있으니 함께 가자는 편지와 결혼식 일주일 전에 출발하는 베를린행 항공권을 부쳤다. 그가 오지 않을 거라고 생각하면서도 일말의 희망을 걸었다. 다행인지 불행인지 그는 나를 따라왔다. 우리는 작은 집을 얻었다. 남편은 넓은 집을 얻을 돈을 보내주었지만 두 사람 몫의 생활비가 필요했기에 방 하나와 거실, 주방이 있는 작은 집을 얻었다. 너희가 얻었던 집보다 넓긴 했지만 아주 오래된 건물이었다. 나는 그곳에서의 첫 겨울을 잊지 못한다. 차가운 바닥과 낡은 창문 틈으로 새어 들어오던 바람은 라디에이터와 두꺼운 옷을 무용지물로 만들었다. 우리는 부둥켜안고 서로의 체온에 의지해 침대 속에서 겨울을 났다. 그는 미래를 불안해하는 것 같았지만 난 그와 함께 있으면 아무것도 하지 않아도 좋았다. 나는 독일어 강좌를 등록했으나 독일어를 전혀 모르는 그는 추위를 견디기 힘들다며 날이 따뜻해지면 시작하겠다고 했다. 미술 재료를 사다주어도 그는 아무것도 그리지 않았다. 나는 가족을 때때로, 아니 거의 잊었지만 밤마다 아들과 통화를 했고, 돈을 보내오는 날이면 남편이 전화를 걸어 근황을 묻기도 했다. 그때마다 나는 유석에게 미안했고 그도 괴로워하는 것 같았다.

나는 다 버리고 왔는데 누나는 왜 아무것도 놓으려고 하지 않아요?

그는 내게 비난하듯 물었다. 나는 차차 정리하겠다고, 아직 아이가 어려서 시간이 걸리고 당장 돈이 없으니 어쩔 수 없다고 했다. 생활비를 마련할 능력도 없던 그는 입을 다물었다. 나는 그의 도움으로 포트폴리오를 만들어 미술학교에 합격했다. 대학 합격 기념으로 남편과 아들이 독일에 방문했다. 그 사실을 알게 된 그는 가족이 독일에 도착하는 날 집을 나갔다. 남편과 아들은 호텔로 가지 않고 우리 집으로 왔다. 남편은 집을 이리저리 살피며 너무 낡고 지저분하다며 타박을 했지만 남아 있는 유석의 흔적은 눈치채지 못했다. 아들은 통화할 때와는 달리 서먹하게 대하면서도 돌아가려 하지 않았다. 가족은 8월 말이 되어서야 돌아갔다. 가족들이 머무는 동안에도 집을 나가 전혀 소식이 없는 그가 궁금해서 못 견딜 지경이었다. 어학원 친구들에게 그의 행방을 수소문했지만 아무도 알지 못했다. 일주일이 넘게 찾아다니고서야 폴크스파크에서 부랑자처럼 지내고 있는 그를 만날 수 있었다. 그를 여러 번 찾아가 다시는 이런 일이 없을 거라고 약속한 뒤에야 간신히 집으로 데려올 수 있었다.

남편이 돌아가고 두 달 뒤 아이를 가진 것을 알게 되었다. 사실 나도 아이의 아버지가 누구인지 모른다. 아이가 자신의 딸이라고 아는 남편은 노산을 걱정하며 돌아오라고 했지만 나는 그곳에서 아이를 낳고 공부를 마친 뒤 돌아가겠노라고 했다. 출산할 즈음 남편이 바빴기에 다행히 독일로 나오지 못했다. 유석이 아기의 탯줄을 자르고 처음으로 품에 안았다. 마흔이 다 돼 아기를 키우는 것은 힘든 일이었다. 학교를 다녀야 했던 나 대신 그가 아기를 돌봤다. 아기에게 분유를 타 먹이고, 기저귀를 갈고, 목욕을 시키고, 이유식을 만들었다. 잠을 자지 않고 우는 아기를 들쳐업고 재우는 것도 그의 일이었다. 베이비시터를 쓰자고 했지만 그는 남에게 아기를 맡길 수 없다며 돌이 다 될 때까지 손수 아기를 키우느라 공부를 계속 미루었다. 태어난 아기가 보고 싶어 몸이 단 남편이 아들을 데리고 연락도 없이 베를린에 왔다. 공항에 도착했다는 전화를 받고 나는 놀라 정신을 차릴 수 없었다. 집에서 잠시 나가 있으라고 하는 내게 그는 왜 내 딸을 두고 나가야 하냐며 미친 듯이 화를 냈다. 네 딸이 아니라고 받아치자 그는 내가 키웠으니 내 딸이고, 앞으로도 내가 꼭 키울 거라고 소리 지르며 집을 나가버렸다. 후회스러웠지만 어쩔 수 없었다. 남편이 알게 되는 날이면 나는 다시 가난으로 돌아가게 될 것이었다. 가족이 함께 지내는 동안 이동하는 길목 어디서나 그와 마주쳤다. 그는 나와 같은 대학에 다니는 친구라며 남편에게 접근했다. 남편은 오랜만에 만난 한국 사람을 보고 반가워하며 식사 대접을 했다. 그는 나와 눈도 마주치지 않고 리사를 보며 아기가 참 예쁘다고 칭찬을 했다. 남편은 우리의 관계를 상상조차 하지 못한 채 자식 자랑에 열을 올렸다. 내 자신과 그 모두에게 진저리가 나 그런 생활을 어떤 방식으로든 청산해야겠다고 결심했다. 아기를 잘 키우기 위해서는 돈이 필요했다. 리사가 가난한 집의 딸로 고생스럽게 자라 나처럼 별 볼 일 없는 사람이 되는 것을 원치 않았다. 나는 그에게 이별을 선언했다. 그는 콧방귀도 뀌지 않고 남편에게 모든 사실을 알리겠다고 했다. 우리가 헤어지는 것이 리사를 위해서 최선이라고 하자 그는 나를 이기적인 속물로 몰았다. 그는 아이를 두고 떠난다면 잡지 않겠다고 했다. 자신의 아이를 절대 데려갈 수 없다며 헤어지는 날까지 광기에 가까운 난동을 부렸다. 그는 처음에 내가 보았던 특별한 젊은이가 아니었고, 더 이상 나는 그를 사랑하지 않았다. 그가 혹여 아이를 데리고 잠적할까 두려워 잠을 잘 수가 없었다. 나는 아기에게 필요한 간단한 짐만 챙겨 들고 몰래 베를린을 떠나왔다. 그리고 두 번 다시 그를 만나지 않았다.

그가 지금껏 나를 찾지 않았던 것은 아마도 너에게로 돌아갔기 때문이었던 것 같다. 그는 네게 우리 둘 사이의 일을 이야기한 것일까? 네가 알고 있다면 나를 이렇게 아무렇지 않게 대할 수는 없을 터였다. 그는 적어도 너에게만은 진실을 말할 수 없었을 것이다. 그것은 그의 치욕이었을 테니 말이다. 나는 유석이 너와 함께 내 앞에 나타날까 두려웠다. 내일이 오는 것이 두려웠다.

다음 날 남편이 출근을 하고 도우미가 출근하기 전 영락없이 초인종이 울렸다. 나는 절대 열어주지 않겠다고 결심했다. 유석과 함께 왔을 수도 있다고 생각하니 아찔했다. 벨 소리는 문을 열어주기 전에는 결코 멈추지 않겠다는 기세로 연거푸 울렸지만 나는 2층에 올라가 커튼을 닫아놓은 채 응답하지 않았다. 한참 뒤 밖이 조용해져 창밖을 살펴보니 너는 집 앞에 없었다. 주방으로 내려가 아침 식사를 하려던 나는 마당 뒤편 주방의 들창 앞에 서서 집 안을 들여다보는 너의 눈과 맞닥뜨리고는 바닥에 컵을 떨어뜨렸다. 너는 미안한 기색 없이 손가락으로 현관 쪽을 가리키며 열어달라고 했다. 너는 내가 일부러 문을 열어주지 않았다는 것을 눈치챘을 텐데도 언니가 자는 줄 알았다며 너스레를 떨었다. 그나마 다행인 것은 너 혼자 왔다는 것이었다.

어떻게 이렇게 외진 곳에 매일 아침 일찍 올 수 있어?

근처 모텔에서 지내고 있어요. 잠을 못 자니까 일찍 일어날 필요도 없어요. 언니, 도저히 잠을 잘 수가 없어요. 그 동영상이 머릿속에 빙빙 맴돌아서 살 수가 없어요. 리사를 만나게 해주세요. 그 애도 저처럼 괴로울 거예요.

나는 네가 가까운 모텔에 머물러가며 집요하게 찾아오는 이유가 무엇인지 알 수 없어 두려웠다. 단지 용서를 빌기 위해 이런 이상한 행동을 하는 거라고 단순하게 생각할 수가 없었다.

이제 일은 다 해결된 거고, 리사는 정말 괜찮다고 하니까 일부러 힘들여 찾아오지 마. 지나간 일을 들추는 건 이제 그만하자. 혹시 복직이라도 생각하고 도움이 필요해서 그러는 거야?

무슨 그런 말씀을 다 하세요. 그럴 수도 없고 그래서는 안 되는 일이잖아요. 그냥 제대로 사죄하지 않고서는 도저히 살 수 없을 것 같아서 그래요. 내가 정말 나쁜 사람인 것 같아서 견딜 수가 없어요. 언니 가족에게 상처를 준 것 같아 괴로워요. 너무 미안해요. 용서해주세요.

어제 용서한다고 했잖아. 용서한다니까.

잘 생각해보세요. 정말 용서할 수 있으세요? 아마 모두 잊을 수 없을 거예요. 아, 정말 제가 왜 그랬을까요?

네가 듣고 싶어 하는 것이 용서한다는 말인지, 용서할 수 없다는 말인지 알 수 없었다. 너는 나를 불쾌하고 불안하게 하기 위해 찾아온 것 같았다.

미안해요. 누군가를 용서하지 못한다는 게 어떤 건지 아니까 그 대상이 되고 싶지 않아요. 용서가 그렇게 쉬웠다면 제가 이렇게 살지는 않았을 거예요. 분명 언니도 나를 진심으로 용서하지 못할 거예요.

아니야, 네가 용서를 빈 순간 난 용서할 수밖에 없었어. 진심이야.

정말 그런가요? 내가 아직 이렇게 힘든 게 그 사람이 내게 용서를 빌지 않아서인가 보네요. 사실 나는 여전히 그를 용서 못 하고 있어요.

오랜 세월 동안 집요하게 누군가를 용서하지 않은 채로 함께 지낸다는 게 어떤 기분일지 알 수가 없었다. 그 세월 동안 용서를 빌지 않았다는 그도 이해하지 못할 인간이었다.

그 사람을 6년 만에 찾았어요. 베를린에 있었어요. 계획대로라면 우리는 그맘때쯤 함께 그곳에서 공부를 하고 있었겠지요. 그런데 그가 혼자, 거기 있었던 거예요.

내가 그곳을 떠나올 때 그가 쉽게 따라올까 두려워 돈을 한 푼도 남기지 않았다. 그렇다 하더라도 빌린 집을 처분해 어떻게든 귀국할 수 있을 거라고 생각했다. 나는 뒤따라올 그를 피하기 위해 도시에서 멀리 떨어진 전원주택 단지로 이사했다. 아기를 위해 좋은 공기와 넓은 집이 필요하다는 말에 남편은 마당이 있는 이층집을 구입했다. 다행히 그는 나를 찾아내지 못했다. 가끔 그가 어떻게 지낼지 궁금했지만 평생 다시 마주치지 않기를 바랐다. 가족들이 독일에서의 일들을 알게 될까 두려웠다. 그것을 아는 사람은 나와 그뿐이었으니 안심이었다. 남편의 울타리 안에서 아기를 안전하게 키울 수 있어 행복했다.

거기서 돌아와 함께 지낸 거구나.

아니요, 그는 돌아오지 못했어요. 돌아온 건 사진 한 장과 만년필뿐이에요. 그는 베를린의 공원에서 노숙자로 지내다가 네오나치들에게 맞아 죽었다더군요. 나와 함께 지내는 건 그의 유품뿐이지만, 언제나 그가 내 곁에 있다고 느껴요. 그래도 그가 살아 돌아와 내게 용서를 비는 일은 없겠지요.

너는 내 앞에 사진 한 장과 만년필을 내밀었다. 유석과 나, 아기가 찍힌 사진이었다. 사진 속 나는 잠옷 차림으로 아기에게 젖을 물리고 있고 그 옆에서 유석이 거울을 통해 세 명의 모습을 찍고 있었다. 그 속에는 우리가 함께 지냈던 독일의 낡은 집과 내가 두고 온 가재도구들이 그대로 담겨 있었다. 나는 사진을 애써 외면하며 만년필을 집어 들어 뚜껑을 열었다. 촉이 없는 만년필에는 암갈색으로 말라비틀어진 리사의 탯줄이 들어 있었다. 너는 장식장 위에 놓인 리사의 아기 때 사진을 바라보며 넋을 놓고 앉아 있었다. 나는 얼른 정신을 추스르려 했지만 상상도 못 했던 일에 놀라 허둥거리기만 했다. 네가 어디까지 알고 있는지 도무지 감이 잡히지 않아 선불리 말을 꺼낼 수가 없었다.

유품을 받고 도대체 무엇인지 알 수 없어 괴로웠는데 알고 나니 더 괴롭더군요. 한동안 사진을 보면서 무슨 일인지 궁금했어요. 같이 간 걸까, 우연히 만난 걸까, 아기는 누굴까, 같이 살았던 걸까. 온갖 상상을 다 하며 자초지종을 짐작하고 난 뒤에도 언니를 이해해보려고 노력했어요. 얼마나 외로웠으면 그랬을까, 얼마나 답답했으면 그랬을까, 아니야, 무슨 일을 했든 언니가 그럴 리가 없다고…… 나는 언니를 친구, 자매보다 더 좋아했으니까요. 언니가 나이가 많아 나보다 먼저 죽는다면 언니 없는 세월을 어떻게 지내나 하는 생각에 슬퍼지곤 했어요. 그런데 지금은 오히려 나보다 먼저 죽게 될 테니 얼마나 다행인가 하는 생각이 드네요. 이런 생각을 하게 되다니 참 슬프군요.

그래, 네가 뭘 상상하는지 알겠는데, 절대 그런 거 아니야. 리사는 남편 아이야. 그리고 유석이는 나랑 갔던 것도 아니고……

누구의 아이건 관심 없어요. 그때 무슨 일이 있었는지 이제는 알고 싶지도 않아요. 이미 지난 일이고 난 상처받았으니까요. 그가 살아 온다고 해도 소용없는 일이에요. 나는 당신에게 사과할 기회를 줬어요. 그런데 실망만 주네요. 용서를 비는 게 그렇게 힘든가요?

그제야 그녀가 원하는 것이 무언지 알았다. 그녀를 더 화나게 하고 싶지 않았다.

정말 미안해. 용서해줘. 진작 사과했어야 하는데 정말 미안해.

이제 소용없는 것 같네요. 당신이 용서를 빌면 금세 용서해버릴까 봐 절대 그러지 말자고 마음을 다잡곤 했는데 그런 걱정을 왜 했을까요? 진심으로 용서를 빌 사람도 아닌데…… 난 새로운 것을 갈구하고 배우려는 당신이 젊다고 생각했어요. 당신은 나이란 숫자에 불과할 뿐이라고, 앞으로도 절대 철들지 않을 거라고 말했죠? 내가 그때의 당신보다 더 나이를 먹고 보니 명확하게 말할 수 있어요. 철드는 건 나쁘거나 대단한 게 아니에요. 자신이 살아온 시간의 무게를 온전히 견딜 수 있는 사람이 되는 거예요. 당신은 그냥 자기 연민에 빠진 철부지였고 당신 뜻대로 쉰이 넘은 지금까지 여전히 철이 안 든 것 같네요. 나는 당신을 경멸합니다.

너무 정중한 말투라 얼핏 들으면 당신을 존경합니다,라고 말하는 것 같았다. 이상하게 그 말을 듣고도 화나지 않았다. 내가 생각하고 있었던 것이 그녀의 입을 통해 쏟아져 나온 것 같았다.

그 순간 중요한 사실을 깨달았다. 처음부터 눈치챘어야 했는데 나는 어리석게도 두려움 때문에 직시하지 못했다. 네가 한 번도 옷을 갈아입지 않았다는 것과 네 얼굴이 오래전과 달라지지 않았다는 것을 왜 의아하게 생각하지 않았을까? 내가 검은 롱 코트 말고 다른 옷들은 전혀 기억하지 못하기에 넌 늘 그 코트 차림으로 나타난 것이 분명했다. 마을 어귀에 경차만 들어서도 소리가 울리는 이곳에 이른 아침 자동차 소리 없이 이곳에 왔다는 것도 이상했고 아무도 없는 시간에만 온 것도 수상했다. 그리고 네가 어떻게 내 내면을 알고 있는 것일까. 너와 한참 이야기했지만 우리의 대화는 유석과 리사에게 집중되어 있을 뿐 너의 현재를 전혀 알 수 없다는 것도 이상했다. 너는 실재 인물이 아닐 수도 있었다. 내가 억눌러두었던 죄책감과 내 자신을 경멸하는 마음이 너를 닮은 존재로 현현한 것이 분명했다. 너는 실재가 아니라 내게서 분열되어 나온 병리학적 인격체일지도 몰랐다.

나는 주방으로 가느라 너를 스치는 척하며 네 어깨를 짚어보았다. 손바닥으로 너의 몸이 생생하게 느껴졌지만, 그건 내 감관의 착각일 것이다. 이렇게 생생하게 느껴지지 않았다면 애초에 너를 집으로 들여 대화를 하는 일 따위는 없었을 것이다. 나는 도우미 아줌마가 올 때까지 너를 잡아두고 네가 보이는지 물어볼 계획이었다. 그러나 너는 조금도 지체하지 않고 밖으로 나가며 말했다.

남편한테 모든 걸 이야기하고 사죄를 하세요. 조금만 기다릴 겁니다. 제가 식구들에게 직접 말하게 하지는 마세요.

너의 경고는 어떤 말보다 공포스러웠다. 내일 너는 다시 찾아올 것이다. 이런 불편한 방문은 언제까지 계속될지 모른다. 결국 난 너를 견디지 못하고 기어이 내 입으로 남편에게 진실을 말해버릴 것 같은 불길한 예감이 들었다. 그 뒤에 어떤 일이 벌어질지 모르지만 어쨌건 지금처럼 평온한 일상을 맞이할 수 없으리라는 것은 명약관화하다.

너는 마을 어귀를 향해 걸었다. 네가 갑자기 사라질지도 모른다는 생각에 네게서 눈을 떼지 않은 채로 자동차 키를 꺼내 들고 따라 나갔다. 마당에 서 있는 자동차에 시동을 걸자마자 액셀러레이터를 세게 밟았다. 자동차는 네가 걷는 길을 향해 급발진했고 너는 공중으로 한 번 치솟았다가 바닥에 떨어져 자동차 바퀴 밑으로 빨려 들어갔다. 몹시 요란하게 울리는 소리에 이웃들이 문을 열고 밖을 내다보았다. 나는 손을 흔들어 아무 일 없다는 것을 알리고 집을 향해 차를 돌렸다.

무슨 짓이에요. 사람이 깔렸잖아요!

감나무집 여자가 급히 뛰어나오며 소리를 빽 지르고는 차를 막아섰다. 그 소리에 다른 이웃들도 하나씩 밖으로 나와 웅성거렸다.

나는 안다. 그들이 보고 있는 것은 네가 아니라 자신의 마음속에 있는 죄책감이라는 것을. 혹여 네가 정말 너라 할지라도 돌이킬 수 없는 일이다. 클라인, 네게 조금의 관용이라도 있었다면 이렇게 추운 겨울 차가운 바닥에 등을 대고 눕는 일은 없었을 것이다. 나는 가정을 지키려던 가련한 주부에 지나지 않는다. 너는 리사의 선생님이고, 너의 실직에 대한 분풀이를 하러 내 집에 왔을 뿐이다. 자동차도 없이 찾아온 선생님을 바래다주려던 선의에 의한 사고에 대해 누가 나를 비난할 수 있을까? 급발진 사고는 간혹 일어나는 일이니까. 이 지경까지 몰아온 것은 네 탓이지 내 탓이 아니다. 정말이지, 나로서는 어쩔 수 없는 일이다. 나는 차 밖으로 나가 사람들에게 물었다.

정말 이게 당신들 눈에 보이나요?

사람들은 바퀴 밑에서 너를 꺼내기 위해 안간힘을 썼지만 너는 그 자리에

폐쇄되는 도시

삼은 C시로 가지만, 그곳이 이 나라의 어디쯤 있는지 모른다. 그녀는 열 살 이후 단 한 번도 집을 떠나본 적이 없다. 다시 돌아왔을 때, 집이 사라지고 없는 경우도 있다는 것을 알고 있기 때문이었다. 그녀는 출근용 정장 차림에 짐 가방을 하나 들고 터미널로 가는 버스를 탔다. 버스가 삼의 직장인 은행과 점심을 먹던 식당, 늘 들르곤 하는 편의점과 커피 전문점 앞을 지나칠 때, 그 풍경이 아주 생경하게 느껴졌다. 삼은 열 살부터 지금까지 조용한 M시에서 보낸 세월이 버스 밖으로 지나가는 풍경에 지나지 않았고, 오히려 오래전 C시에서의 짧은 시간만이 자신이 몸으로 겪었던 유일한 기억들이라는 생각이 들었다.

출근을 준비하며 습관적으로 켜놓았던 텔레비전에서는 C시 시민들의 대대적인 집단 이주가 진행되고 있다는 뉴스가 흘러나오고 있었다. C시는 인신매매와 매춘, 강력 범죄 등의 문제로 늘 시끄러웠는데, 국가에서는 그곳을 친환경 관광 신도시로 전면 재개발하기로 결정했다. 빈민연대와 세입자연합 등의 끝없는 반대에도 결국 계획안은 통과되었다. 시민들에게는 보상금과 이주비가 지급되었고, 이주가 끝나면 도시는 폐쇄되고 곧 철거에 들어간다고 했다. 카메라는 도시 중심부에 30년째 C시의 상징처럼 버티고 서 있는 흉물스러운 시민아파트를 비추었다. 삼은 언덕 위의 아파트가 자신이 한때 살았던 곳임을 한눈에 알아보았다. 그곳은 그녀가 기억하는 것보다 더 낡고 구질구질했다. 삼은 그 아파트가 C시에 있다는 사실을 뉴스를 보고 처음으로 알았다.

삼은 여섯 살에 유괴되어 그 아파트에 살았다. 할머니와 복이라는 또래 남자아이, 그리고 많은 여자아이와 4년을 함께 보내고 돌아왔다. 그녀는 어쩌면 자신이 인신매매 같은 일에 관여되었던 것인지 모른다고 생각했기에 그때의 일을 아무에게도 말하지 않았다.

그녀가 다시 돌아왔을 때, 부모는 이미 헤어져 있었다. 아버지는 수염을 덥수룩이 기르고 이 산 저 산 떠돌아다니는 도인이 되어 있었고, 어머니는 한 신흥종교의 교인이 되어 집단생활을 하고 있었다. 부모에게만은 그간의 이야기를 하고 용서받고 싶었으나 부모 모두 딸의 이야기를 들어줄 형편이 못 됐을 뿐 아니라 어떤 일이 있었는지 모르는 편이 낫다고 생각했다. 그녀에게 아버지는 모든 것을 업이라 생각하고 다 잊으라 했고, 어머니는 다 용서하고 잊자고 했다. 부모는 그것들이 그녀의 마음에 평화를 가져다줄 거라고 했다. 그녀는 부모 모두 자신이 돌아오기 전에 이미 평화를 얻은 것 같다고 생각했다. 둘 다 처음 만난 사람처럼 낯설어 그녀는 부모를 잘못 찾은 것이 아닐까 의심했다. 그녀는 부모의 말대로 그 시절을 모두 잊어버리기로 했다.

삼은 유괴당하지 않고 자란 아이들보다 2년 늦게 초등학교에 갔다. 아버지는 딸을 위해 작은 집을 얻어주었고, 어머니는 가끔 찾아와 밥을 사주었다. 그녀는 가족이 헤어진 것이 자기 탓이라고 생각했기에 부모를 원망하지 않았다. 그녀는 부모에게 방치된 채로 자랐지만 그런 형편을 밖으로 전혀 드러내지 않았다. 그녀는 4년의 공백과 부모의 부재를 다른 이야기들로 채웠다. 아버지는 항해사예요. 어머니는 선교사인데 시에라리온에 가 있어요. 저도 4년 동안 엄마와 함께 그곳에 있었답니다. 너무 위험하다고 엄마가 혼자 돌려보냈어요. 삼은 그 거짓말이 반쯤은 진실에 닿아 있다고 생각했다. 그녀는 자신이 아프리카에서 본 굶주림과 고독, 밀림과 사막의 아름다움에 대해 이야기했다. 아이들은 그녀의 흥미진진한 이야기에 귀를 기울였다. 좀더 진실에 가까운 이야기를 만들어내기 위해 사람보다 책을 더 가까이했다. 그녀는 자신에 대해 아무것도 말하지 않기 위해 수많은 이야기를 지어냈다. 대학을 나와 직장에 다니며 평범한 얼굴로 살아가도 결국 죄를 지은 인간이라는 사실은 변하지 않았다. 그녀는 자기가 어떤 사람인지 들킬까 두려워 아무도 가까이하지 않았다. 자신의 과거를 아는 사람이 없다는 사실이 다행이기도 했지만, 자기를 드러내 보일 대상이 세상에 단 한 명도 없다고 생각하면 끝없이 외로워졌다. 그녀는 여전히 그 자리에 존재하고 있는 아파트를 보자 잊으려고 애썼던 그 시절의 감각이 모두 되살아나는 듯해 괴로웠다. 모든 게 할머니 탓이었다.

삼은 시외버스 터미널에서 C시로 가는 차표를 끊었다. C시는 시외버스로 세 시간 거리에 있었다. 어린애가 어떻게 그 먼 곳까지 가게 되었을까? 그때가 잘 기억나지 않았다. 그녀는 시외버스 안에서 꿈을 꾸었다. 집에 돌아온 후 주기적으로 꾸었던 꿈이었다. 골목에 서서 누군가를 기다리고 있는데, 나타나는 사람은 항상 할머니였다. 할머니는 두 팔로 그녀를 끌어안아 꼼짝 못 하게 했다. 팔에서 빠져나오려고 버둥거리다가 깨어나 곁에 아무도 없는 것을 확인하면 말할 수 없이 두려웠고, 한편으로는 그 팔의 온기가 그리워 서글퍼졌다.

C시는 M시보다 규모가 작았지만 무척 시끄럽고 공기가 좋지 않았다. 터미널은 떠나는 사람으로 만원이었다. 다닥다닥 붙은 작은 주택들과 오래된 저층 빌딩들로 이루어진 도시는 지저분한 인상을 주었다. 회사에서 20분 간격으로 계속 전화가 왔다. 삼은 배터리를 뺀 핸드폰을 쓰레기통에 던져넣었다. 터미널에서 택시로 20분 정도 떨어진 곳에 시민아파트가 있었다. 택시 기사는 그곳에서 나오는 사람이 없다며 왕복 요금을 요구했다. 그는 이 도시에서 기사 노릇하다가는 언제고 흉한 꼴을 당할 것 같았다며 다음 주부터는 다른 도시에서 일할 수 있어 다행이라고 했다. 오래전에 버스 정류장과 상점가가 있었고 번화했던 그 거리에는 가끔 차만 지나다닐 뿐 사람은 보이지 않았다. 아파트로 가는 오르막에 있던 아주 오래된 상점들은 모두 문을 닫았고 몇 채는 부서져 있었다.

아파트 단지는 텔레비전에서 보았던 것보다 더 황폐했다. 5층짜리 복도식 아파트 네 동이 둘러싼 마당에는 주민들이 집을 떠나며 부려놓은 쓰레기들, 부서진 가구와 문짝

들, 깨진 변기 등이 산더미처럼 쌓여 있었다. 유리창은 대부분 깨져 있었고, 칠이 벗겨진 외벽에는 '철거 반대' '세입자에게도 보상을' 같은 문구들이 씌어 있었다. 삼은 똑같이 생긴 네 개의 건물을 이리저리 돌아다니며 자신이 살았던 곳을 찾아다녔다. 사람이 빠져나가고 텅 비어 있는 아파트 단지에는 이리저리 오가는 그녀의 발걸음 소리만 텅텅 울렸다. 그녀는 보일러실로 쓰이는 단층 건물을 보고 자신이 이곳에 처음 왔던 날을 기억해냈다.

그녀는 처음 보는 조그만 할머니의 손을 잡고 보일러실 지하의 커다란 방으로 들어갔다. 그 할머니에게 어디서 어떻게 유괴되었는지, 이곳까지 어떻게 왔는지 그녀는 기억하지 못했다. 강당처럼 넓은 그 방에는 노란 장판이 깔려 있었고, 벽에는 밀림 속 동물들이 아기자기하게 그려져 있었다. 온갖 장난감과 실내용 미끄럼틀, 그네 같은 것들이 가득했고 삼보다 어린 여자아이들 예닐곱 명이 소꿉장난을 하거나 인형 놀이를 하고 있었다. 할머니는 그곳을 놀이터라고 불렀다. 아이들은 할머니에게로 우르르 달려왔고 삼에게 호기심을 보였다. 그녀는 할머니에게 집에 데려다 달라며 울었다. 할머니는 삼의 눈물을 닦고 꼭 끌어안았다. 다른 아이들도 울기 시작했다. 할머니는 아이들을 하나하나 안아주며 가느다란 목소리로 달래기 시작했다. 얘들아,

엄마가 버렸어도 슬퍼하지 마라. 할머니가 꼭 엄마 찾아줄게. 아이들은 할머니와 새끼손가락을 걸고 울음을 멈췄다. 삼은 부모의 이름과 집 주소, 전화번호를 할머니에게 또박또박 말하며 집을 찾아달라고 했다. 할머니는 연락을 해보겠다고 하며 그녀를 안심시켰다. 그녀는 다른 아이들과 금세 친해졌다. 초콜릿과 과자를 마음껏 먹고 텔레비전 만화도 마음껏 볼 수 있어 즐거웠다. 소꿉장난과 인형 놀이를 하고 할머니가 해주는 맛있는 음식을 먹으면 하루가 금방 갔다. 자고 일어나면 가끔 아이들이 사라져 있었다. 할머니는 부모가 아이를 찾아갔다고 했다. 부모를 잃은 새로운 아이들이 계속 들어왔기에 놀이터는 늘 북적거렸다. 아이들은 자기 부모가 곧 찾아올 거라고 믿고 즐거운 시간을 보냈다. 그녀는 할머니를 볼 때마다 전화번호와 집 주소를 읊었고 할머니는 연락이 되지 않는다며 함께 걱정해주었다. 그녀는 그곳에서 한 달이 조금 넘게 머물다 할머니가 사는 집으로 들어가 함께 살았다.

그녀는 보일러실 문에 귀를 대고 안쪽에서 소리가 들리지 않는지 확인했다. 아무 소리도 들리지 않는 것을 보면 그곳에 아이들이 없는 것 같아 안심이었다. 보일러실 옆 동 1층에는 그녀가 할머니와 함께 4년을 살았던 집이 있었다. 그녀가 살던 동의 현관 앞에 쓸 만해 보이는 낡은 소파와 칠이 벗겨진 탁자 같은 것들이 여러 개 놓여 있었다. 언제부터인지 할머니 두 명이 소파에 앉아 삼이 하는 일을 멍하게 바라보고 있었다. 삼은 할머니들을 뒤늦게 발견하고 소스라치게 놀랐다. 할머니들은 앉아 있기도 힘들 정도로 노쇠했는데, 한 명은 키가 작고 뚱뚱했고, 한 명은 머리카락이 온통 은빛이고 허리가 꾸부정했다. 가까이 가 할머니들의 얼굴을 확인했지만 그녀가 찾고 있는 할머니는 아니었다. 그녀는 자신을 유괴한 할머니의 얼굴이 어떻게 변해 있을지 상상할 수 없었으나, 알아볼 수는 있을 것 같았다. 지팡이를 든 뚱뚱한 할머니가 물었다. 누구고? 우리 쫓아내러 왔나? 인자 갈 데도 없데이. 여기서 다 죽을 끼다. 삼은 대답했다. 아니에요. 사람을 찾고 있어요. 고현자라는 할머닌데, 여든 가까이 됐고요, 복이라는 남자도요. 옆에 있던 은빛 머리 할머니가 고개를 절레절레 흔들며 말을 했다. 복이는 우리랑 사는데, 할머니는 잘 모르겠네. 들어와서 찾아볼텐가.

복과의 관계를 묻는 할머니에게 동생이라고 했다. 할머니는 복이 곧 들어올 거라고 했다. 삼은 할머니들을 따라 안으로 들어갔다. 할머니들은 복도의 끝 집으로 들어갔다. 그곳은 그녀가 살았던 곳이다. 방 두 칸에 부엌 겸 거실이 있는 그 집은 그대로였지만, 할머니가 쌓아두었던 고물들은 하나도 남아 있지 않았다. 그녀는 그 집이 그렇게 넓은 줄 몰랐다. 할머니는 수집벽이 있어 물건을 잘 버리지 않았고, 밖에서 쓸 만한 물건을 보면 가지고 들어왔다. 그래서 집 안 구석구석에는 잡동사니들이 수북이 쌓여 있었다.

집에는 열 명 이상의 할머니들이 살고 있었다. 할머니들이 왜 이렇게 많아요? 이기 뭐가 많나? 옆집도 다 할매다. 뚱뚱한 할머니가 말했다. 할머니들은 대부분 몸이 불편해 보였다. 허리가 심하게 굽어 바닥에 엎드려 있는 것처럼 보이는 할머니, 웅크리고 누워 있는 할머니, 계속 무언가를 중얼거리는 할머니도 있었다. 앉을 수 있는 할머니들은 둘러앉아 생밤과 생고구마로 점심 끼니를 때우고 있었다. 몸이 성한 할머니들은 누워 있는 할머니들 입에 깐 밤을 넣어주었다. 혹시 여기 고현자 할머니 안 계세요? 할머니들은 귀가 어두워 삼의 목소리를 잘 못 들었다. 그녀는 자신이 찾는 할머니가 그 안에 있는지 할머니들의 얼굴을 유심히 들여다보았지만, 검버섯 피고 쭈글쭈글한 얼굴들은 다 비슷비슷해 보였다. 게다가 할머니의 얼굴이 잘 기억나지 않아 알아볼 수도 없을 것 같았다. 은빛 머리 할머니는 복을 못 만났으면 집도 절도 없이 길에서 죽었을 거라고 했다. 어떤 할머니들은 맞장구를 치기도 했고, 어떤 할머니들은 입을 앙다물고 고구마를 오독오독 씹다가 그놈이 우릴

잡아 왔다며 버럭 화를 내기도 했다. 할머니들의 반응은 제각각이라 무슨 말이 맞는지 알 수 없었다. 삼은 한쪽 구석에서 가방을 베고 누워 복을 기다렸다. 한참이 지나도 그는 오지 않았다.

해가 지자 할머니들은 전기가 끊어진 집 안에 촛불을 켰다. 할머니들은 일찌감치 방과 마루에 이불을 널찍하게 펴고 나란히 눕더니, 금세 잠이 들어 코를 골기 시작했다. 말없이 누워만 있던 이가 다 빠진 할머니 하나가 삼이 있는 곳으로 기어와 손을 꼭 잡더니 부정확한 발음으로 말했다. 데여다 줘…… 지비…… 데여다 줘. 삼은 가슴이 철렁 내려앉았다. 할머니, 왜요? 무슨 일이에요? 할머니는 계속 집에 데려다 달라는 말만 반복할 뿐 다른 말은 하지 않았다. 잠결에 그 소리를 들은 은빛 머리 할머니가 삼에게 말했다. 신경 쓰지 마라. 여기 정신 온전치 못한 노인네들이 아주 많다. 그러나 삼은 신경이 쓰여 이 빠진 할머니의 말에 귀를 기울였다. 할머니는 그녀의 귀에 대고 작은 쇳소리로 전화번호를 반복해서 말했다. 그녀는 번호를 수첩에 적으며 핸드폰 버린 것을 후회했다.

밤이 깊어도 복은 돌아오지 않았다. 그녀는 잠이 오지 않아 촛불을 하나 들고 복도를 오가며 빈집의 문을 열어보았다. 가구가 그대로 남아 있는 집에도, 벽지와 장판이 모두 뜯겨나간 집에도, 사람의 냄새는 모두 지워져 있었다. 사람이 사는 집은 할머니들이 빽빽이 누워 곤하게 잠들어 있는 단 두 집 뿐이었다. 그 모습이 기괴해 그녀는 가만히 서서 그 모습을 지켜보았다. 작은 몸집의 할머니들은 밟으면 쉽게 바스라질 것 같았다. 이 중에 할머니가 있는 걸까. 삼은 할머니도 이런 모습으로 늙어 있기를 바랐다.

다음 날 아침이 되어서야 복이 돌아왔다. 그는 코끝이 뾰족하고 속쌍꺼풀이 깊게 져 있어 날카로워 보이는 인상이었다. 그러나 그녀보다 겨우 한 뼘 정도 컸고 호리호리한 편이라 위협적으로 보이지는 않았다. 낯선 외모 때문인지 그녀는 그가 전혀 모르는 사람인 것처럼 느껴졌다. 그는 한 할머니를 번쩍 안아 들고 방으로 들어와 이불 위에 앉혔다. 할머니는 가느다란 다리가 펴지지 않아 편하게 앉아 있지 못했다. 할머니는 방 안에 있는 자기와 비슷한 할머니들을 보고 조금 마음을 놓았다. 복은 커다란 비닐봉지를 할머니들에게 건넸다. 그 안에는 김밥과 샌드위치, 음료와 생수가 들어 있었다. 별일 없었지? 먹을 게 별로 없으니까 대충 나눠서 배나 채워둬요. 그는 할머니들에게 무신경하게 말했다.

복은 꼬질꼬질한 정장을 입은 낯선 그녀를 경계했다. 삼은 할머니를 찾아왔다고 했다. 여기 많으니까 찾아보세요.

복이 할머니들을 턱으로 가리키며 말했다. 아니, 고현자 씨요. 복은 삼을 쏘아보며 적의를 노골적으로 드러냈다. 우리 할머니를 어떻게 알아요? 그녀가 자신의 얼굴을 가만히 들여다보자 그는 눈을 피했다. 역시 못 알아보는구나. 그녀는 왠지 섭섭했다. 그는 눈을 치켜뜨며 물었다. 당신, 누구야?

삼이야. 할머니는 여자를 지하 놀이터에서 집으로 데리고 올라와 삼이라는 이름을 붙여주었다. 여자가 입고 있던 옷에 씌어 있는 숫자 3을 보고 지은 이름이었다.

삼이 누군데? 복은 이름을 듣고도 기억하지 못했다.

네 동생이었잖아. 네가 버린 동생. 할머니는 복에게 삼의 손을 쥐여주며 말했다. 너희는 남매야. 복이가 오빠니까 잘 돌봐줘야 해. 할머니가 놀이터에서 지내던 아이를 집으로 데리고 온 것은 처음이었다. 복은 그 아이들은 자신과 다르다고 생각했는데 그렇게 금방 남매가 될 수 있는 것이 의아했다. 삼은 복의 귀에 대고 할머니 몰래 속삭였다. 나는 버려진 게 아니라 유괴당했어. 난 집에 가고 싶어. 복은 할머니에게 금세 고자질했다. 그는 할머니가 칭찬하는 일이라면 무엇이든 했다. 놀이터 애들이 어디로 가는지 모르지? 부모한테 가는 게 아니야. 어딘지는 가보면 알지. 자꾸 그런 소리 하면 보내줄게. 할머니는 웃는 얼굴로 다정하게 말했다. 삼은 할머니 눈 주위의 자글자글한 주름이 무서워 집에 놀아가고사 하는 생각을 버렸다. 그러나 전화번호와 주소, 부모 이름을 잊어버리지 않기 위해 방바닥에, 손바닥에 몰래 썼다가 지우곤 했다. 할머니는 삼이 어려서 죽은 자신의 딸과 똑같이 생겼다며 무척 예뻐했다. 복은 할머니가 그녀를 아끼는 것이 못마땅해 할머니의 친손자 행세를 하며 텃세를 부리곤 했다. 그녀도 지지 않고 받아쳤다. 넌 엄마가 버렸잖아. 난 너랑 달라. 엄마가 꼭 날 찾을 거야. 복은 아무 반박도 하지 못했다. 그는 자신이 버려진 아이라는 것보다 할머니의 친손자가 아니라는 사실이 더 슬펐다. 할머니는 삼에게 머리핀, 구두를 사다 주었다. 복이는 오빠니까 이런 거 필요 없지. 할머니는 글을 아는 삼이 기특해 연필과 노트를 가져다주었다. 복이는 글씨를 모르니까 저런 건 없어도 되지. 삼에게 할머니가 새 동화책 세트를 가져다준 날, 복은 그녀를 먼 곳에 있는 놀이공원 입구로 데리고 갔다. 그녀가 신기한 물건을 파는 노점상에 정신이 팔려 있는 사이 복은 자취를 감췄다. 그녀는 해가 지고 놀이공원이 폐장할 때까지 그곳에 서 있었다. 혹여 복이 자신을 시험하는지 몰라 쉽게 다른 곳으로 가지 못했다. 그는 돌아오지 않았고 그녀는 드디어 집으로 돌아갈 수 있었다. 그가 버리지 않았다면 도망칠 엄두도 내지 못했을 것이다.

아하, 삼이. 정말 못 알아보겠다. 그건 장난이었는데, 다시 데리러 가려고 했어. 그렇게 사라질 줄 몰랐다고. 우린 네가 없어져서 얼마나 슬펐는데. 복은 생각이 없는 사람처럼 실실 웃어댔다. 삼을 잃어버리고 할머니에게 매를 많이 맞으면서도 복의 속은 후련했다. 할머니는 삼을 찾아 나섰지만 복이 잃어버린 위치를 거짓으로 알려주는 바람에 찾지 못했다. 할머니는 속이 상해 며칠 앓아누웠다. 복은 자기가 죽으면 할머니가 더 슬퍼해줄지 모른다는 생각에 할머니의 두통약을 모두 털어 먹고 사경을 헤맸다.

고마웠어. 덕분에 집으로 돌아갔으니까. 아니면 나도 여기서 이 모양으로 살았겠지. 삼은 조금 더 독하게 말해 그에게 상처를 주고 싶었는데 잘 되지 않았다.

그래. 잘 돌아갔다니 다행이네. 좋아 보이는구만, 뭐가 아쉬워서 온 거야?

여기가 사라진다기에 그냥. 할머니는 어디 있어? 이제 애들은 없는 건가?

없지, 그럼. 언제 적 얘길 하는 거야? 할머니는 떠났어. 벌써 5년이나 됐네. 노인네, 종이 한 장 남기고 갑자기 사라졌어.

정말이야? 어디로 갔는데? 삼은 그 많은 할머니 가운데 복의 할머니가 없다는 게 믿기지 않았다. 게다가 복의 대답이 너무 담담해 이상했다. 복이 할머니를 얼마나 많이 따랐는지 삼도 알고 있었다. 복은 뒷주머니의 지갑 속에서 조그맣게 접은 쪽지를 꺼내 폈다. 아데우쓰! 아떼 마이스 따르지! 종이 위에 한글로 비뚤비뚤하게 적어놓은 글씨였다.

브라질어로 안녕, 헤어질 때 쓰는 말이야. 복은 삼에게 과시하듯 말했다. 삼은 그것이 포르투갈어라고 금세 정정해주었다. 그 정도쯤이야 알고 있었지만 그에게는 어쨌거나 브라질어였다.

배웠다고 위세를 좀 떠는군. 할머니랑 닮았네. 할머닌 아마 브라질에 갔을 거야. 거기에 남편이 있는데, 가야 한다고 노래를 했거든. 거기서 잘 살고 있을 거야. 할머니는 결혼한 지 6년 만에 딸이 죽고, 남편은 봉제 공장을 차려놓고 부르겠다며 브라질로 떠났다. 그는 다시는 돌아오지 않았고 할머니를 부르지도 않았다. 복이 사춘기에 접어들자 할머니는 습관적으로 말했다. 너도 다 컸으니 난 이제 브라질로 갈 거다. 할머니는 폐지 수집장에서 주워 온 포르투갈어 교본이 나달나달해질 정도로 브라질의 말을 공부했다. 뚜두 벵, 꼬무 바이 씨뇨르, 벵 오브리가두, 이 보쎄, 무이뚜 쁘라제라, 이구아우멘찌. 할머니는 포르투갈어 위에 작게 한글로 써 있는 발음을 매일 밤 따라 읽었다. 복은 할머니가 상냥하고 다정하게 자신에게 말을 걸어오는 것 같아 마음이 따뜻해졌다. 그러나 동시에 할머니가 아데우쓰, 하고 떠날 것 같아 불안했다. 결국 할머니는 말도 없이 사라져버렸다. 복은 할머니의 노트에서 이별 인사를 써놓은 부분을 찾아 지갑 속에 넣어두었다.

찾아보지는 않았니? 그렇지 뭐. 어떻게 찾아. 그는 할머니가 자신을 배신했다고 생각했기에 찾아봤자 아무 의미 없다고 생각했다. 그녀는 그가 거짓말을 한다고 생각했다. 게다가 미국도 프랑스도 아닌 브라질이라니, 잔머리를 굴린 흔적이 보여 우스웠다. 자신이 콩고나 남아공이 아닌 시에라리온이라는 이름을 빌려온 것과 같은 심리였을 것이다. 복이 혹시 어린 시절처럼 할머니를 독차지하기 위해 많은 할머니들 속에 자신의 할머니를 숨겨놓고 있는 게 아닐까 하는 의심이 들었다. 아파트 마당에 몇 명의 남자가 찾아와 복을 불러내 더 이야기할 수 없었다. 복은 그들과 한참 이야기했다. 뚱뚱한 할머니는 그들이 자신들을 쫓아내려고 한다며 걱정했다. 할머니들은 이 도시 모두가 곧 철거되며 모두가 떠나야만 한다는 사실을 모르는 것 같았다.

삼은 공중전화를 찾아 길을 나섰다. 거리의 크고 작은 상점들은 문을 닫았거나, 짐을 꾸리고 있었고, 목재나 고철, 폐가전제품 등을 줍는 사람들이 분주하게 돌아다녔다. 공중전화는 대부분 수거되었는지 보이지 않았다. 간혹 보이는 빈 공중전화 부스는 유리가 깨져 있거나 프레임이 완전히 찌그러져 있었다. 그녀는 한참을 걸어 주택가까지 가서야 전화기를 찾을 수 있었다. 그녀는 공중전화를 찾아 전날 밤 할머니가 알려준 번호로 전화를 걸었다. 없는 번호였다. 번호를 다시 확인하고 눌러봤지만 없는 번호가 맞았다.

복이 그녀를 버렸을 때에도 공중전화를 찾아 헤맸다. 삼은 집 전화번호를 기억하고 있었다. 그녀는 수십 번 전화번호를 눌러봤지만 없는 번호라는 말만 돌아왔다. 다행히 주소를 외우고 있던 까닭에 집으로 돌아갈 수 있었다. 그녀가 외우고 있던 주소는 이미 그녀의 집이 아니었기에 주소를 추적해 겨우 아버지를 찾을 수 있었다. 어머니는 신흥종교의 기도원에 기거하고 있어 연락이 두절된 상태였다.

이 빠진 할머니의 가족들은 아마 이미 도시를 떠났을 것이다. 그녀는 마음이 쓰려 길을 한참 배회했다. 많은 버스 정류장이 철거되고 표지판에는 폐지된 노선을 알리는 공고가 붙어 있었다. 주택과 빌딩 곳곳에 사다리차와 포장 이사 차량들이 서 있었다. 길을 건너다가 아파트 쪽에서 내려오는 복과 마주쳤다. 그녀는 그에게 어디 가느냐고 물었다.

아르바이트. 예전에 우리가 같이 했던 일인데 너도 갈래?

너, 아직도 그러고 사는 거야?

삼은 부끄러워 신경질을 냈다. 삼과 복은 버려진 아이를 줍곤 했다. 원래 할머니가 하던 일이었으나 삼이 함께 살게 된 후로는 둘이 하게 됐다. 할머니는 온종일 놀이터에서 아이들과 시간을 보냈다. 버려진 아이들과 부모를 잃은 아이를 구분할 때는 관찰할 시간이 필요했다. 유난히 잘 차려입고 한자리에 오래 서서 누군가를 기다리는 아이는 대부분 버려진 아이였다. 한참 시간을 두고 지켜보다가 아이가 자신이 버려진 것을 눈치챘을 때, 손을 내밀며 안심시키면 된다. 복이 엄마를 꼭 찾아주겠다고 약속하고, 옆에서 삼이 정말 괜찮을 거라고 안심시키면 아이들은 대부분 따라나섰다. 할머니는 버려진 아이를 줍는 것은 절대 나쁜 일이 아니라고 했다. 섣불리 다가가 사탕이나 초콜릿으로 유인하는 것은 유괴범이나 하는 짓이라고 할머니는 말했다. 그녀는 유괴범을 혐오하는 할머니가 왜 버려지지도 않은 자신을 유괴했는지 알 수가 없었다. 삼은 주워 온 아이들이 훗날 어디로 가는지 알 수 없어 불안했다. 언젠가 자신이 벌을 받게 될 거라고 생각했다.

그럼. 배운 게 이것뿐이니 뭐. 내가 살인을 배웠다면 지금쯤 청부 살인을 하고 있을 거야. 하긴, 그게 돈은 더 됐겠다. 안타깝군. 그는 자조하듯 웃더니 핸드폰을 뒤져 전송받은 사진 하나를 보여주었다. 이 할머니를 찾아가는 거야.

관절염 때문에 못 걷는대. 눈꺼풀이 처져 졸고 있는 것처럼 보이는 얼굴인데, 정면 사진이라 영정처럼 보이기도 했다. 삼은 그와 함께 가기로 했다.

인간들이 이사 가면서 노인네들을 얼마나 많이 버리고 가는지 아냐? 시에서 그걸 숨기려고 용역 써서 노인네들을 줍는 거야. 밖으로 알려지면 개발 방식이 틀렸고 어떻고 하면서 시끄러워지니까. 근데 웃긴 건, 이 용역 업체 놈들이 직접 자식들한테서 돈을 받고 노인네들을 데려가. 그리고 시에다가는 주운 노인이라고 수수료를 받는 거야. 이중으로 돈을 받아 처먹는 거지. 그러니까 나 같은 놈도 돈을 버는 거긴 하지만. 버리는 인간들 아주 뻔뻔해. 버린 게 아니라 그냥 그 자리에 두었을 뿐이란다. 미친.

복은 그런 인간들에게 화가 났다. 자기도 그런 식으로 버려진 것을 기억하고 있다. 어느 여름 엄마는 표를 사가지고 온다며 그와 짐 가방을 역전에 두고 안으로 들어갔다. 엄마가 나오기를 기다리다가 아스팔트의 열기에 지쳐 다 쓰러지게 되었을 때 그의 앞에 고물이 가득 담긴 리어카를 몰고 할머니가 나타났다. 아가 이리 온. 할머니는 목에 두른 수건으로 땀에 젖은 그의 얼굴을 닦아주더니 꼭 안았다. 복은 할머니의 품에 안겨 엉엉 울었다. 할머니는 고물들 위에 그를 태우고 그곳을 떠났다. 할머니는 복의 유일한 가족이 되었다.

그들은 다세대 주택이 밀집해 있는 곳으로 갔다. 버려진 개들이 그들을 보고 꼬리를 흔들며 따라왔다. 재활용 업자들이 빈 다세대 주택의 창틀과 대문을 떼어내고 있었다. 복은 골목으로 들어갔다. 안으로 들어갈수록 골목은 이리저리 꺾이다가 갈라졌고 삼은 자칫 길이라도 잃게 될까 복의 뒤를 바짝 뒤따랐다. 그는 이 도시의 뒷골목을 속속들이 알고 있다. 할머니는 아주 어렸던 그를 리어카에 태우고 매일 골목을 쑤시고 다니며 고물을 주웠다. 할머니는 심한 길치라 그가 길잡이를 하지 않으면 항상 다니던 길도 헤매기 일쑤였다. 그들은 갈림길을 세 번 지나 큰 감나무 한 그루가 심긴 공터에 다다랐다. 나무 밑에는 바퀴 달린 의자에 한복을 곱게 차려입은 할머니가 한 명 앉아 있었다. 복은 할머니의 얼굴을 확인하고 용역 업체에 찾았다는 문자메시지를 보냈다. 할머니는 앞에 나타난 낯선 두 사람을 경계했다. 복이 의자를 밀자 할머니는 끌려가지 않으려고 힘을 바짝 주며 몸을 뒤로 젖혔다. 아들, 아들이. 할머니는 끝내 완전한 문장을 말하지 못했다. 복은 할머니 앞에 무릎을 꿇고 앉아 눈을 마주 보았다. 할머니, 걱정하지 마세요. 저희가 아드님 찾아드릴게요. 복은 커다랗게 말하며 삼을 옆에 끌어다 앉혔다. 삼은 얼떨결에 한마디 거들었다. 그래요, 할머니. 꼭 찾아드릴게 걱정 마세요. 할머니의 눈은 여전히 불안하게 움직였지만 더 이상 힘을 주고 버티지 않았다. 그는 할머니가 앉은 의자를 밀기 시작했다. 이건 완전 거저 돈 먹는 일이야. 찝찝하니까 다들 안 하는 거지만 나는 전문가니까. 그는 낄낄 웃더니 잠시 주춤거리며 말했다. 돌아와서 기쁘다. 꼭 옛날로 돌아간 것 같아. 그리고 그땐 미안했어. 너한테 그런 말 들으려고 온 건 아니야. 삼은 퉁명스럽게 말했다.

나는 네가 정말 싫었어, 그건 지금도 마찬가지야. 그녀의 말에 그는 금방 가볍게 대꾸했다. 나도 마찬가지야. 나도 내가 싫어. 그러니까 우리는 동지야. 그녀는 복이 편안하게 느껴졌다. 유일하게 자신의 과오를 알고 있는 사람이자 공범이었다.

복은 빈집을 뒤져 남겨진 할머니들을 찾아다녔고, 직접 연락을 받고 찾으러 가기도 했다. 간혹 버려진 할아버지들을 발견하면 할아버지를 수거하는 사람에게 인도해 수수료를 받았다. 복은 회사에서 식대를 주지 않는다며 할머니들에게 삼각김밥과 빵만 사주었다. 그는 어떤 할머니도 특별하게 대하지 않았고 정을 주지도 않았으며 이름조차 알려고 하지 않았다. 핸드폰의 사진과 얼굴만 일치하면 그만이었다. 그의 태도를 보면 할머니들 가운데 삼이 찾는 할머니가 없는 것이 분명했다. 그녀가 할머니에 대해 물어보면 그는 화를 내며 할머니에 대해 말하고 싶지 않다고 했다. 그녀는 폐점 전의 슈퍼마켓을 찾아다니며 음식을 얻었다. 그리고 사람들이 버리고 간 솥과 냄비를 찾아내 마당에 불을 피워 식사를 준비했다. 몸이 성한 할머니들은 그녀를 도와 각자 자신의 솜씨를 자랑하듯 음식을 만들었다. 복은 쓸데없는 짓을 한다며 투덜거리면서도 열려 있는 마트를 찾아 장을 봐주었다.

삼은 복에게 왜 이곳을 떠나지도 않고 그렇게 악착같이 돈을 모으는지 물었다. 그는 보상금도 이주비도 전혀 받지 못했다고 했다. 그는 출생신고가 되어 있지 않았기에 C시의 시민이 아니었고, 뒤늦게 신고를 한다고 해도 보상금을 받을 수 없다고 했다. 그는 위조 여권과 항공권을 손에 넣기 위해 큰돈이 필요하다고 했다. 과태료만 조금 물면 늦게라도 출생신고가 가능하다고 그녀가 조언하자 그는 말했다. 여기서 떠나면 여기 일은 다 잊어버릴 거야. 굳이 이곳에서 살았던 흔적을 남기고 싶지 않아. 그녀는 말했다. 그런다고 해서 있었던 일이 없었던 일이 되진 않아. 완전히 잊는 것은 불가능하니까.

할머니들은 화투를 치고, 담배를 피우고, 노래를 불렀다.

몸이 덜 불편한 할미니가 더 불편한 할머니를 부축해 마당으로 나와 함께 해바라기를 했다. 어떤 할머니들은 버려진 화분의 흙을 모아 현관 앞에 작은 화단을 만들고 마당 곳곳에 머리를 내민 잡초와 꽃들을 옮겨 심었다. 가끔 말다툼을 하기도 했고, 공간이 좁고 전기도 안 들어온다며 투덜거리기도 했지만, 할머니들은 점차 그 생활에 적응했다. 누워서만 지내던 할머니가 어느 날 앉을 수 있게 되었고, 치매에 걸린 할머니가 자기가 누구인지 깨닫는 시간이 길어지기도 했다. 가끔씩 용역 업체 사람들이 나와 할머니들의 신원을 조사했다. 자기가 어디서 왔는지 알고 있는 할머니들과 전혀 모르는 할머니들을 구분해 체크했다. 두 집단은 각기 다른 곳으로 보내진다고 했다. 할머니들은 그들이 누군지도 모르면서 자신들을 찾아와 이것저것 물어봐주는 것을 고마워했다.

삼은 아주 가끔 M시를 생각했다. 자신이 앉아 있던 은행 창구에 같은 유니폼을 입은 동료가 앉아 있고, 자신의 책상은 정리돼 있을 거라고 생각하면 마음이 홀가분했다. 아무도 그녀가 M시에서 사라진 것을 알지 못할 터였다. 가끔 회식 자리에서 화제가 되기도 하겠지만 그뿐일 것이다. 매일 텅 빈 집에 들어가 혼자 밥을 지어 먹고 혼자 숙제를 하고 혼자 잠이 들었던 어린 시절, 대학을 다니고 은행에 취직을 해 날마다 출근했던 일, 성인이 되자 연락을 끊어버린 부모들, 아무도 찾아오지 않고 찾아가지 않았던 생활. 그녀는 그 모든 것이 아주 오래전의 일처럼 아득했고 자신과 관계없는 일처럼 느껴졌다.

이주가 막바지에 이르렀다. 시민들은 대부분 빠져나갔고, 관공서도 모두 다른 도시로 임시 이전됐다. 숨어 있지 말고 모두 나갈 것을 권유하는 방송이 매시 정각에 시보처럼 거리에 울려 퍼졌다. 옆 도시의 경찰과 용역 업체까지 동원되어 빈집에 남아 있는 사람이 없는지 순찰했다. 주인이 떠난 빈집에 기거하던 부랑자들이 도시 밖으로 추방되었다. 시내버스 대부분은 폐선되었고, 기차와 시외버스의 운행 시간이 대폭 축소되었다. 거리에는 경찰차와 응급차, 재활용 쓰레기 수거 차량과 동물 보호 센터 차량들이 바쁘게 오갔다.

복의 일도 모두 끝났다. 인원수만큼 돈을 받아 들고 돌아와 할머니들에게 말했다. 할머니들, 이제 좋은 곳으로 가실 수 있어요. 자제분들이 찾으러 올 때까지 전기도 들어오고 물도 잘 나오는 곳에서 살 수 있게 나라에서 도와준대요. 이제 겨울이 오니까 여기선 못 살아요. 할머니들은 동요했다. 할머니들은 다른 곳으로 가면 자식이 찾으려고 해도 찾을 수 없게 된다며 C시에 남아 있겠다고 했다. 어떤 할머니는 자식과 살 때보다 지금이 더 행복하니까 여기서 살다가 죽어도 된다며 그냥 놔두라고 했다. 복은 할머니들에게 차마 C시 전체가 철거될 것이고 이미 사람들 모두가 떠나버렸다고 말할 수가 없었다.

용역 업체에서는 여러 대의 이송 차량을 보내왔다. 할머니들은 상태에 따라 여러 도시의 복지관과 노인 병원, 호스피스 마을 등으로 분배 수용될 계획이었다. 아파트로 올라오는 오르막길은 콘크리트 잔해로 좁아져 있어 차량 진입이 불가능했다. 복과 삼은 걸을 수 있는 할머니들을 데리고 아파트 밑 큰 도로로 내려갔다. 폐허가 된 을씨년스러운 거리를 본 할머니들은 서로의 손을 꼭 붙잡았다. 복은 거동이 불편한 노인들을 모두 안아서 옮겼다. 할머니들은 큰길에 모여 서서 차량을 기다렸다. 차량이 모두 도착했고 탑승을 시작했다. 치매에 걸린 할머니들은 차를 탄다고 아이처럼 좋아하며 창밖으로 손을 흔들었다. 삼과 함께 음식을 하고 화투를 쳤던 할머니들은 앞만 보고 앉아 인사도 하지 않았다. 친해졌던 사람들과 떨어지게 되는 것이 안타까운 할머니들은 업체 직원들에게 함께 보내달라고 떼를 썼고, 차에 타지 않겠다고 난리를 치는 할머니도 있었기에 모두 그곳을 떠나는 데 오랜 시간이 걸렸다. 삼은 자기가 그들에게 잘못하는 것 같아 마음이 아팠다.

아파트에 남은 삼과 복은 마당의 소파에 아무 말없이 앉아 할머니들이 그랬던 것처럼 해바라기를 하며 담배를 피웠다. 그녀는 그에게 물었다. 이제 어디로 갈 거니? 여권이 준비되는 대로 브라질로 떠날 거야. 복은 다시 다짐하듯 고개를 끄덕였다. 할머니가 정말 거기 있는 거야? 할머니랑은 상관없어. 어렸을 때 기차역 앞에서 브라질 사람들이 부르는 노래를 온종일 들은 적이 있어. 그 나라 말이 너무 상냥하고 다정해 그곳으로 가고 싶었어. 다른 이유는 없어. 나한테 그게 가장 중요해. 삼은 그의 마음을 누구보다 깊이 이해할 수 있을 것 같았다. 너도 곧 돌아갈 거지? 그의 물음에 그녀는 세상 어디에도 돌아갈 곳이 없다는 것을 깨달았다.

그런데 할머니가 어떻게 생겼지? 아무리 생각해봐도 기억이 안 나. 삼이 묻자 그는 관심 없다는 투로 말했다. 나도 오래돼서 기억 안 나. 엄청 늙었겠지. 할머니 얘긴 하지 말자. 그녀는 이 아파트와 도시가 사라지기 전에 사진이라도 보았으면 좋겠다고 생각했다. 그는 마지못해 보일러실 문을 열고 지하로 그녀를 데리고 갔다. 어차피 다 없어질 것들이군. 복이 문 앞에 놓인 플래시로 안을 비추었다. 그곳은 기억보다 넓지 않았다. 삼이 떠나고 할머니는 더 이상 아이 같은 것은 줍지 않겠다고 복에게 약속했다. 복만 할머니의 유일한 가족이라고 자기 입으로 말했다. 그러나 삼과 아이들 모두 함께 지냈을 때처럼 행복한 얼굴의 할머니는 다시 볼 수 없었다. 할머니의 수집벽은 점점 더 심해져 집 안은 물론이고 아파트 복도까지 잡동사니로 가득 찼다. 복이 쓰레기를 버리려 하자 할머니는 복을 때리며 울었다. 남들이 나를 손가락질해도 넌 그러면 안 된다. 세상천지에 너랑 나랑 단둘뿐이다, 이놈아. 복은 할머니를 그냥 내버려두었다. 급기야 아이들이 놀던 놀이터마저도 할머니의 잡동사니들로 발 디딜 틈이 없게 되었다. 할머니는 아이들과 놀아주던 것처럼 그곳에서 잡동사니들을 한참 들여다보곤 했다. 노인네가 여기 들어와보지도 못하게 해서 많이 싸웠어. 성질나서 절대 안 들여다볼 거라고 다짐했었는데……

그곳에는 할머니가 모아온 물건들이 무질서하게 쌓아 올려져 있었고 그 위에는 먼지가 두껍게 끼어 있었다. 삼이 있을 때 집 안에 있던 물건들도 그곳에 고스란히 옮겨와 있었다. 가끔씩 그녀에게 보여주었던 남편의 은단 케이스, 담배 은박지, 구두칼, 어려서 죽은 딸의 배냇저고리, 빨간 에나멜 구두, 한쪽만 남은 끈 달린 벙어리장갑 등 보물이라고 부르던 것들, 그리고 수십 권의 스케치북, 살이 나간 빨래 건조대, 수십 개의 우산, 열 개의 모자, 넉 대의 텔레비전, 리모컨 몇 개, 수많은 바가지들, 물에 불어터진 책

묶음 등이 낯익은 모습 그대로 있었다. 둘은 사진을 찾으려 짐을 이리저리 뒤적였다. 할머니가 사준 머리띠, 복과 번갈아가며 입었던 옷들, 그녀가 이곳에 올 때 입고 있던 3자가 그려진 티셔츠, 그녀가 도화지에 그렸던 그림들, 달력 뒤에 또박또박 써놓은 글씨들, 그녀는 자기도 기억하지 못하는 물건들을 발견하고 놀랐다. 세상에 이런 것까지 다 가지고 있었네. 또 한쪽 구석에는 브라질에 갈 때 가져가겠다며 길에서 주운 낡은 재봉틀 여러 개, 자투리 옷감, 색실들, 찌그러진 골무들이 쌓여 있었다. 포르투갈어 공부를 했던 노트와 포르투갈어 교본도 여러 권 있었다. 공부도 열심히 했네. 그녀가 가장 너덜너덜한 교본을 집어 들자 책 사이에 끼어 있던 여권이 툭 떨어졌다. 할머니의 여권이었다. 복은 가슴이 철렁했다. 할머니가 구청에서 여권을 찾던 날, 이제 브라질로 갈 수 있다며 좋아하던 할머니를 길에 버려두고 혼자 돌아왔다. 할머니는 늘 다니던 길을 두 시간이 넘게 헤매다 돌아와 말했다. 아무래도 내 정신이 오락가락하는 것 같다. 할머니 원래 길치잖아요. 그는 무심하게 대답했다. 그리고 며칠 후 할머니는 집을 나가 돌아오지 않았다. 할머니는 여권을 신주단지 모시듯 몸에 지니고 있었기에 복은 당연히 할머니가 그것을 가져갔을 거라고 생각했다. 삼은 여권 사진을 가리키며 물었다. 할머니가 맞아? 못 알아보겠네. 복도 마찬가지로 할머니의 얼굴이 맞는지 헛갈렸다. 쌓인 잡동사니 사이에서 앨범을 꺼내 펴보았지만 모두 다른 얼굴들이 든 사진이었다.

용역 업체에서 전화가 왔다. 탑승하는 과정에서 할머니 한 명이 사라졌으니 찾아달라고 했다. 몸은 건강한 편이나 치매가 심하게 와 자신이 누구인지도 모르던 할머니였는데, 차량을 기다리는 사이 집에 사진을 가지러 가야 한다며 어딘가로 갔다고 했다. 복은 이제 자기 손을 벗어난 일이라며 하지 않겠다고 버텼다. 해가 지고 있어. 삼은 그를 다그쳐 할머니를 찾으러 나섰다. 둘은 20여 분을 걸어 할머니를 데리고 왔던 동네로 갔다. 골목 바깥 라인의 집들이 모두 철거되어 큰 공터가 되어 있었다. 할머니가 만약 골목 안의 빈집으로 들어가 숨어버린다면 찾기 어려울 뿐 아니라 사고를 당하게 될 수도 있었다. 해는 금세 졌고, 가로등은 물론 달조차 없어 앞을 분간하기 힘들었지만 계속 걷다 보니 어둠에 조금 익숙해졌다. 그들은 할머니를 부르며 골목과 빈집을 기웃거렸지만 작은 짐승들만 골목을 이리저리 가로질러 다닐 뿐 인기척이라고는 전혀 없었다. 복의 가슴은 내내 두방망이질 하고 있었다. 복은 길을 자주 잃곤 했던 자기 할머니를 생각했다. 할머니가 영영 사라졌을 때, 복은 두 번 버려졌다는 생각에 할머니를 찾지 않았다. 그때 그는 열여덟 살이었다. 이렇게 찾아보기라도 했다면 좋았을 거라고 그는 뒤늦게 후회했다. 어쩌면 할머니는 길을 잃고 어딘가를 오랫동안 헤매느라 집으로 돌아오지 못했던 것인지 모른다는 생각이 들었다. 모퉁이를 돌 때마다 어두운 골목에서 할머니가 툭 튀어나와 거참, 뭔 놈의 골목이 이리 많냐, 나올 때마다 별천지네, 하고 웃을 것 같았다. 그는 필사적으로 할머니를 찾으며 골목을 달리고, 빈집을 뒤졌다.

삼이 빈집을 들여다보는 사이 복은 그녀를 앞질러 갔다. 갈림길에서 둘은 완전히 헤어졌다. 그녀는 생전 처음 온 동네의 골목에 갇혀 어디로 가야 할지 알 수 없었다. 건물들은 모두 비슷하게 생긴 단층 주택이라 같은 곳을 빙빙 돌고 있는 듯한 기분이 들었다. 아무리 걸어도 큰길이 나올 기미가 보이지 않았다. 큰 소리로 복을 불러도 대답이 없었다. 길이 엇갈리지 않도록 그 자리에 서서 그를 기다렸다. 그녀는 아주 오래전 골목에 서서 울면서 누군가를 기다렸던 기억이 떠올랐다. 그때 할머니가 다가와 눈물을 닦아주었고, 복이 리어카 한쪽 자리를 내주었다. 엄마와 함께 처음 C시의 놀이공원에 왔다가 돌아가는 길, 엄마는 큰길로 가지 않고 골목으로 들어섰다. 그녀의 뒤에서 걷던 엄마는 마술처럼 감쪽같이 사라졌다. 그녀는 엄마가 장난치는 줄 알고 깔

깔 웃으며 온 골목을 헤집고 다녔지만 엄마를 찾을 수가 없었다. 깊은 골목이 많은 C시에서 그녀가 자주 목격했던 흔한 일이었기에 그 기억이 진짜인지 알 수 없었다. 자신이 친구들에게 들려준 이야기였든지, 책에서 읽은 것, 아니면 자신이 주운 아이들의 이야기였을 수도 있다. 그러나 눈물을 닦아주던 할머니 손바닥의 서걱거리는 촉감만은 생생하게 살아 있었다. 그녀는 복이 멀리서 부르는 소리에 겨우 길을 찾았다. 그는 땀범벅이 되어 곧 울 듯한 얼굴로 말했다. 못 찾았어. 그 노인네 길에서 뭔 일이라도 생기면 어쩌냐. 그들은 큰길로 나왔다.

골목 입구 무너진 건물들의 잔해 앞에 웅크리고 앉아 있는 사람의 실루엣이 보였다. 아까는 없었는데, 할머니 맞나? 그들은 웅크린 사람에게 가까이 다가갔다. 그 사람은 무릎에 얼굴을 파묻고 앉아 꿈쩍도 하지 않았다. 할머니? 삼이 조심스럽게 부르자 앉아 있던 사람은 고개를 빠끔히 들었다. 삼은 어둠 속에서 어렴풋이 보이는 얼굴을 들여다보았다. 미간과 입가의 깊은 주름, 쪼글쪼글한 뺨, 아래로 축 처진 눈은 그들이 찾고 있는 할머니와 비슷해 보였다. 어, 할머니네. 그가 할머니 얼굴을 살피더니 말했다. 아니야. 완전히 다르게 생겼잖아. 그녀가 다시 들여다보니 그들의 할머니 같기도 했다. 그녀는 다시 복에게 물었다. 우리 할머니 아니야? 그는 반신반의하며 웅크리고 있는 사람을 자세히 보았다. 아닌 것 같은데? 그렇게 말하면서도 그는 그 사람에게 물었다. 할머니예요? 그 사람은 아무 대답이 없이 웃음 띤 얼굴로 그들을 바라보았다. 복은 그 사람의 얼굴이 자신이 주웠던 모든 할머니들의 얼굴을 조금씩 닮아 있는 것 같았다. 그러나 또다시 들여다보면 남자인지 여자인지, 어린아이인지 노인인지 좀처럼 분간이 되지 않았다. 삼이 복에게 속삭였다. 이 사람 뭐지? 그들이 눈을 깜빡일 때마다 그 사람의 얼굴은 점점 다른 모습으로 변했다. 복이 삼에게 속삭였다. 몰라, 정말 뭐지? 이렇게 깜깜한데 우리는 어떻게 저 얼굴을 볼 수 있을까? 네 얼굴은 안 보이는데…… 그들은 정체를 알 수 없는 그 사람이 무서워져 얼른 자리를 뜨려고 했다. 그러자 말없이 앉아 있던 그 사람이 입을 열었다. 나도 데리고 가요. 아주 가느다랗고 느린 목소리였다. 그들은 잠시 망설이다가 따라오라고 했다. 왠지 불길해 보였지만 두고 가면 후회할 것 같았다. 따라오세요. 둘은 서로의 손을 꼭 붙잡았다. 그 사람이 몸을 털고 일어났는데 키가 복의 허리까지밖에 오지 않았다. 그들은 소스라치게 놀라 앞만 보고 걷기 시작했다. 따라오고 있나요? 복이 물었다. 뒤에서 소리가 조그맣게 들렸다. 그럼요. 그들은 뒤를 돌아보지 않고 조금 더 빨리 걸었다. 삼이 물었다. 아직도 따라오고 있어요? 조금 더 먼 곳에서 소리가 들렸다. 그래요. 사람들이 모두 빠져나간 텅 빈 도시의 거리에 셋의 발걸음 소리만 타닥타닥 울려 퍼졌다. 그들은 자신을 따라오는 존재가 무엇인지 알 수 없어 두려웠지만, 그 존재가 따라올 수 있도록 조금씩 걷는 속도를 늦추었다. 길가에 설치된 스피커에서 아직 도시에 남아 있는 사람들을 모두 연행하겠다는 경고 방송이 울리고 있었다. 도시가 폐쇄되기 하루 전이었다.

실수하는 인간

정야를 죽이고 말았다. 실수였다. 화려하지 않지만 귀엽고 상냥한 녀석이었다. 석원이 화분을 가져왔을 때 꽃처럼 생긴 푸른 잎사귀들은 탱탱하게 물을 머금고 있었다. 손가락 한 마디보다 작은 오동통한 잎사귀들은 자꾸 만지작거리는 그의 힘을 견디지 못하고 쉽게 물크러졌다. 진득하고 투명한 수액이 손가락에 감겨오는 순간 그 작은 것을 또 실수로 상하게 했다는 사실이 수치스러웠다. 다시는 만지지 않으리라 다짐했지만 자신도 모르는 새 남아 있는 잎사귀들을 자꾸만 만지작거렸다. 정야도 얼마 지나지 않아 다른 식물들처럼 잎사귀가 모두 상해 앙상한 가지만 남았다. 그는 식물이 죽을 때마다 죄책감이 들었다. 자신보다 더 나은 주인을 만났다면, 볕이 잘 들고 통풍이 잘 되는 곳에 살았다면 그것들은 죽지 않거나 조금 더 오래 살 수 있었을 것이다. 그러나 실수하는 습관을 버리기 힘들었고, 그곳보다 더 볕이 잘 드는 방으로 옮겨갈 능력도 없었다. 그는 고시원의 창 없는 방보다 더 싼 여인숙의 방 한 칸에서 3년째 장기 투숙 중이었다. 방세를 낼 돈도 다 떨어져 1년여 주인 여자의 일을 도우며 먹고 자는 처지였다.

그는 침대와 옷장만으로도 꽉 차는 작은 방에서 여러 개의 크고 작은 화분을 키웠다. 손이 많이 가지 않는 공기 정화 식물이나 다육 식물이 대부분이었다. 방에는 작은 창이 하나 있긴 했지만 옆 건물의 벽면과 세 뼘 정도의 거리를 두고 맞닿아 있었다. 건물 사이를 비집고 간신히 들어오는 햇빛을 향해 식물들은 몸을 굽혔다. 그런 몸부림에도 그것들은 그의 손가락에 짓눌리거나 제풀에 시들어 죽었다. 방에는 살아 있는 화분보다 죽은 화분이 더 많았다. 그는 한동안 애정을 쏟아부었던 화분 몇 개를 쓰레기 처리하듯 검은 비닐봉지에 담았다. 아직 완전히 죽지 않은 것도 있었지만 그것을 힘들여 살릴 생각은 없었다. 정들었던 식물이 흉한 몰골로 병들었을 때는 마음이 아팠으나 금세 악취를 풍기며 썩어갈 것 같아 한시라도 빨리 방에서 꺼내야 한다는 생각만 들었다.

새벽녘 잠이 깬 주인 여자가 카운터로 돌아오자 그는 자기 방에서 화분을 담은 비닐봉지와 꽃삽을 꺼내 들고 운동을 나섰다. 그녀가 비닐봉지에 무엇이 들었느냐고 묻자, 그는 대단한 물건이라도 되는 양 한쪽으로 감추며 대답하지 않았다. 그녀는 매번 대답을 듣지 못하면서도 이런저런 질문을 멈추지 않았고, 그는 별것도 아닌 자기의 사생활을 그대로 알려주지 않았다. 잠도 못 잤는데 무슨 운동이야, 몸도 부실한 사람이. 얼른 들어가서 자. 그녀는 밤새 카운터를 지키며 손님을 받은 후 새벽 운동을 하러 가는 그에게 말했다. 아니에요. 그는 짧게 대답하고 여인숙을 나섰다. 그는 여인숙 일을 도우면서부터 매일 새벽 운동을 했는데, 그녀 역시 하루도 빼먹지 않고 잔소리를 했다. 그는 잔소리 좀 그만두라 말하고 싶었지만 그녀 밑에서 일을 하고 있는데다 한번 대꾸하기 시작하면 말이 길게 이어질까 봐 네, 아니오,라는 말 이외에는 하지 않았다. 침묵과 인내심은 그의 유일한 미덕이었다.

그는 10분 거리에 있는 뒷산으로 올랐다. 비가 많이 쏟아지는 날을 제외하고는 새벽 운동을 빼먹은 적이 없었다. 밤새 카운터를 지키느라 고단했는데도 운동을 하지 않으면 쉽게 잠들지 못했다. 새벽 운동을 하러 뒷산에 오르는 사람들은 들들 끓는 에너지로 가득 차 보였다. 그는 산을 향해 빠르게 뛰어가는 초로의 남자들을 보면 세상을 떠난 아버지가 자신을 따라오는 것 같아 섬뜩했다. 그의 아버지는 평생 하루에 네 시간을 잤는데, 그 이상 자는 인간을 쓰레기라고 생각했다. 아버지는 매일 새벽, 세 시간의 등산 코스를 완주하고도 전혀 지치지 않았다. 군살 하나 없는 아버지의 몸은 구릿빛으로 그을려 있었고 잔근육으로 단단하게 다져져 있었다. 그렇게 건강한 사람도 죽는 것은 한순간이었다. 그의 아버지는 지붕에서 사다리를 타고 내려오다가 거꾸로 추락해 사망했다. 석원이 볼썽사납게 허공에 휘두른 다리에 사다리가 걸려 넘어지면서 일어난 사고였다. 그의 아버지는 실수투성이의 그가 큰 사고를 쳐서 감방에서 평생 썩게 될 거라고 악담을 퍼붓곤 했는데, 그 사고가 자신의 죽음이리라고는 상상하지 못했을 것이다. 석원은 아버지의 뒷머리에서 콸콸 쏟아지는 피를 보자 겁이 나면서도 기묘한 안도감을 느꼈다. 그는 쓰러져 있는 아버지를 향해 조용히 말했다.

실수예요, 아버지. 잘 아시잖아요.

아버지는 눈을 부릅뜬 채 대답하지 않았다.

그는 그길로 집을 나와 다시 돌아가지 않았다. 그동안 모아 놓은 돈을 모두 찾아 이전에 가본 적 없는 동네의 여인숙으로 숨어들었다. 그는 자수를 해야 할지, 더 깊이 숨어 자신의 실수가 드러나지 않기만을 바라야 할지 두 가지의 선택지 사이에서 잠시 고민하다가 금세 잊고 잠이 들었다.

그러고 보면, 잠을 충분히 자본 것이 언제였는지 알 수 없었다. 그는 중학생 시절부터 두세 개의 아르바이트를 했다. 새벽에는 신문 배달을 했고 밤에는 편의점 아르바이트를 했다. 방학 때는 입시 학원의 칠판을 지우고 청소를 하며 강의를 듣고 길 가는 사람들에게 전단을 나눠주었다. 그의 목표는 얼른 돈을 모아 여동생과 함께 집을 나오는 것이었다. 부모는 그에게 용돈을 주지 않았고, 옷은 고사하고 칫솔 같은 사소한 것조차 사주지 않았다. 그는 밥도 밖에서 사 먹어야 했기에 돈을 쉽게 모을 수 없었다. 그나마 집에서 잠을 잘 수 있으니 목돈이 나가지 않아 다행이었다. 커피와 피로 회복제의 힘으로 하루를 버티곤 했던 그는 늘 피곤하고 몽롱했다. 일주일 정도 자고 깨고를 반복하고서야 겨우 의식이 맑아졌다. 그러고 보니 그동안 정상이라고 생각했던 것이 약간 잠이 든 상태였고, 그랬기에 자주 실수를 할 수밖에 없었던 것 같았다. 따지고 보면 모두 아버지 탓이었다. 차비 정도만이라도 주었다면, 밥이라도 집에서 먹을 수 있게 해주었다면 조금 더 잘 수 있었을 테니 실수를 덜 했을 것이다. 아침에 일어나 그가 결심한 것은 가진 돈을 다 쓸 때까지 여인숙에 머물며 앞으로 어떻게 해야 할지

고민해봐야겠다는 것이었다. 그는 어린 시절부터 보았던 동네 개를 실수로 차로 치어 죽였을 때 느꼈던 것과 비슷한 무게의 죄책감을 느꼈다. 새어머니와 여동생이 아버지를 저세상으로 보내준 누군가에게 무척 고마워하고 있으리라는 데 생각이 미치자 마음이 편안해졌다. 그는 그들을 평생 만나지 않겠다고 다짐했다. 여동생을 더 이상 만날 수 없는 것만으로도 죗값을 치르는 것이라고 생각했다. 그들이 자기 부자를 잊고 행복하게 살기를 바랐다.

그는 아버지처럼 에너지로 가득한 사람들과 눈만 마주쳐도 주눅이 들고 뒷덜미로 기운이 쑥 빠져나가는 것 같았으나 한편으로는 '당신들도 어차피 힘없이 죽게 돼 있어' 하는 생각에 피식 웃음이 났다. 그는 산책로를 벗어나 산 중턱 호젓한 공터에 구덩이를 파고 비닐봉지를 털어 화분째 묻었다. 죽은 식물을 땅에 묻을 때마다 다시는 이런 짓을 하지 않으리라 결심했지만, 묻고 돌아서 손을 터는 순간 그 다짐을 금세 잊고 똑같은 일을 반복하곤 했다.

주인 여자는 카운터 겸 사무실로 쓰는 방에 아침 밥상을 차려놓고 그를 기다렸다. 식사는 혼자 알아서 하겠다고 말해도 여자는 비실비실한 사람이 밥을 제대로 먹지 않으면 쓰러진다며 괜한 오지랖을 떨었다. 그는 매번 아무 대꾸 없이 먹지 않는 것으로 불필요한 호의를 거절했지만 그녀는 아랑곳하지 않았다. 그녀는 그가 말수가 적고 부끄러움을 많이 타는 사람이라 그렇게 행동하는 것이지 자신을 귀찮아한다고는 생각하지 않았다. 함께 먹기가 쑥스러워서, 밥상을 차리게 하는 것이 미안해서, 속이 좋지 않아서, 얼른 잠자리에 들기 위해서 사양하는 거라고 자기 편한 대로 그의 행동을 해석하고 이해했다. 그리고 언젠가는 그가 자신과 함께 앉아 식사를 하게 될 거라고 믿었다.

그는 타인과 밥상에 앉아 밥 먹는 것이 불편했고 지나친 친절이 부담스러웠다. 무엇보다 방에서 풍기는, 음식 냄새를 포함한 구질구질한 생활의 악취가 역겨웠다. 냄새는 방을 쉽게 빠져나가지 못하고 옷과 침구에 스며들었다. 부엌 옆에 딸린 방 하나를 차지하고 사는 여자의 몸에는 늘 퀴퀴한 냄새가 배어 있었는데 여자는 잘 모르는 것 같았다. 그는 여자처럼 자신의 몸에서 풍기는 악취를 알아채지 못하게 될까 두려웠다. 그는 밥에 손을 대지 않고 삶은 닭가슴살과 두부, 토마토를 함께 갈아 마셨다. 먹는 행위 자체는 싫었으나 몸이 약한 그로서는 굶을 수 없는 노릇이었다. 비릿한 냄새가 목구멍을 타고 올라왔지만 단백질로 된 그 음식이 자신을 건강하게 해줄 거라는 생각으로 꾸역꾸역 삼켰다. 그리고 잠이 쏟아지기 전에 아무 문장이라도 한 줄

써보려고 노트북을 켰다.

그가 여인숙에 들어와 처음이자 마지막으로 장만한 물건이 중고 노트북이다. 그는 밤낮없이 노트북 앞에 쭈그리고 앉아 아버지의 사망에 관한 기사가 올라오는지 지켜보았다. 먹고 씻는 일은 가끔 생각나면 한 번씩 했고 아무 때나 자고 깼다. 그의 끝없는 수면 또는 끝없는 불면은 며칠을 하루처럼 연결시켰다. 그렇게 살다 보면 시간이 느릿하게 흘러가는 것 같았지만 정신을 차리고 보면 일주일이, 한 달이 한달음에 지나가 있었다. 오랜 시간이 흘렀음에도 아버지의 죽음에 대한 기사는 나오지 않았다. 아마 사고사로 처리된 것 같았다. 그는 조금 긴장을 풀고 실수로 점철된 자기 인생과 그로 인해 목숨을 잃게 된 아버지의 이야기를 써보려고 했다. 그 글을 완성할 때쯤이면 마음도 정리되어 앞으로 나갈 길을 결정할 수 있으리라 생각했다. 그러나 방세를 낼 돈이 모두 떨어질 때까지도 글을 완성하지 못했다. 글을 완성하는 것이 마음을 정리하는 것보다 더 어려울 듯했다.

그는 2년이 넘도록 같은 문장을 반복해 써 내려갔다. '아버지를 죽였다. 실수였다, 아니다 실수가 아니었다, 아니다 실수였다……' 문장을 쓰다 보면 자신이 저지른 일이 실제로 일어난 일이 아니라 문장으로만 존재하는 일인 것처럼 느껴졌다. 그는 그 뒤에 쓸 문장을 생각해보았지만 어떻게 써야 앞의 문장이 주는 충격을 덜어낼 수 있을지 알 수 없었다. 날마다 규칙적으로 글을 쓰려고 노력했지만 좀처럼 진도가 나가지 않았다. 그는 인터넷 포털 사이트에 접속해 시시각각 업데이트 되는 기사들을 읽었다. 그는 이제 더 이상 아버지의 사망에 관한 기사가 아니라 자신이 저지른 일과 뒤섞어 이야기를 만들 만한 기사를 찾았다.

그는 포털 사이트의 '오늘의 뉴스'에 걸려 있는 한 남자의 사진을 클릭했다. 얼마 전 일어난 살인 사건 용의자의 현상 수배 기사와 몽타주가 실려 있었다. 아주 낯익은 얼굴이었다. 용의자는 갸름하고 선이 가늘며, 코가 높고 눈이 크고 깊은 소년 같은 얼굴이었다. 175센티미터 정도의 키에 마른 체격의 남자는 42세 서 모 여인을 살해하고 사체를 유기한 용의자이며 서북부에서 일어난 연쇄 살인 사건의 용의자와 동일인일 가능성도 높다고 했다. 그는 매스컴에서 이런 사건을 수도 없이 접했기에 충격적이진 않았다. 용의자의 이름은 김석원, 나이는 25세였다. 용의자가 자신과 나이와 이름이 같고 신체 조건까지 비슷하다는 사실이 신기했다. 그는 자신의 이름을 인터넷 검색창에 쳐보았다. 그러자 살인 사건에 대한 수많은 기사가 검색되었다. 신문사는 달랐지만 내용은 비슷했다. 아파트 공사가 한창인 서울 근교의 야산에서 여성의 잘린 오른쪽 하박과 지문이 훼손된 왼손이 심하게 부패된 채 발견되었는데 DNA 검사 결과 사체의 신원은 서 모 여인으로 밝혀졌다. 신체의 나머지 부분은 아직 발견되지 않은 상태다. 서 모 여인의 딸은 배다른 오빠인 김석원을 용의자로 지목했다. 아직 범인으로 밝혀진 것도 아닌데 용의자에 대한 여러 가지 상세한 정보가 모두 공개되어 있었다. 용의자는 D시에서 태어나 아버지와 의붓어머니인 피해자 서 모 씨에게 학대당했다. 그는 군대에서 천식이 발병해 의가사 제대한 뒤 현재 가족과 연락이 두절되고 행방이 묘연하며 주민등록이 말소된 상태다. 경찰은 보복 살인이라고 보았다. 그리고 작년부터 계속된 서북부 연쇄 살인과 사체 유기 방식이 유사하다는 점도 밝혔다.

그는 용의자를 설명하는 정보들이 자신을 정면으로 가리키고 있음을 깨달았다. 자신의 고향인 D시, 새어머니와 배다른 여동생, 42세의 서 모 여인. 이렇게 삶이 완전히 일치하는 동명이인이 있을 리 없었다. 몽타주는 아버지의 젊은 시절 사진과 많이 닮아 있었다. 냉혹해 보이는 얇은 입술과 유리알을 끼워놓은 듯 아무 감정도 내비치지 않는 눈이 유난히 많이 닮았다. 아버지는 말끔하게 잘생겼고 남에게 친절했다. 아버지와 단둘이 살던 시절, 그가 유치원 꼬마였을 때, 아버지는 그가 집 안을 어지르고 밥도 제대로 하지 못한다며 심하게 매질하곤 했다. 그는 혼나지 않으려고 청소와 식사 준비를 열심히 했지만 초등학교도 안 들어간 꼬마가 하는 일이 아버지의 마음에 들 리가 없었다. 그는 아버지가 들어오는 소리만 들어도 숨을 쉴 수가 없을 정도로 떨렸다. 폭력의 강도는 점점 세져서 그를 집어던지거나 바닥에 넘어지면 발로 차기도 했다. 말리는 사람이 없었기에 그는 끝까지 맞을 수밖에 없었다. 그의 몸에는 멍이 가시지 않았는데 아버지는 사람들에게 애가 덜렁대서 떨어지고 넘어지니 큰일이라며 걱정하는 척했다. 아버지를 아는 사람들은 그가 자식을 때릴 거라고는 상상도 하지 못했다. 그는 친엄마에 대해 들은 적이 없었지만 어렴풋이 아버지의 폭력 때문에 도망갔거나 죽고 말았을 거라고 생각했다. 그는 엄마나 아주 힘센 친척이 나타나 자신을 구하는 꿈을 꾸곤 했다. 그러나 불행하게도 아버지가 그의 유일한 보호자였다. 그는 나이를 먹을수록 아버지를 많이 닮아갔다. 이십대 중반인 그의 얼굴에서 미소년 같은 느낌은 이미 사라졌지만 이목구비는 완전히 아버지와 판박이였다. 그는 아버지가 거울 속에 들어앉아 자신을 그 유리알 같은 눈으로 응시하고 있는 것 같아 거울을 보는 것도 끔찍했다. 그는 몽타주의 얼굴이 자기보다 많이 앳돼 보였지만 자신의 얼굴이라는 것을 알았다. 집에 그의 사진이 없었기에 자신과 가장 닮아 보이는 아버지의 젊은 시절 사진을 참고해 몽타주를 그린 것 같았다.

그는 새어머니와 여동생이 아주 행복하지는 않아도 그럭저럭 잘 지내고 있을 거라고 생각했다. 그런데 그런 변을 당했다니 믿을 수가 없었다. 더군다나 동생이 엄마를 죽인 사람이 자신이라고 오해하고 있다고 생각하니 미칠 노릇이었다. 젊고 예쁜 새어머니를 처음 보았던 어린 시절이 마치 어제처럼 생생하게 떠올랐다. 그때로 다시 돌아갈 수 없다는 것이 슬퍼서 눈물을 흘렸지만 그것도 잠시였다. 그는 두려움에 몸이 차갑게 식어가는 것을 느꼈다. 자기도 모르게 손이 떨려 키보드를 제대로 누를 수가 없었다. 새어머니는 대체 누구에게 살해당했는지, 동생이 어째서 자신을 용의자로 지목했는지, 앞으로 자신에게 어떤 일들이 일어날지 도무지 알 수 없어 불안했다. 그것은 아버지를 실수로 죽게 한 것과는 비교도 안 될 정도로 두려운 일이었다. 그는 어떻게 해야 할지 알 수 없었다. 여인숙에 처음 왔던 날로 돌아간 것 같았다. 자수를 해야 할지, 조용히 숨어 있어야 할지, 큰 고민에 다시 빠져들었다. 누명을 벗기 위해 자초지종을 설명하고 알리바이를 증명하려 하다 보면 분명 아버지의 죽음에 관한 사실이 드러날 것이다. 그는 그 일에 대해서 죗값을 치르고 싶은 마음이 사라졌기에 순순히 경찰서로 출두하고 싶지 않았다.

그는 머리가 복잡해져 복도와 손님이 들었던 객실을 청소하고 공용 목욕탕과 화장실을 세제와 락스로 청소했다. 그러고도 잠이 오지 않아 이불 빨래를 해 옥상에 널었다. 매일 같은 시간에 움직였던 그가 잠도 자지 않고 유난스럽게 청소를 하자 주인 여자는 마음이 불안했다. 아주 작은 변화에 지나지 않았지만 혹시 그가 떠나려는 것이 아닐까 조마조마했다.

2년 가까이 방에서 나오지 않던 그가 슬그머니 밖으로 나와 여인숙의 잡일들을 돕기 시작했을 때에도 그녀는 그가 떠날지도 모른다고 생각했다. 그때만 해도 그를 꿈도 희망도 없어 보이는 한심한 놈이라고만 생각했기에 떠나든 말든 별 상관하지 않았다. 그는 삐걱거리는 문짝의 경첩에 기름칠을 하거나 자주 막히는 변기를 뚫어주었고, 취객과의 실랑이를 나서서 해결했으며 밤잠이 부족한 그녀 대신 새벽에 카운터를 지켜주었다. 그녀에게는 그런 일을 도와줄 남편도 자식도 없는 데다가 장사도 잘 되지 않아 사람을 쓰기에 벅찼기에 그가 큰 도움이 되었다. 그는 그달 처음으로 방세를 내지 못했다. 그는 돈이 없어 더는 살 수 없다며, 그동안 이곳에서 편안히 지냈기에 나가기 전에 일을 조금이라도 돕고 싶었다고 했다. 그녀는 듬직한 그가 곁에서 계속 일해주기를 원했다. 월급을 줄 형편이 안 되는 그녀는 숙박비를 면제해주는 조건으로 함께 일하자고 했다. 그녀는 그를 붙잡는 데 성공했다고 생각했지만 그곳에 남고자 한 그의 계획에 걸려든 것일 뿐이었다. 그는 그곳을 나가 살아갈 자신이 없었기에 필사적이었다.

그는 투숙객이었을 때와 마찬가지로 거의 말을 하지 않았다. 그녀는 그가 어떤 사람인지, 어떤 생각을 하고 있는지 궁금했다. 가까워지려고 이 말 저 말 걸어봤지만 그는 제 일만 할 뿐 일상적인 대화조차 잘 하지 않았다. 그는 속을 알 수 없는 표정을 하고 말을 가만히 듣고만 있었다. 늘 혼자 밥을 먹고 일을 했던 그녀는 함께 일을 하고 말을 들어주는 상대, 비록 다른 방이지만 한지붕 아래 함께 살아가는 사람이 있다는 사실만으로도 기뻤다. 그가 오래 이곳에 머물러주길 바랐다. 그도 자신처럼 외로운 사람인 것 같아 조금만 노력하면 그의 마음을 얻을 수 있을 거라고 생각했다. 젊지 않다는 것이 사람을 좋아하는 데 장벽이 된다고 생각하지 않았다.

저녁이 되자 지구대의 유 순경이 현상 수배 전단을 들고 왔다. 유 순경은 여느 때처럼 여인숙에 별일이 없는지 확인하고 긴급 상황에는 비상벨을 누르라고 하며 주인 여자가 주는 담뱃값을 챙겼다. 책상 밑 벽에 달린 비상벨은 지구대와 직통으로 연결된 것인데 10여 년 전 여인숙에 강도가 들었을 때 경찰서에서 달아준 것이었다. 다행히 그 뒤로 벨을 누를 만한 사건은 없었다. 여인숙을 10년 넘게 운영하면서 그런 일을 당한 것은 그때 한 번뿐이었는데 돈만 빼앗겼을 뿐 더 험한 꼴을 당하지 않았으니 운이 좋은 거라고 생각했다. 그녀는 앞으로도 나쁜 일은 일어나지 않을 것 같았다. 게다가 이제는 석원이 있으니 큰 걱정은 하지 않아도 된다고 생각했다. 둘이 아무 관계도 아니지만 그가 방 하나를 차지하고 곁에 있다는 것 자체가 든든했다. 오랫동안 외롭게 지내서인지 그에게 더 의지하게 되는 것 같았다. 그녀는 스무 살에 만난 남편의 외도로 1년도 안 되어 헤어지고 이혼을 반대하던 부모와도 인연을 끊었다. 유일하게 의지했던 언니가 그녀의 전 재산인 월세방 보증금을 몰래 빼들고 달아나자 그녀는 삶의 의욕을 잃었다. 노숙자들과 함께 쪽방과 여인숙을 전전하던 그녀를 여인숙 주인 남자가 구제했다. 스물일곱 살이나 많은 주인 남자는 그녀와 다섯 해를 함께 살았다. 키가 너무 작아 결혼을 못 했다는 주인 남자는 박색인 그녀를 보물처럼 아꼈다. 그녀는 늙고 못난 남자를 썩 좋아하지 않아 툴툴거리며 곧 떠날 것처럼 행동하곤 했다. 그가 간경화로 세상을 떠난 뒤에야 커다란 울타리를 잃었음을 깨닫고 어떤 남자도 만나지 않겠다고 다짐했다. 그녀는 그 뒤로 남자뿐 아니라 어떤 사람도 가까이 하지 않았다.

그녀는 현관문의 안쪽에 전단을 붙이다가 눈에 띄게 말끔한 얼굴에 눈이 갔다. 석원과 닮았다고 생각하던 중 몽타주 밑에 적힌 사건 내용과 김석원이라는 이름을 보자 가슴이 철렁 내려앉았다. 그녀는 전단을 붙이지 않고 사무실로 들고 들어가 자세히 들여다보았다. 그보다 조금 어리고 차가운 느낌이었지만 이목구비를 보면 그가 맞는 것도 같았다. 그러나 이름을 써놓지 않았다면 그가 아닐까 의심조차 하지 않았을 것이다. 그녀는 나름대로 험하게 살아왔기에 범죄를 저지를 수 있는 인간과 그렇지 않은 인간은 구분할 수 있다고 장담했다. 적어도 그는 그럴 사람이 아니라고 생각했다. 저녁 교대를 하러 나온 석원은 자신의 몽타주가 실린 현상 수배 전단이 그녀 앞에 놓인 것을 보고 그 자리에 멈춰 섰다. 그녀가 자신을 알아보았는지 눈치를 살폈다. 그녀는 그가 눈에 띄게 초조해하고 있다는 것을 눈치챘다. 그의 앞에 슬그머니 전단을 내밀었다. 석원은 자기가 한 일이 아니라고, 억울하다고, 무슨 착오가 있는 게 분명하다고 말하고 싶었지만 가만히 있는 상대에게 변명을 하는 것이 더 이상한 일인 데다 갑작스레 말을 많이 하면 믿어줄 것 같지도 않아 입을 떼지 못했다. 그녀는 전단의 몽타주를 가리키며 속이 없는 사람처럼 가볍게 물었다.

이거 김 군 맞지? 아주 많이 닮았어. 진짜 무슨 일인 거야?

한껏 경직돼 있던 그는 단도직입적으로 물어봐준 것이 차라리 고마웠다.

아니, 제가 맞긴 한 것 같은데요, 전 모르는 일이에요. 믿어주세요. 경찰이 믿어줄지도 모르겠고, 아, 정말이지, 정말, 어떻게 할지 생각 중이에요. 금방 나갈 테니까 제발 신고하지 말아주세요.

그녀는 그가 그렇게 긴 문장을 빠르게 말하는 것을 처음 보았다. 그가 느끼는 초조함과 두려움이 그대로 전해져 와 둘 사이의 거리가 매우 가까워진 것처럼 느껴졌다. 그녀는 평소와 다른 그를 보자 마음이 들떴다. 그녀는 그가 오해받고 있는 게 분명하다고 생각했다. 그는 새벽 운동을 한 시간 정도 다녀오는 것 말고는 외출을 하지 않았고, 명절에도 남아 있었다. 핸드폰도 없었고 여인숙의 전화도 쓰지 않았으며 그를 찾아오는 사람도 없었다. 사체가 유기된 S구나 연쇄 살인이 일어난 서북부 지역까지는 왕복 두 시간 이상 걸릴 텐데 그곳에서 일을 저지르는 것은 불가능한 일이었다. 그런 명백한 증거가 없다 하더라도 그녀는 그를 믿었을 것이다. 그는 싹싹하지는 않았지만 유순하고 성실한 사람이었다. 누군가를 죽일 만큼 독한 사람도 아니었다. 여태껏 큰소리를 내거나 부정적인 말 한마디를 한 적이 없었다.

경찰서에 같이 가줄게. 김 군이 여기서 나간 적이 없다고 하면 되는 거 아니야?

그녀가 믿는다는 것을 적극적으로 드러내자 그는 안심했으나 경찰서에 가고 싶은 마음은 없었기에 아무런 대답도 하지 못했다. 그녀는 겁에 질려 있는 그가 귀여웠다.

그래 알았어. 그냥 못 본 걸로 할게.

그녀는 전단을 구겨서 쓰레기통에 버리고 한 손으로 그의 손을 감쌌다. 까슬까슬한 손바닥이 그의 손등에 와 닿았다. 평소 같았으면 손을 뿌리쳤을 테지만 그는 그렇게 하지 못했다. 늘 시들시들했던 주인 여자의 얼굴에 반짝 생기가 돌았다. 그는 그녀가 정말 자기를 믿는지 아니면 다른 꿍꿍이가 있는지 알 수 없었다. 신고를 하면 적지 않은 돈이 생길 텐데 넉넉지도 않은 처지에 그 유혹을 떨칠 수 있을지 그것도 의문이었지만 일단 믿어준다니 고마웠다. 그에게는 믿고 의지할 친구 하나 없었고, 돌아갈 집도 없었기에 그곳을 나간다고 해도 별다른 해결책이 없었다. 여인숙이 그나마 가장 안전한 곳이었다.

그는 하루에도 몇 번씩 인터넷 기사를 검색했다. 자신을 용의자로 지목한 것이 실수였을지도 모른다고 생각했다. 그러나 정정 기사는 나오지 않았고, 용의자의 행방이 묘연하다는 짤막한 기사가 추가로 검색되었다. 하룻밤에도 그의 마음은 여러 번 바뀌었다. 자신이 한 일이 아니니 경찰서에 떳떳하게 가야겠다는 생각과 지금처럼 여인숙에 숨어 살아가면 아무도 자신을 못 찾아낼 거라는 생각이 계속 교차했다. 혼자 남아 자신이 엄마를 살해했다고 오해하고 있을 여동생을 생각하면 무고함을 증명해야 하겠지만 아직은 어떻게 해야 할지 갈피를 잡을 수 없었다.

그의 생활은 완전히 무너졌다. 새벽 운동을 갈 수 없었고, 낮 동안 방 밖으로 나올 수 없었다. 아무것도 할 일이 없었기에 글을 써보려 했다. '엄마가 죽었다.' 단 한 문장을 쓰고 나니 걷잡을 수 없이 슬퍼져 더 이상 쓸 수 없었다. 그는 아직 버리지 못한 죽은 식물들처럼 자신도 퀴퀴한 냄새를 피우며 썩어가는 것 같았다. 쉬어 가는 손님이나 순찰 나온 경찰이 자신을 볼까 낮 동안 청소도 하지 않았고, 건물 밑으로 지나가던 행인이 우연히 자신을 보게 될까 옥상에 이불도 널지 않았다. 그가 하던 일은 고스란히 주인 여자의 몫이 되었다. 그녀는 오랫동안 혼자 해왔던 일이라 괜찮다고 하면서도 자주 짜증을 냈다.

그는 아무 일 안 하면서 먹고 자는 것이 미안해 적어도 밤 시간에는 카운터를 지켰다. 여인숙 일로 그녀가 더 힘들어진다면 자신을 그대로 두지 않을 것 같아 걱정스러웠다. 그는 자기가 하지 않은 일 때문에 남의 눈치나 봐야 하는 사실에 너무 화가 났다. 도어벨이 울리고 손님이 들어오는 기척이라도 느껴지면 그는 긴장했다. 최대한 고개를 숙이고 앉아 돈을 받고 일회용 칫솔과 요구르트를 내밀었다. 손님이 별로 없는 데다가 밤 시간에는 취객이 대부분이라 유리창 너머에 앉아 있는 그의 얼굴을 유심히 쳐다보는 사람은 없었다.

그는 여자의 권유로 수염을 길렀다. 면도하고 반나절만 지나도 까슬까슬하게 올라오곤 하는 수염에 손을 대지 않으니 며칠 만에 하관이 수염으로 뒤덮였다. 그는 거울 속의 얼굴을 몽타주 사진과 비교해보았다. 아버지와 똑같이 생긴 눈은 숨길 수가 없었지만 얼핏 보면 전혀 다른 사람 같았다. 날카로운 턱 선과 홀쭉한 뺨이 수염에 뒤덮이고 나니 나이보다 열 살 정도 많은 수더분한 노총각처럼 보였다. 그녀는 그런 그의 모습이 마음에 들었다. 자신과의 나이 차가 많이 좁혀져 언뜻 동년배로 보이는 듯했다. 자신이 조금만 외양을 가꾸면 둘이 잘 어울리는 한 쌍이 될 수 있을지도 모른다고 생각했다. 그녀는 그에게 발목이 좁고 밑위길이가 긴 폴리에스테르 정장 바지와 체크무늬 셔츠 같은 나이 들어 보이는 옷을 몇 벌 사다 주었다. 그는 패션에 관심 없는 중년 남성이나 입을 법한 옷을 입고 싶지 않았다. 아무 말 없이 옷에 손도 대지 않는 그에게 그녀는 크게 화를 냈다.

정신 못 차렸네. 지금 멋 부릴 때야? 다른 사람이 알아보지 못하게 입으라는 거잖아. 언제까지 여기에 숨어 있을 수 있을 것 같아?

그는 그녀가 쫓아내려나 싶어 아찔했다. 그는 어떻게 대답해야 할지 몰라 입을 다물고 있었다. 그러자 그녀는 점점 더 화가 나서 말수가 적은 그의 태도를 지적하며 자기를 무시한다고 소리를 질러댔다. 그렇게 음침하게 행동하니 용의자로 찍혀도 싸다고 막말했다. 그녀가 그런 식으로 행동한 것은 처음이었다. 그는 채무자가 된 기분이었다. 그녀가 자신의 약점을 쥐고 있지 않았다면 이런 식으로 함부로 대하지 않았을 거라고 생각하니 씁쓸했다. 그래도 자신이 약자이므로 견디는 수밖에 없었다. 그는 사과하고 그녀가 사다 준 옷을 주섬주섬 챙겨 입었다. 그 옷을 입은 자신의 모습을 보니 다른 사람이 된 것 같아 기분이 영 이상했다. 그녀는 아무도 그를 알아보지 못할 거라며 만족스러워했다. 그녀는 낡은 옷들을 모두 버려야 재수 없는 일들이 풀린다며 그의 옷가지들을 쓰레기통에 넣었다. 그는 그녀가 자신의 인생에 발을 밀어 넣은 것 같아 불쾌했지만 어쩔 수 없는 일이었다.

그 후 그녀는 눈에 띄게 질문이 많아졌다. 그동안 그에게 묻지 못한 것을 쉴 새 없이 물었다. 그는 그녀에게 실수로 아버지의 죽음까지 말해버리게 된다면 끝장이라고 생각했다. 말을 시작하면 어떻게 튀어나올지 몰랐기에 최대한 침묵을 지키려 했다. 그녀는 그가 대답하지 않으면 미친 사람처럼 소리를 질렀다.

입을 다물고 있으면 의심할 수밖에 없어. 김 군을 믿고 싶어서 묻는 거잖아. 모르겠어? 나를 못 믿어서 그러는 거야?

그녀는 그에 대해 속속들이 알고 싶어 했지만 그는 자신에 대해 조금도 말하려 하지 않았다. 그러나 그는 더 이상 침묵할 수 없는 입장이 되었다.

새엄마랑은 사이가 안 좋았나 봐. 많이 맞았던 거야?

아니에요. 말도 안 되는 보도예요. 새엄마라고 다 구박하는 건 아니에요.

그는 어쩔 수 없이 그녀의 기분이 상하지 않도록, 자신을 의심하지 않게 하기 위해 적당히 대답했다.

새어머니가 학대하지 않았다는 것은 거짓이었다. 그녀는 엄마가 없는 그를 불쌍히 여겼던 유치원 선생님이었다. 그녀는 그가 초등학교 1학년 때 띠동갑인 그의 아버지와 결혼했다. 그녀는 다른 사람들이 그랬듯 아버지를 선량하고 친절한 사람이라고 착각했다. 아버지는 한동안 새어머니와 그에게 친절했고, 새어머니는 엄마 없이 자란 그에게 듬뿍 사랑을 주었다. 아버지가 더 이상 그를 때리지 않았기에 착한 새어머니가 아버지를 변화시켰다고 착각했다. 그는 너무 행복했지만 그 시간이 곧 끝나게 될까 늘 불안했다. 그의 걱정처럼 그 시기는 새어머니의 출산으로 금세 끝나버렸다. 새어머니가 아기를 키우느라 유치원을 그만두고 전업주부가 되자 아버지는 제 모습을 드러냈다. 모기장에 먼지가 끼어 있다거나 가스레인지를 제대로 닦지 않았다는 등 사소한 집안일을 트집 잡아 내 돈을 먹고 사는 벌레 같은 년이라는 폭언을 퍼붓기 시작했다. 아버지는 새어머니에게 식비도 되지 않는 돈을 주면서 자신이 왜 너희 같은 것들을 먹여 살리느라 고생하는지 모르겠다며 화를 내곤 했고, 그것은 늘 폭력으로 이어졌다.

폭력은 쉽게 전염되었다. 우울증에 시달리게 된 새어머니도 그를 학대하기 시작했다. 새어머니는 그에게 밥을 주지 않았다. 군것질도 잘 하지 않는 그에게 있지도 않은 식탐을 고쳐야 한다며 식사 시간에 마당으로 쫓아내고 문을 잠갔다. 아버지는 그가 집 안을 들여다보지 못하도록 소리를 꽥꽥 질러댔다. 그는 아버지와 눈이 마주치지 않도록 실내로부터 등을 돌리고 서서 아버지가 아끼는 분재나 식물의 잎사귀를 손톱으로 똑똑 따버렸다. 아버지의 화분을 상하게 하든 그렇지 않든 어차피 맞았기에 그는 아버지를 기분 나쁘게 하는 쪽을 택했다. 새어머니는 자기가 낳은 딸도 학대했다. 돌이 갓 지난 아기를 함부로 때려 뺨이 퉁퉁 부었고 팔도 부러졌다. 아버지나 다른 사람들에게는 그가 실수로 동생을 다치게 했다고 했다. 아버지가 새어머니를 때리기 시작하면 그는 동생을 데리고 밖으로 나갔다가 밤이 깊어지면 들어오곤 했다. 동생이 어린 시절을 기억하지 않기를 바랐다. 그는 하루하루가 끔찍했지만 동생도 자신과 똑같이 학대당한다는 것에 위안을 받았다. 그는 자라서도 아버지에게 대항하지 못했다. 아버지는 너무 크고 강했다. 동생과 새어머니가 맞을 때 그는 한 번도 말리지 못했고 방에 틀어박혀서 자신에게 불똥이 튀지 않기만을 바랐다. 그는 새어머니를 쉽게 용서할 수는 없었지만 미워할 수도 없었다. 남자를 잘못 만나 평생 지옥에서 살다 끔찍한 꼴로 인생을 마감한 그녀에게 연민을 느꼈다. 새어머니를 떠올리자 눈물이 핑 돌았다. 주인 여자는 그의 눈에서 떨어진 눈물을 보았다. 그녀는 그가 한없이 약해 보였다.

나를 엄마처럼 생각해도 괜찮아.

그녀는 그를 품에 끌어안았다. 그는 누군가 자신을 오래 오래 포근하게 감싸 안아주기를 바랐으나 상상해왔던 것과는 달랐다. 그녀의 몸은 지나치게 뜨거웠고 눅진했다. 엄마의 품속은 이런 느낌이 아닐 것이다. 맨살에 느껴지는 그녀 몸의 촉감이 싫었지만 밀어내지는 못했다.

그는 그녀가 권하는 것들을 거절하지 못했다. 그녀는 그를 위해 밥을 짓고 반찬을 만들었다. 그가 예전처럼 아무 말 없이 먹지 않으면 그의 눈앞에서 음식들을 쓰레기통에 부어버렸다. 그는 그녀의 방에서 함께 밥을 먹었다. 그녀는 마치 엄마라도 되는 것처럼 생선을 발라주고, 반찬을 얹어주었다. 음식 냄새로 가득 찬 좁은 방에서 숨 쉬기조차 힘들었지만 얌전히 앉아 착한 아이처럼 밥을 먹었다. 엄마는 예뻤어? 음식은 잘 했어? 키는 컸어? 하며 쓸데없이 물어대는 그녀에게 그는 거짓으로 대답했다. 그는 새어머니를 세상에 존재하기도 힘든 완벽한 어머니인 것처럼 이야기했다. 그녀는 고분고분 말을 잘 듣고 대답을 잘 하는 남자에게 애정인지 모성애인지 알 수 없는 감정을 느꼈다. 세상에 있지도 않은 그의 새어머니에게 왠지 모를 열패감을 느꼈으나 그래도 그와 함께 사는 것은 자신이라고 위안했다.

그는 주인 여자의 악취를 맡을 수도 없을 정도로 익숙해졌고 그녀와 밥을 먹든 무엇을 하든 상관없었지만, 그 존재 자체만은 견딜 수가 없었다. 그는 경찰서로 출두해 진실을 말해야겠다고 결심했다. 진실을 밝히는 것이 어려운 일이겠지만 그대로 있다 보면 여자에게 인생을 송두리째 빼앗길 것 같았다. 아버지를 죽게 한 사실이 밝혀져도 어쩔 수 없다고 자포자기하니 결심하기가 쉬웠다. 그는 그녀에게 경찰에 가서 자신이 여인숙에 계속 머물렀다는 알리바이를 증언해달라고 부탁했다. 그녀는 그가 떠날까 걱정스러웠다. 그가 견디지 못하는 그 시간은 그녀에겐 소중한 시간이었기에 결코 잃고 싶지 않았다. 그녀는 증언을 해봐야 소용없을 거라며 처지를 잘 생각해보라고 했다. 이유 없이 가족과 연락을 끊고 혼자 몇 년을 여인숙에서 지냈던 것, 직업도 친구도 없이 방에 틀어박혀 웹서핑만 하는 것은 그를 범죄자라고 몰아붙일 빌미가 될지도 몰랐다. 경찰이 보기엔 새벽 운동을 날마다 열심히 하는 것조차 수상해 보일 것이 분명했다. 그의 생활은 어제와 오늘이 다르지 않았고 성실하게 자신의 일을 해냈지만 그것을 아는 것은 그 자신뿐, 증명할 길이 없었다. 경찰이 이미 용의자로 낙인찍힌 그의 말에 귀 기울일 리도, 믿어줄 리도 없었다. 게다가 그와 몇 년을 지낸 여인숙 주인의 말은 신빙성이 없다고 생각할 확률이 높았다. 그녀는 지금처럼 여인숙에서 은둔하며 지내면 된다고 그를 설득했다. 그는 같은 문장을 반복해서 쓰며 다음 문장을 이어나가지 못했던 것과 마찬가지로 같은 자리를 뱅뱅 돌며 앞으로 단 한 발자국도 나가지 못하고 있었다.

그는 누가 믿어주지 않아도 동생에게만은 자신이 엄마를 죽인 게 아님을 알리고 싶었다. 여인숙에 손님이 들지 않았던 새벽을 틈타 주인 여자가 자는 것을 확인하고는 밖으로 나갔다. 수염을 기른 채 여자가 사다 준 옷을 입고 걸으니 누구도 자신을 못 알아볼 것 같았다. 해가 겨우 뜰 무렵이었기에 도로와 버스에는 사람이 많지 않았고 아무도 그를 신경 쓰지 않았다. 그는 한 시간 남짓 버스를 타고 여인숙이 있는 동네에서 멀리 떨어진 곳으로 갔다. 어렵게 공중전화를 찾아 집으로 전화를 걸었다. 어쩌면 그 흉한 일들이 일어난 집에 더 이상 동생이 살지 않을지도 몰랐지만 그가 아는 것은 집 전화뿐이었다. 전화벨이 한참 울리고서야 누군가 전화를 받았다. 올해 열아홉 살인 여동생의 목소리는 여전히 아이처럼 앳됐다. 변하지 않은 목소리를 듣자 너무 반가워 동생의 이름을 불렀다.

석경아.

전화기 너머에서 잠시 침묵이 흘렀다. 전화가 끊기지 않았다는 것을 확인하고 다시 이름을 부르자 조용하지만 날카로운 음성이 들려왔다.

뭐냐? 이제 와서 겁도 없이 전화질이야? 넌 꼭 잡힐 거야.

그는 그녀의 거친 말투에 깜짝 놀라 어쩔 줄을 몰랐다. 귀엽고 다정했던 아이가 이토록 변한 데는 자신도 책임이 있는 것 같아 마음이 아팠다.

석경아, 많이 힘들지? 미안해. 그동안 연락 못 해서. 네가 잘 살고 있을 줄 알았어. 그런데 엄마는 내가 그런 거 아니야. 왜 네가 나를 봤다고 했는지 모르겠는데, 난 아버지 죽고 집에 간 적이 없어. 다른 사람은 몰라도 너는 날 믿어야 돼.

아빠가 죽은 줄은 알고 있네? 연락도 안 되더니.

사실, 나 때문에 아버지가 돌아가셨어. 그래서 집에 못 간 거야.

석경은 어처구니없다는 듯 헛웃음을 웃었다.

웃기고 있네. 아빠가 어떻게 죽었길래?

그는 석경에게 자신의 죄를 고백하기로 했다. 진실을 모두 이야기하지 않으면 그의 무고함을 전혀 믿어줄 것 같지 않았다.

나, 제대하고 집에 간 날 사다리를 잘못 차서 떨어졌어.

잘못 차긴 했네. 한 방에 안 죽었으니까. 제대로 찼어야지.

학교에서 돌아온 석경은 아버지가 머리에 피를 흘리며

쓰러져 있는 것을 발견했다. 아버지가 바닥에 떨어진 핸드폰을 집으려 안간힘을 쓰고 있었는데 그녀는 얼른 핸드폰을 마당 구석으로 차버렸다. 그녀는 아버지의 숨이 끊어질 때까지 눈을 똑바로 뜨고 지켜보았다. 석경의 이야기를 들은 그는 혼란스러웠다.

병신아, 놀라서 도망갔냐? 비겁한 새끼. 아빠 죽고, 넌 없어지고, 나만 엄마한테 죽을 뻔했어. 엄마가 안 죽었으면 내가 먼저 죽었을 거야.

그는 더 이상 말을 잇지 못했다.

미안해. 나 누명 벗고 찾아갈게. 믿어줘. 엄마는 내가……

지랄하네. 누명이 벗겨질 것 같냐? 너도 뒈져. 너 같은 건 필요 없으니까.

그는 온몸에 소름이 돋았다. 오랫동안 보지 못한 석경이의 얼굴은 어떻게 변했을지 상상해보았다. 새어머니를 닮았으면 좋으련만 분명히 아버지와 판박이일 것이다. 석경이도 자신처럼 망가졌다고 생각하니 끔찍했다. 그는 동생과 함께 죽고 싶었다.

여인숙 인근 야산에서 검은 비닐봉지에 든 사체의 일부가 또 발견되었다. 불과 하루 이틀 전에 살해된 것으로 보였다. 그것이 발견된 장소는 석원이 새벽 운동을 가곤 하는 뒷산이었다. 주인 여자는 아주 가까운 곳에서 그런 일이 일어났다는 사실에 몸을 떨었다. 자신이 뉴스의 주인공이 될 수도 있다고 생각하니 이상한 전율이 일었다. 그녀는 문득 그가 새벽 운동을 갈 때 가끔 뒤춤에 감춰 들고 나가던 검은 비닐봉지들을 떠올렸다. 그녀가 아무리 물어도 대답을 해주지 않아 무엇인지 알 수 없었기에 그저 쓰레기라고 추측할 뿐이었다. 그녀는 이틀 전 그가 외출했을지 모른다고 생각했다. 그날 새벽 그녀는 방문 닫히는 소리에 잠에서 깨어 뒤척거리다가 밖으로 나가보니 사무실에 그가 없었다. 현관 방울 소리가 들리지 않았기에 그가 화장실에 간 거라 생각하고 다시 잠들었다. 그녀는 그동안 그를 조금도 의심하지 않았다. 자기가 자는 새벽 시간에 그가 당연히 사무실에 앉아 손님을 받을 것이라고 생각해왔다. 낮 동안에 외출하지 않는 사람이었기에 당연히 새벽에도 자리를 비우지 않을 것이라고 단정했던 것이다. 그녀는 그를 의심하기 시작했다. 밤이 되어 그와 교대하고 방에 들어간 뒤에도 밖이 신경 쓰였다. 새벽까지도 신경을 곤두세우고 문밖의 소리에 귀를 기울였다. 현관의 방울 소리가 들릴 때마다 그가 나가는 게 아닌가 해서 문을 빼끔히 열고 내다보곤 했지만 그는 꼼짝 않고 사무실에 있었다.

현관이 요란하게 흔들리더니 이십대 초반으로 보이는 젊은 여자가 들어왔다. 여인숙에 흔치 않은 젊은 여자 손님이었다. 술에 만취한 그녀는 현관 안으로 다 들어오기도 전에 자리에 주저앉았다. 그가 아무리 흔들어도 여자는 아무 반응 없이 축 늘어져 있었다. 그는 여자를 부축해 빈방으로 옮겼다. 그는 여자를 침대에 눕히다가 발을 헛디뎌 여자 위로 넘어졌다. 자신을 누르는 묵직한 힘을 느끼고 잠에서 깬 여자가 소리를 지르기 시작했다. 그는 비명을 누군가 듣게 될까 두려워 입을 틀어막았다. 그러자 여자는 더 크게 소리를 지르며 발버둥 쳤다. 까무룩 잠들었던 주인 여자가 그 소리에 놀라 뛰쳐나왔다. 그녀는 구석방의 침대에 누워 있는 여자와 그 여자 위에 몸을 포갠 채로 여자의 입을 한 손으로 틀어막고 있는 그를 발견했다.

제발 조용히 해주세요. 제발, 제발……

그는 여자의 비명보다 더 크게 소리 지르고 있었다. 주인 여자는 너무 놀라 어떻게 해야 할지 몰라 우왕좌왕하다가 그를 여자에게서 가까스로 떼어놓았다. 그는 여자에게서 떨어져 나와 바닥에 주저앉았다. 술에 취해 몸을 제대로 가누지 못하는 여자는 누운 채 비명을 질렀다. 그는 주인 여자와 손님을 향해 정신없이 외쳐댔다.

실수로 넘어진 거예요. 정말 실수예요, 실수. 소리 지르지 마시고, 진정하세요.

그는 여자를 진정시키려고 했지만 여자는 좀처럼 비명을 멈추지 않았다. 주인 여자는 여자를 부축해 밖으로 데리고 나갔다. 그는 방에 남아 잠시 멍하게 앉아 자신이 한 실수가 어떤 것인지 생각해보았다. 그리고 손님이 신고를 하게 될 경우 생길 복잡한 일들을 떠올리니 아찔했다. 그가 밖으로 부리나케 나가려 하는데 밖으로 나갔던 주인 여자가 혼자 들어왔다. 현관을 열어보니 몸을 제대로 못 가누던 여자는 이미 떠나고 없었다.

신고하면 어떡하려고 그냥 내보냈어요?

그럼 쫓아가보면 되잖아?

여자가 말했다. 그는 그녀의 목소리가 싸늘해진 것을 느꼈다. 그가 현관을 열고 나가려 하자 그녀는 사무실로 들어가 책상 밑으로 손을 넣어 비상벨을 더듬었다. 그는 밖으로 나가지 않고 재빨리 그녀를 따라 사무실로 들어갔다. 그는 그녀의 손가락이 비상벨에 닿기 전에 팔을 꺾어 바닥으로 쓰러뜨렸다. 바닥에 납작 엎드린 그녀는 일어나보려고 버둥거렸지만 그의 힘을 이기지 못했다. 그는 그녀를 똑바로 눕힌 뒤 움직이지 못하도록 양다리로 그녀의 몸을 힘껏 눌렀다. 그의 가랑이 사이에서 그녀는 발버둥 치기 시작했다. 그는 그녀의 팔을 양쪽으로 벌려 누른 채 이마에 키스

했다. 그녀는 순식간에 온몸에 힘이 빠져나가는 것 같았다. 그는 그녀의 입술에 자신의 입술을 가져갔다. 그의 입술이 와 닿자 그녀는 몸을 덜덜 떨면서 탐욕스럽게 그의 입술과 혀를 빨았다. 그는 문득 이 상황이 불쾌해져 그녀에게서 몸을 뗐다.

아줌마가 원했던 게 겨우 이건 아니지요?

주인 여자는 눈을 감은 채로 자신이 원하는 것이 무엇이었는지 생각해보았으나 알 수 없었다. 그는 그녀의 목을 두 손으로 감싸 쥐고 입에 고인 진득한 침을 얼굴에 뱉었다. 목에 와 닿는 축축하고 차가운 감촉에 흠칫 놀라 눈을 뜬 그녀와 눈이 마주치자 그가 웃었다. 그녀는 그 웃음을 보고 안도의 미소를 지었다. 그러나 그는 여자의 목에서 손을 떼지 않았다. 엄지손가락으로 목젖을 힘껏 누르고 나머지 손가락에 힘을 주며 목을 쥐어짰다. 이제 그만해야지, 생각했지만 손에는 점점 큰 힘이 들어갔다.

야, 이, 개, 새, 사, 려……

그녀는 분절된 소리를 내뱉으며 자기 목을 감고 있는 손을 사정없이 할퀴어댔다. 그는 그녀의 목에서 손을 떼지 않았다. 그녀의 팔과 다리는 허공에서 몇 번 허우적거리다가 곧 바닥으로 툭 떨어졌다. 그녀는 실핏줄이 불거진 눈을 부릅뜨고 입을 크게 벌린 채 죽었다. 그의 손은 누구의 것인지 알 수 없는 침과 땀으로 흠뻑 젖어 있었다. 그는 손바닥 냄새를 킁킁 맡았다. 시큼한 냄새에 구역질이 났다. 그는 바지춤에 손바닥을 계속 문질렀다. 그녀가 누운 방바닥에서 지린내가 물씬 풍겨오자 그는 정신이 번쩍 들었다. 방에서 뛰어 나가 여인숙의 문을 잠그고 카운터에 멍하니 앉아 있었다. 모든 게 꿈 같았다. 그러나 손바닥, 가랑이 밑에서 버둥거리던 그녀의 감촉이 생생하게 남아 있었다. 죽일 생각은 없었고 그저 겁을 주려던 것인데 큰 실수를 해버렸다. 석원은 자신이 얼마나 많은 실수를 하며 살았는지 기억해 보려 했지만 무엇이 실수였고 무엇이 고의였는지 알 수가 없었다. 정확한 것은 태어난 것이 실수라는 것이다. 아버지는 그가 콘돔이 찢어져 실수로 태어난 놈, 내 인생의 오점이라고 말하곤 했다. 실수로 큰 사고를 쳐서 평생 감방에서 지내게 될 거라는 아버지의 말이 단순한 저주나 악담이 아닌 예언이었다는 것을 깨달았다. 그 실수가 아버지를 다치게 한 것 따위가 아니라 이렇게 엄청난 일이라는 것을 그제야 알았다. 그는 아버지의 예언처럼 평생 감방에서 살고 싶지 않았다.

그는 이제 더 이상 실수는 하지 않겠다고 다짐했다. 여자의 사체를 욕실로 옮겼다. 사체를 잘 숨기기만 하면 자신의 범행이 쉽게 드러나지는 않을 거라고 생각했다. 그녀와 친하게 왕래하는 사람이 거의 없었기에 당분간 아무도 그녀의 실종을 눈치채지 못할 것이다. 그는 인터넷 뉴스 기사에서 보았던 범죄의 기록들과 해부학 관련 사이트의 글을 참고해 사체를 어떻게 분해할지 계획했다. 그는 부엌칼을 꺼내 숫돌에 여러 번 문질렀다. 아무리 갈아도 만족스러울 정도로 날카로워지지 않았다. 그는 무딘 칼로 오래전부터 해왔던 일인 것처럼 침착하게 여자의 몸을 분해했다. 하수구와 변기로 흘려보낼 것들은 보내고 나머지 살덩어리와 뼛조각 들을 적당한 크기로 토막내 썩어가는 식물이 담긴 화분의 흙 속에 나눠 담았다. 그녀가 흙으로 돌아가기까지 생각보다 오랜 시간이 걸렸다. 그가 가진 화분에 모두 담기에 그녀는 덩치가 너무 컸다. 그는 비닐봉지에 화분 몇 개와 꽃삽을 넣어 들고 해 뜨기 전 뒷산으로 올랐다. 그는 걸음을 늦추고 그가 늘 화분들을 파묻던 산 중턱으로 가는 샛길로 들어섰다. 그는 몇 개의 구멍을 깊이 파 화분 하나하나를 정성스럽게 묻고 돌아왔다. 그가 지금껏 가장 신경 써서 묻은 화분들이었다. 그녀를 모두 파묻는 데는 나흘이 걸렸다. 땅을 너무 얕게 파거나 비닐봉지와 함께 묻어 금세 눈에 띄게 하는 실수를 하지 않도록 조심했다.

세월이 흐르면 산 중턱 여기저기에 묻어놓은 화분들이 모습을 드러낼 것이다. 그 속에서 죽은 가지에 싹이 트고,

새 잎이 돋아날지 모른다. 또 홍제동 김 여인의 다리가 자라고, 신촌 백 여인의 머리카락이 싹트고, 여인숙 주인 여자의 손가락에 꽃이 피고, 새어머니의 어깨에 열매가 맺힐지도 모른다. 그러나 그것은 그가 한 일이 아니라 비슷한 시간에 일어난 우연한 일들일 뿐이다. 그는 그렇게 끔찍한 일을 할 만큼 대범한 사람도 아니고, 뉴스의 주인공감도 아니다. 그의 삶이 언제나 간과되어온 것처럼 이 일 또한 들키지 않고 그냥 넘어가버릴 확률이 높다고 그는 확신했다. '그에겐 두려울 것이 없었다.' 그는 이제야 다음 문장을 생각해냈다.

돌아오다

집 안에 누가 있는 것 같아. 가만 들어봐. 모르겠니? 소파에 기대앉은 할머니는 거실 창으로 들어오는 봄기운에 취한 듯 몽롱한 표정으로 내게 말했다. 누가 있다니요. 아무것도 안 들리는데요? 잘못 들으신 것 같아요. 내 대답에 할머니는 고개를 절레절레 흔들었다. 너같이 둔한 애한테 물어본 게 잘못이다.

겨울을 나는 동안 할머니는 하루 한 끼만 먹고 방 안에서 거의 나오지 않아 눈에 띄게 쇠약해졌지만 목소리에는 여전히 날이 서 있다. 할머니가 입은 살구색 카디건은 햇빛을 받지 못해 창백한 얼굴을 더 혈색 없고 칙칙하게 보이도록 한다. 40킬로그램도 안 되는 할머니는 점점 더 작아져 한 손으로 잡으면 파삭 하고 바스라질 것 같다. 하얗고 하관이 갸름한 할머니의 얼굴은 환갑이 지나도록 오랫동안 아름다움을 유지했지만, 평생 하던 일을 그만둔 뒤 그 아름다움은 거짓말처럼 순식간에 사라졌다. 한때는 매력적으로 보였던 뾰로통하게 찌푸린 싸늘한 표정은 미간과 입꼬리에 깊은 주름을 새겨놓았다. 이지적인 인상을 만들었던 뾰족한 턱, 높은 코는 얼굴을 온통 뒤덮고 있는 그물 같은 잔주름과 어우러져 할머니를 고약한 마녀처럼 보이게 했다. 전화벨이 울리자 할머니는 잽싸게 전화를 받아 들더니 아무 말없이 내려놓았다. 쓸데없는 광고 전화가 이리 많이 온다니. 전화번호는 제대로 얘기한 거야? 전화가 어떻게 한 통도 안 올 수가 있어? 내가 전화를 했어야 했는데, 너를 믿은 내 잘못이지.

나는 얼마 전 생활 정보지에 2층의 방 하나를 내놓았다. 방을 내놓은 날부터 할머니가 전화 앞을 지키고 앉아 있었는데, 일주일이 지나도 방을 보러 오겠다는 전화는 오지 않았다. 통장 잔고는 얼마 남지 않았지만 씀씀이가 줄어 그렇게 위태로운 것은 아니었고 딱히 할머니에게 돈이 필요한 것도 아닌데 할머니는 방이 나가지 않으면 곧 굶어 죽을지도 모른다는 위기를 느끼는 것 같았다. 나는 이렇게 가난하게 살아본 적이 없다. 내게 할머니는 말했다. 아직 살 만하니까 마음 놓으세요. 우리는 가난하지 않아요.

할머니는 한때 꽤 유명했던 동양자수가였다. 할머니는 병에 걸린 남편을 일찍 여의고 어린 자식 둘을 먹여 살리기 위해 여학교에서 배운 동양자수를 생업으로 삼았다. 병풍이나 한복에 들어가는 자수를 놓았는데 처음에는 세 식구가 먹고 살 정도였지만 당시 국회의원의 부인이었던, 대학 동창 어머니의 한복에 놓은 자수로 부유한 마나님들의 입소문을 타게 되었다. 그때부터 할머니의 작품들이 많이 팔려나가기 시작했고, 그 수입으로 자식들을 유학까지 보냈다. 내가 초등학생이었을 때 할머니는 30년 경력의 동양자수가로 뒤늦게 알려져 여성 잡지에 가끔 인터뷰가 실렸고, 아침 TV 프로그램에도 출연했다. 할머니는 순탄치 않은 삶을 극복한 훌륭한 어머니이자 살림꾼이면서 동시에 직업적으로도 성공한 슈퍼우먼으로 알려졌다. 잡지가 아니었다면 나는 할머니가 어떤 사람인지 알 수 없었을 것이다. 몇 번 출연하지도 않은 매스컴 덕택에 더 유명해진 할머니의 작품은 조금 더 고가에 팔리기 시작했다. 그러나 10년 전쯤 할머니가 일을 그만두자 살림은 눈에 띄게 궁색해졌다. 일 욕심이 많던 할머니가 일을 그만둘 거라고 생각해본 적이 없었기에 나나 주변 사람들은 당황했다. 집 안에 들끓던 고객들은 발을 끊었고, 동양자수를 배우던 제자들도 오지 않았다. 5년 후에는 내가 중학생 때부터 함께 살며 집안일을 돌봐준 강 씨 아줌마도 떠났다. 우리는 더 이상 월급을 줄 수 있는 형편이 아니었다.

우리 곁에 남은 사람은 아무도 없었다. 남은 건 퇴락한 일본식 목조 이층집 한 채뿐이었다. 집은 둘이 살기에 지나치게 넓었다. 1층에 방 두 개와 거실, 주방이 있고 2층에는 화장실이 딸린 방이 두 개 있다. 아줌마가 나간 후 나는 할머니에게 집을 팔고 좁은 집으로 이사를 가자고 했다. 그러면 집을 관리하는 데 힘도 돈도 덜 들 것이고 넉넉하게 살 수 있을 것이었다. 할머니는 정색을 하며 펄쩍 뛰었다. 내가 죽어도 집은 팔면 안 된다. 할머니는 내 귀에 못이 박이도록 당부했다. 5년 전 건축 업자들이 재건축을 위해 높은 가격으로 집을 사겠다고 했을 때에도 할머니는 단호하게 거절했다. 이 골목의 집 모두를 매입해 다른 부지들과 합쳐 큰 빌딩을 지으려고 했던 업자의 계획은 할머니 한 명 때문에 무산되었다. 다른 골목 사람들처럼 애물단지 같은 집을 높은 값에 처분하고 이곳을 뜨려던 같은 골목의 이웃들이 할머니를 찾아와 설득도 하고 협박도 했지만 할머니는 눈도 깜짝하지 않았다. 결국 주변의 다른 곳은 모두 높은 빌딩이 되었지만 이 골목만 아주 오래전의 모습 그대로 남아 있다.

이 집에 대한 할머니의 자부심과 집착은 대단했다. 인터뷰에서도 집에 대한 이야기는 빠지지 않을 정도였다. 이 집은 외할머니의 아버지, 그러니까 나의 외증조 할아버지가 장만한 집이다. 그는 은행원이었는데, 아내와 곧 태어날 아이를 위해 일본인들이 주로 사는 고급 주택가에 작은 정원이 딸린 이층집을 구입했다. 외동딸이었던 할머니는 이 집에서 태어나 유치원부터 여학교까지 다니며 부유하게 자랐으나 전쟁 통에 부모를 잃었다. 할머니에게 남은 건 전쟁의 포화 속에서도 부서지지 않은 이 집뿐이었다. 패고 금이 간 외벽을 시멘트로 메우고 지붕을 새로 얹었다. 다다미를 온돌로 개조하고 빈 창틀에 유리를 끼워 넣자 전쟁의 흔적 따위는 남지 않았다. 할머니는 대학에 다니다가 결혼을 해 이 집에서 아이를 낳아 키웠고 이제껏 단 한 번도 집을 떠나본 적이 없다. 먼 곳으로 떠났던 가족이 돌아올 자리가 있어야 한다며 자신은 그것을 지키고 있는 거라고 했다. 그러나 정작 떠났던 자식들은 한 번도 돌아오지 않았다. 할머니가 버는 돈의 상당한 부분이 집을 보수하고 정원을 가꾸는 데 들어갔다. 한 곳을 고치면 다른 한 곳에 문제가 생겨 결국에는 신축하는 만큼의 돈이 들어갔고 외관 말고는 모두 뜯어고친 셈이지만 겉으로 보기엔 옛 모습 그대로 보존되어 있었다. 그러나 할머니가 일을 그만두고 집을 더 이상

손질할 수 없게 되자 마치 시간이 이 골목으로만 지나가는 것처럼 집은 더 빠르게 낡아갔다. 동네에서 가장 아름다웠던 이 집은 새로 지은 빌딩의 그늘 속에 납작 엎드린 채 흉물이 되어가고 있었다.

잠시 머물기도 싫을 법한 이 집에 아무도 들어오지 않을 게 뻔한데도 할머니는 부득부득 방을 내놓자고 우겨댔다. 얼마 되지 않는 방세를 받아 무엇을 하려는지 알 수 없었지만 할머니를 막을 수 없었다. 전화를 기다리던 할머니는 앉은 채로 꾸벅꾸벅 졸기 시작했다. 여기서 졸지 마시고 방에 들어가 주무세요. 나의 말에 할머니는 졸지 않았다고 잡아뗐다. 나는 평생 낮잠 같은 거 자본 적 없는 사람이다. 너나 게으르게 가만 앉아 있지 말고 정원에 물이나 줘라. 꽃들 다 시들겠다. 내 다리가 이래서 못 나가지만 네가 잘 가꾸어야 한다. 그럼요, 잘 하고 있는걸요. 나는 싹싹하게 대답했다.

봄이 되었지만 정원은 여전히 겨울처럼 황폐했다. 대문부터 현관까지 들어오는 길을 빼고 식물만으로 가득했던 정원은 이제 흙과 말라죽은 식물, 그 사이를 비집고 제멋대로 돋아나는 잡풀과 잔꽃으로 덮여 있었다. 나는 사실 몇 년 동안 정원에 물을 준 적도, 청소를 한 적도 없었다. 할머니가 시키면 밖에 나와 잠시 서성대다 들어가곤 했을 뿐이다. 건강하던 시절 할머니는 아무리 바빠도 날마다 긴 시간을 들여 정원을 가꾸곤 했지만 이제 더 이상 정원에 나올 수 없다. 할머니는 쉰 살도 되기 전에 얻은 관절염 탓을 하며 꼼짝할 수 없다고 말하지만, 사실 눈이 보이지 않기 때문이다. 아줌마는 집을 나갈 때 할머니의 눈에 녹내장이 와 잘 못 보는 것 같다고 귀띔을 해주었다. 할머니가 갑자기 일을 그만둔 것은 그 때문이었다. 평생을 하루에 열 시간 이상 작업실에 앉아 손끝만 보며 살았기에 그럴 만도 했다. 처음에는 음영과 윤곽 정도는 분간하는 것 같았으나 이젠 내가 소리를 내지 않고 조심스럽게 다가가면 모를 정도였다. 할머니의 행동은 눈에 띄게 굼떠졌고 집 밖을 나갈 수 없을 지경이 되었는데도 눈이 보이지 않는다는 사실을 내게 숨겼다. 할머니는 남에게 약점을 드러내고 싶어 하지 않는 사람이었기에 나도 굳이 알은체하지 않았다. 나는 마당의 벤치에 가만히 앉아 시간과 내가 만들어낸 쇠락한 풍경을 만끽했다. 온종일 햇빛을 받아 반짝이곤 했던 집과 정원은 고층 빌딩의 그림자에 덮여 있었다. 이제는 아무리 부지런을 떤다 해도 예전처럼 아름다운 정원을 가질 수는 없을 것이다.

2층 내 방 창가에 여자가 서 있다. 나는 집에 누군가가 있는 것이 익숙지 않아 순간 흠칫 놀랐다. 그녀는 불룩 나온 배를 손으로 쓸며 정원을 바라보고 있다. 그녀는 며칠 전 우리 집 대문 앞에 기대앉아 식은땀을 흘리고 있었다. 봄이지만 아직 바람이 찬데 얇은 원피스에 청재킷만 걸쳐 입고 오들오들 떨고 있는 그녀를 그냥 둘 수가 없었다. 나는 그녀를 집으로 데리고 들어왔다. 할머니는 거실에 앉아 있었지만 그녀를 데리고 올라가는 것을 눈치채지 못했다. 그녀는 아주 어려 보였는데 임신을 해 원피스 앞자락이 들릴 정도로 배가 불룩하게 솟아 있었다. 내 방 침대에 눕히자 그녀는 숨을 가쁘게 몰아쉬며 깊은 잠에 빠졌다. 두꺼운 이불을 꺼내 덮어주었는데도 그녀는 계속 몸을 떨었다. 나는 혹시 그녀가 잘못될까 싶어 모르는 사람을 덥석 집에 들인 것을 후회했다. 그녀에게 가족의 연락처를 묻고 병원에 가자고 했지만 고개를 저어댈 뿐 정신을 차리지 못했다. 나는 그녀가 정신을 차릴 때까지 죽을 끓여 먹이고 물수건을 얹어주었다. 그녀는 이틀이 지나고서야 몸을 겨우 일으킬 수 있었다. 집에 연락을 하라고 하자 그녀는 괜찮다고 했다. 어느 정도 완쾌가 되었음에도 나갈 생각을 하지 않는 그녀에게 차마 나가라는 말을 할 수 없었다. 나는 그녀가 귀찮아졌지만 될 대로 되라는 마음으로 그냥 놔두었다.

그녀가 쓰러질 듯 비틀거리며 창틀을 잡고 섰다. 걱정이 돼 2층으로 올라가자 그녀는 침대에 누워 있었다. 어지럽냐고 묻자 괜찮다고 하더니 무슨 말을 하려다가 입을 다물었다. 내가 다시 묻지도 않았는데 그녀는 조금 뒤 입을 열었다. 내가 살던 집에도 이만 한 마당이 있었어요. 철마다 다른 색색의 꽃이 피었고, 나무에 모과랑 대추, 감 같은 열매도 달렸어요. 아빠가 직장을 그만두고 마당만 손질했거든요. 원래 아빠는 신문기자였는데, 전쟁터에 갔었나 봐요. 나는 알 수 없지만 어쨌든 그것 때문에 좀 정신이 이상해졌던 것 같아요. 아빠는 무능력자로 살다가 화단에 머리를 묻고 자살했어요. 내가 아주 어렸을 때에요. 그 생각을 하면 너무 어지러워요. 나는 그녀가 왜 이런 말을 하는지 알 수가 없었다. 나는 아무 대답도 하지 않고 그녀를 바라보았다. 아니, 그냥, 이 집이 왠지 좋아서요. 그래서 아빠 생각이 났나 봐요. 아빠라는 말은 세상에 존재하지 않는 단어처럼 낯설었다. 나는 부모의 호칭을 불러본 적도 없고 부모에 대한 추억도 전혀 없다. 내 엄마의 엄마인 할머니가 내 가족의 전부였다. 나는 네 살 무렵 이 집에 왔다고 하는데, 그 이전의 기억은 거의 없고 몇 가지 이미지만 단편적으로 남아 있다. 차를 타고 이리저리 여행을 많이 다닌 기분이 들 뿐 엄마 얼굴조차 기억할 수 없다. 엄마 얼굴을 떠올리려고 하면 이상하게도 숨이 가빠졌다. 엄마에 대해 알고 싶고 사진이라도 보고 싶었지만 할머니가 싫어할 것 같아 아무 질문도 할 수 없었다. 다행히 잡지에 실린 할머니의 인터뷰에서 엄마에 대한 정보를 모을 수 있었다. 엄마는 미국에서 공부를 하고 그곳에 자리를 잡은 엘리트였다. 엄마는 내가 한국어를 제대로 배우고 한국어로 사고할 수 있도록 할머니에게 맡겼다고 했다. 내가 다 자라 한국어를 완벽히 구사하고 있는데도 엄마에게서는 한 번도 연락이 오지 않았다. 나는 중학생 시절 할머니에게 물었다. 엄마는 왜 저를 안 데리고 가요? 할머니는 엄마가 오래전에 재혼해 새로운 인생을 시작했으니 미련을 버리라고 대답했다. 이상하게도 나는 그 말 한마디에 포박에서 풀려난 사람처럼 홀가분해졌고, 그동안 품어온 미련과 원망이 순식간에 사라지는 것 같았다. 읽기만 해도 가슴이 터질 것 같아 외면했던 엄마라는 단어는 병따개, 나무토막, 손잡이같이 아무런 감흥을 불러일으키지 않는 단어로 변질되었다.

할머니는 방을 구하는 전화가 오지 않는 것이 마치 내 탓인 양 나를 못살게 굴었다. 할머니는 작은 목소리로 나를 비난했다. 나는 무능한 것, 칠칠치 못한 것, 나잇값 못하는 것 등 여러 가지로 표현되었다. 오래전부터 들어왔던 이야기고 크게 틀리진 않아 반박할 수도 없었던 그 말들은 옛날처럼 큰 위력을 가지진 못했다. 방을 보러 오겠다는 전화가

온 것은 며칠 뒤였다. 남자 하나가 오후에 찾아오겠다고 하자 할머니는 아침부터 들떠 있었다. 할머니는 내게 집 안팎을 제대로 청소하라고 했다. 만약 눈이 보였다면 몸이 불편할지언정 절대 나를 시키지 않았을 것이다. 할머니는 완벽주의자에 남을 믿지 못해 뭐든지 자신의 손으로 해야 마음이 놓이는 사람이었다. 주문이 많아 밥 먹을 새 없이 바빠도 하루에 두 시간씩 집안일을 했다. 날마다 형광등과 천장의 먼지를 털고 자잘한 도자기와 장식품들을 마른 걸레로 닦았다. 나무로 된 거실 벽과 오래된 가구에 왁스를 칠해 반질반질하게 윤을 냈고, 정원의 꽃나무를 손질했다. 집 안은 언제나 먼지 하나 없이 깨끗했다. 집안일을 하는 강 씨 아줌마는 자신이 무능하다고 질책받는 듯한 기분이 든다고 말하곤 했다. 그러나 이제 할머니는 어쩔 수 없이 내 손을 빌려 원하는 일들을 할 수밖에 없다. 아마 할머니는 그것이 무척 마음에 들지 않을 것이다. 할머니는 초등학생이었던 내게 허술하고 모자란 아이라고 말하곤 했다. 가끔 할머니는 공부를 잘하고 매사에 똑 부러졌던 외삼촌 이야기를 들려주었고, 예쁜 엄마를 닮지 못한 못난 내 얼굴을 탓했다. 너는 외가의 좋은 유전자를 물려받지 못한 것 같으니 참 불쌍하구나. 네 애비가 누군지 모르지만 참 한심한 놈일게다. 할머니는 내게 무언가를 할 수 있다는 생각을 버리라고 했다. 할머니의 말은 바늘처럼 내 가슴을 콕콕 찔렀다. 할머니에게 사랑받기 위해 무엇이든 잘해내려고 노력했지만 그래도 나를 좋아해주지 않았다. 혹시 내가 귀찮아져 다른 곳으로 보내버릴까 불안해 할머니의 말을 무조건 따랐다. 그러나 이제는 할머니가 유일한 가족인 나를 무조건 믿고 의지할 수밖에 없는 상황이 되었다. 할머니는 이런 현실을 잘 모르는 건지 인정하지 않으려는 건지 여전히 예전과 다름없이 모질게 굴었다. 나는 딱한 마음이 들어 대답만은 고분고분 해주지만 더 이상 할머니가 원하는 대로 움직여주지 않는다. 나는 몇 년째 할머니의 방만 대충 청소하고 거실과 주방을 왔다 갔다 하며 청소하는 시늉만 했다. 오랜 시간 동안 뭉쳐진 먼지와 머리카락이 바닥을 굴러다니고 있는데도 할머니는 전혀 못 알아챘다. 할머니가 특별히 깨끗이 치워놓으라고 거듭 당부했던 2층 방은 아예 문조차 열어보지 않았다.

남자는 오후 3시쯤 찾아왔다. 할머니는 머리를 단장하고 와인색 홈드레스를 꺼내 입고 밖으로 나왔다. 묶어 올린 하얀 머리카락은 이리저리 삐져나와 있고, 오래전에 입던 홈드레스는 너무 커서 자루를 씌워놓은 것 같았다. 삼십대 초반으로 보이는 남자는 현관으로 들어서서 집 안을 두리번거렸다. 할머니는 일을 하던 시절 고객을 맞이하곤 했을 때처럼 우아한 몸짓과 잔뜩 꾸민 목소리로 인사했다. 나는 어색한 연극을 맨 앞자리에 앉아 보는 것처럼 불편해 서둘러 남자를 2층으로 안내했다. 할머니는 내 등에 손을 대고 절뚝거리며 계단을 힘겹게 올랐다. 여자도 내 방에서 나와 우리를 따라왔는데, 할머니는 눈치채지 못하는 것 같았다. 나는 아줌마가 썼던 빈방의 문을 열었다. 아줌마가 떠나고 한동안은 빈방에 들어와보곤 했는데 그것도 아주 오래전의 일이라 방은 완전히 방치되어 있었다. 새로 지은 빌딩의 그림자가 집을 뒤덮어 창으로 마른 볕이 들지 않는 탓에 방은 눅눅했고 퀴퀴한 냄새까지 났다. 천장 구석구석 거미줄이 쳐져 있고 벽지 곳곳은 곰팡이로 얼룩덜룩했다. 웬만한 원룸 정도 되는 큰 방에 쓸 만한 가구들과 작은 냉장고까지 갖춰져 있긴 했지만, 20년도 더 된 그것들 위로 먼지가 켜켜이 쌓여 차마 눈뜨고 볼 수 없을 지경이었다. 벌레 씹은 표정으로 방을 둘러보는 남자에게 미안한 기분이 들었다. 할머니는 남자에게 상냥하게 말했다. 미국 간 우리 아들이 쓰던 방인데 비어 있어도 하루도 안 빼고 쓸고 닦았어요. 창밖에 멋진 정원도 보이고 햇빛도 잘 들잖아요. 옛날엔 이 집이 동네에서 제일 좋은 집이었다우. 이 가격에 이렇게 괜찮은 집 구하기가 쉽지 않아요. 남자는 어처구니없다는 듯 나를 바라보았다. 생각해보고 연락드릴게요. 남자는 화장실은 들여다볼 생각도 하지 않고 말했다. 에이그, 생각이 뭐 필요해요. 아무튼 꼭 연락해요. 원하면 밥도 먹을 수 있어요. 할머니의 얼굴에는 오랜만에 생기가 돌았다. 남자가 돌아간 뒤 할머니는 보지도 못한 그에게 밑도 끝도 없는 호감을 표시했다. 괜찮은 사람 같던데, 들어오면 딱 좋겠다. 그나저나 가만있어봐. 무슨 소리 안 들리니? 아무래도 집에 뭐가 있는 것 같아. 집을 좀 뒤져봐. 나는 그러겠다고 했다.

여자는 침대에 누워 잠들어 있었다. 할머니가 무슨 소리를 들은 건지 알 수가 없었다. 여자는 내 기척을 느끼고 잠에서 깼다. 아까 보니 방 보러 온 사람인 것 같던데, 저 방을 저한테 한동안 빌려주시면 안 되나요? 여자는 내게 금으로 된 쌍가락지를 내밀었다. 한 달 치 방값 정도는 되겠지요? 돈이 생기면 드릴 테니까 우선 받아주시면 좋겠어요. 낯선 남자보다는 여자가 들어오는 편이 낫긴 하겠지만 임산부라 좀 망설여졌다. 내가 대답하지 않고 망설이자 그녀는 내 손에 반지를 쥐여주었다. 아기 낳기 전에 나갈 거니까 너무 부담스러워하지 마세요. 사실 출산일이 다가와서 엄마랑 살던 집을 찾아왔는데, 동네가 완전히 달라져 못 찾았어요. 집 떠난 지 3, 4년밖에 안 됐는데 그새 이렇게 변할 줄은 몰랐네요. 집을 찾을 때까지만 있게 해주세요. 그녀는 여기가 아니면 갈 데가 없는 사람처럼 간절하게 말했다. 왠지 사연이 있는 사람 같아 나는 말려들고 싶지 않았다. 여긴 3년 전에 거의 재개발됐어요. 남은 주택은 우리 골목뿐이고 다 빌딩이 됐지요. 아마 어머니 집도 헐렸을 거고 이사를 갔을 거예요. 전화번호 없어요? 아니면 주소만 있어도 금방 찾을 수 있을 텐데…… 여기 있을 게 아니라 엄마를 빨리 찾아봐야죠. 전화는 해봤는데, 없는 번호래요. 내가 옛집의 주소를 묻자, 그녀는 임신 초기에 화재를 당한 적이 있었는데 그때 마신 유해 가스 때문인지 아니면 임신 때문인지 사소한 것들이 잘 기억나지 않는다고 했다. 나는 풀이 죽은 그녀의 부탁을 차마 거절할 수가 없었다. 그래요. 엄마를 찾을 때까지 이곳에 있어요. 그런데 1층에 할머니가 있거든요. 할머니가 눈치채지 않게 주의해줘요. 할머니 눈이 안 보이니까 조금만 조심하면 돼요. 잔소리가 심해 귀찮아서 그래요. 나는 할머니에게 그녀의 존재를 숨길 생각이었다. 그녀에게 받은 쌍가락지 때문이기도 했지만, 일단 할머니 앞에서는 가급적이면 무엇이든 숨기는 편이 나았다. 그녀의 이름은 윤옥이며 스무 살밖에 되지 않았고, 출산 예정일은 두 달 정도 남았다. 나는 그녀가 아이를 낳기 전에 엄마를 찾아갔으면 했다. 우리는 함께 옆방을 청소했다. 거미줄을 걷고, 가구와 창틀에 쌓인 먼지를 털어냈다. 내가 어렸을 때 살았던 곳이랑 비슷해요. 이 집보단 낡았지만 말이에요. 그녀는 기분이 좋은지 재잘거렸다. 이 동네에 비슷한 집이 많았으니까 그렇기도 하겠네요. 나는 깨끗한 침대 시트와 이불을 가져다주었다. 너무너무 좋아요. 고마워요 언니. 그녀는 포근한 새 이불에 몸을 비비며 아이처럼 좋아했다. 나는 그 호칭이 마음에 들어 마음속으로, 언니, 언니, 하고 여러 번 되뇌었다.

나는 생활정보지 회사에 전화를 걸어 광고를 취소했다. 집을 보고 간 남자는 다시 연락하지 않았다. 할머니는 그런 사소한 일에 마음을 다쳐 앓아누웠다. 요즘 것들은 아파트만 좋아하지, 옛날 집 좋은 걸 몰라서 그래. 이렇게 싸게 내놨는데. 정말 이해가 안 가. 할머니는 이해가 가지 않는 것이 아니라 자존심이 상해 분한 것이다. 아무리 기다려도 전화가 전혀 오지 않자 할머니는 집이 나가지 않을 거라고 체념하는 것 같았다. 이젠 방법이 없다. 네가 좀 벌어야지 않겠니? 할머니는 이렇게 가난하게 된 것은 밥만 축내고 사람 구실 못하는 내 탓이라고 했다. 할머니는 제풀에 분을 이기지 못하고 내게 계속 악담을 퍼부었다. 엄마도 돌보지 않은 너를 키운 것에 대한 보답이 고작 이거냐고, 너 같은 건 길바닥에 버려져 일찍 죽었어야 했다고, 아니 애초에 배

속에서 죽었어야 했다고…… 악담의 강도는 점점 세졌지만 나는 딴짓을 하며 할머니의 말을 듣지 않았다. 할머니의 독한 말들은 더 이상 내 마음에 상처를 주지 않았다. 할머니에게 사랑받고 인정받고 싶다는 생각을 버렸기 때문이었다. 할머니의 목소리가 멈추고 나서 한마디만 하면 그만이었다. 죄송해요. 할머니 말처럼 나는 너무나 무능해 서른다섯이나 먹고서도 돈을 벌 재간이 없었다. 그러나 그게 전적으로 내 탓은 아니다. 할머니도 알고 있는 사실일 테지만 잊었는지도 모를 일이다.

나는 할머니의 기대에 못 미치는 대학을 다녔지만 졸업과 동시에 외국계 금융사에 쉽게 취직했다. 할머니로부터 한시라도 빨리 독립하기 위해 열심히 학점 관리를 하고 외국어 공부를 한 결과였다. 나는 직장을 몇 년 다니다가 외국으로 발령받아 나가 다시 돌아오지 않을 계획이었다. 할머니와 함께 있으면 내 자신이 무가치한 인간처럼 느껴졌고 평생 사랑받지 못할 거라는 좌절감만 들었다. 나는 할머니와 같은 땅에서 살고 싶지 않았다. 할머니는 내가 취직했다고 하자 직장에 다니지 말라고 했다. 다녀봤자 큰돈도 못 벌고 승진도 못 할 테니 힘 빼지 말라는 거였다. 할머니는 내 스스로 무언가를 해낸 것이 못마땅한 것 같았다. 출근을 못 하게 막아서는가 하면, 직장에서 일을 할 수 없을 정도로 전화를 해댔고 언제 오느냐, 누굴 만나느냐고 캐물었다. 야근을 하고 돌아오면 어떤 놈을 만나러 다니느냐면서 네 멋대로 살려면 그동안 키우고 가르친 돈을 다 갚고 나가라고 소리쳤다. 나는 곧 나갈 생각이었다고 하며 집을 나간 적이 있는데, 다음 날 출근하자마자 아줌마로부터 다급한 전화를 받았다. 수를 놓던 할머니가 쪽가위로 손목을 여러 번 찔러 병원으로 실려 갔다고 했다. 나는 할머니에게서 떠나고 싶었던 것이지 할머니가 죽기를 바란 것은 아니었다. 어쨌건 할머니는 내 유일한 가족이기 때문이었다. 나는 그런 모순적인 감정과 내 환경이 지긋지긋해져 직장을 그만두었다. 그러자 할머니는 아무 일 없었던 것처럼 조용한 자신의 일상으로 돌아갔다.

할머니가 그랬던 건 처음이 아니었다. 내가 다른 도시의 대학에 전액 장학금을 받는 조건으로 진학하려고 했을 때나 외국에 교환학생으로 나가게 되었을 때에도 비슷한 행동을 했다. 나는 그때도 모든 것을 포기하고 할머니의 뜻대로 집에 눌러앉았다. 할머니는 일하지 않고 집에만 있는 나를 보며 만족해하는 것 같았다. 사람은 자기 능력에 맞게 살아야지 안 그러면 화를 입게 된다. 너처럼 밖으로 돌려고 하다가는 흉한 꼴을 당하게 돼. 할머니는 내가 딱 방 한 칸만큼의 능력밖에 없는 인간이라는 것을 늘 깨우쳐주었다.

할머니가 사랑하는 자식들은 자유롭게 어디든 가게 했고, 그들이 돌아오지 않아도 크게 신경 쓰지 않으면서 왜 나만 놓아주지 않는지 이해가 되지 않았다. 할머니는 사람들에게 취직을 못해 아직 자신의 그늘에 살고 있는 손녀를 평생 돌봐야 할 것 같다고 하며 웃었다. 마음을 강하게 먹었더라면 나는 오래전에 할머니에게서 독립했을 것이다. 아니 그 이전에 할머니에게서 사랑받고자 노력하지도 않았을 것이다. 그건 모두 이십대에 일어났던 일이므로 후회해도 소용없는 일이다.

윤옥은 부엌에 앉아 고개를 푹 숙인 채 밥을 먹고 있었다. 밥알을 입에 가득 문 채 소리를 삼키며 눈물을 뚝뚝 흘리고 있었다. 왜 우는지 알 수 없었지만 스무 살짜리라 그럴 수도 있을 것 같아 아무 말 하지 않고 지켜보았다. 그녀는 2층으로 올라가더니 훌쩍거리며 울었다. 내가 그녀를 살며시 안아주자 그녀의 울음은 더 커졌다. 혹시 할머니가 그녀의 울음소리를 듣게 될까 봐 그녀의 얼굴을 내 어깨에 묻었다. 그녀의 커다랗고 단단한 배가 내 배에 와 닿았다. 그녀의 울음 때문인지 태동 때문인지 내 몸도 들썩였다. 그녀는 잠시 후 울음을 그쳤다. 많이 힘드니? 왜 울었어? 그녀는 한참 뜸을 들이더니 대답했다. 할머니가 언니한테 하는 얘기를 들으니까 눈물이 났어요. 나는 기분이 썩 좋지 않았다. 어려서 그런 건지 남의 사생활에 대한 예의가 없는 것 같았다. 별소리도 아닌데 울 것까진 없잖아. 임신한 뒤론 쉽게 눈물이 나요. 미안해요 언니. 내가 미안해할 필요는 없다고 하자 그녀는 말했다. 우리 엄마도 나한테 별소리 다 했어요. 나는 날마다 죽고 싶었어요. 그녀는 이야기를 잠시 멈추고 내 눈치를 살폈다. 계속 얘기해. 듣고 있어. 나는 잡지 읽는 셈치고 가볍게 이야기를 들을 생각이었다. 아무 일도 일어나지 않는 지루한 일상에 이런 일은 흔치 않았다.

나한테 오빠가 있었어요. 오빠는 나랑은 달라서 모범생에 공부를 참 잘했어요. 엄마는 엄청 깐깐한 사람인데 자기를 닮은 오빠를 정말 자랑스러워했어요. 나도 오빠가 좋았어요. 오빠 덕택에 엄마는 나를 별로 신경 쓰지 않았거든요. 오빠는 국비로 미국 유학까지 갔는데 기숙사에서 의문사 했어요. 식구들이 다 그렇게 되니까 엄마는 좀 비뚤어졌어요. 나한테 온갖 기대를 걸고 오빠처럼 되길 바랐어요. 하지만 난 엄마나 오빠랑 달랐어요. 아빠 딸이었으니까요.

나는 엉뚱하게도 그녀에게 그런 식구들이나마 있었다는 것이 부러웠다. 지금은 없지만 한때 그녀 곁에 존재했던 사람들. 가족의 비극에 대해 말하는 마당에 이런 생각을 하는 내 자신이 참 유아적이라고 생각했다.

엄마는 아빠가 약해빠져서 돌아가셨다고, 절대 닮지 말아야 한다고 했지만 난 약한 마음까지 아빠를 닮았어요. 가족을 잃는다는 것, 정말 끔찍한 일이었어요. 날마다 함께 밥 먹고 웃던 사람들이 모두 사라졌는데 어떻게 아무 일 없는 사람처럼 살아갈 수 있겠어요? 하지만 엄마는 그런 마음을 인정하지 않았어요. 우리에게 아무 일 없었던 것처럼, 애초에 우리 둘밖에 없었던 것처럼 행동하는 거예요. 엄마는 무리해서 나를 입시 학원으로 과외 선생 집으로 돌리려고 했지만 난 엄마 말을 안 들었어요. 내가 왜 살아 있는지도 모르는데, 아빠가 어떤 마음으로 죽음을 택했는지도 모르는데, 영어 단어를 외우고 수학 문제를 풀어야 한다니요. 엄마는 심한 욕을 퍼부어댔어요. 네가 죽었어야 하는 건데, 왜 우리가 살아 있는 걸까. 나도 궁금했어요. 그 답을 찾다 보면 미칠 것 같았어요. 그렇게 살다간 정말 죽을 것 같아서 고1 때 집을 떠났어요. 나는 하고 싶은 일만 했고, 가고 싶은 곳만 갔고, 만나고 싶은 사람만 만났어요. 나는 집 떠난 걸 후회하지 않아요. 그런데 말이에요, 나는 뭐가 좋다고 엄마를 찾아왔을까요. 불행한 것도 아닌데, 그냥 내가 살던 대로 살아가면 되는데 왜 돌아가려고 하는 걸까요. 아, 진짜 모르겠어요. 미쳤나 봐요. 나는 두 손으로 그녀의 눈에 남아 있는 눈물을 닦아주었다. 울지 마. 모두 지나간 일이잖아. 스무 살의 그녀는 반짝반짝 빛났다. 나는 오래전 가고 싶었던 길로 훌훌 떠났다가 잠시 이곳으로 돌아온 또 다른 나를 만난 것 같았다. 다시 스무 살로 돌아가 그녀와 합체되고 싶었다. 그렇다면 지금과 같은 미래를 맞지 않게 될 것 같았다. 나는 내가 아니지만 타인도 아닌 그녀의 머리를 쓰다듬었다. 아무도 쓰다듬어준 적 없는 내 머리를 생각하며 아주 오랫동안 그렇게 매만져주었다.

윤옥은 집에 한참을 머물렀다. 우리는 아침에 빌딩 사이로 잠깐 태양이 지나갈 때 창가에 서서 봄 햇살을 쬐었고, 낮이 되면 가까운 공원으로 산책을 나갔다. 시간이 갈수록 그녀의 배는 조금씩 더 불러왔다. 그녀는 허리에 손을 얹은 채로 뒤뚱뒤뚱 걸었고 나는 옆에서 그녀를 살짝 부축해주었다. 길 가는 사람들은 배가 부른 그녀의 걸음걸이가 우스운 건지 우리 쪽을 자꾸 쳐다보며 부딪히지 않도록 피해주었다. 나는 동네 슈퍼마켓 주인에게 그녀가 내 동생이라고 소개했다. 주인은 믿지 않는 건지 어색한 웃음을 지으며 고개를 끄덕거렸다. 내 말이 거짓말인 것을 알건 모르건 간에 동생이 하나 생긴 것 같아 기뻤다. 우리는 그녀가 고른 메뉴를 점심으로 먹고 낮잠을 잤다. 저녁이 되면 함께 텔레비전을 보며 깔깔거렸다. 나는 그녀의 통통 부은 종아리와 발을 주물러주었고, 그녀는 나를 눕히고 얼굴을 마사지해 주었다. 언니 얼굴이 나랑 참 많이 닮은 것 같아요. 내 얼굴은 스무 살짜리와는 비교도 안 되게 나이 든 얼굴이었지만 우리는 길고 가느다란 눈과 짧은 인중이 많이 닮았다. 저녁이 되면 아기의 태동이 커졌고, 그녀는 공처럼 팽팽한 배에 내 손을 가져갔다. 손바닥에 따스한 체온과 함께 아기의 움직임이 느껴졌다. 우리의 목소리가 커지면 신기하게도 아기는 자기도 한몫하겠다는 듯 크게 움직였다. 우리는 배 속의 아기에게 노래를 불러주기도 하고, 옛날이야기도 들려주었다. 아직 아기가 나오려면 한 달 이상 기다려야 하지만 나는 아기가 보고 싶었다. 아기는 널 많이 닮았겠지? 나는 그녀의 얼굴을 보며 아기의 얼굴을 상상했다. 그럼 언니하고도 비슷하겠네요. 윤옥이 대답했다. 내가 아기를 볼 수 있을까? 아기를 볼 수 없을지도 모른다고 생각하니 가슴이 찢어지는 것 같았다. 아니 왜 그런 말을 해요? 불길하게. 그녀는 어두운 표정을 지었다. 그녀와 아기를 사랑하게 될수록 나는 그들과 헤어져 다시 볼 수 없게 될까 두려웠다.

내가 사랑했던 사람들은 모두 떠났고 다시 돌아오지 않았다. 내 보모였던 양 언니, 나와 오랜 세월 함께 살았던 강씨 아줌마. 이들은 내가 혈육처럼 사랑했던 사람들이었으나 이제는 어디서 살고 있는지조차 모른다. 양 언니는 내가 이 집에 처음 왔을 때부터 돌봐주었다. 나는 언니의 품에 안겨 잠이 들었고 언니의 손을 잡고 유치원에 다녔다. 언니는 내게 맛있는 음식을 해주었고 함께 책을 읽었으며 초등학교 소풍도 같이 갔다. 나는 화장을 곱게 하고 예쁜 옷을 입은 할머니에게 안기고 싶었고 함께 소풍도 가고 싶었지만 할머니는 작업실에서 나오지 않았다. 할머니가 나를 사랑하지 않더라도 언니만 있으면 괜찮다고 생각했다. 그땐 언니가 영원히 같이 살 줄 알았다. 나는 어느 날 할머니가 골라준 옷을 마다하고 언니와 고른 옷을 입고 학교에 갔다. 할머니는 내가 천박한 싸구려 취향을 배우고 있다며 언니를 하루아침에 해고했다. 나는 언니와 헤어지기 싫다고 애원했지만 할머니의 결정은 달라지지 않았다. 언니는 울며 뒤따라가는 나를 안아주었다. 울지 말고 씩씩하게 지내야 해. 사실 할머니는 너를 사랑하셔. 너는 똑똑한 아이니까 뭐든지 잘할 수 있을 거야. 자리 잡으면 꼭 놀러 올게. 나는 언니를 다시 만날 수 없었다. 헤어지던 날 언니의 입에서 하얗게 새어 나오던 입김의 냄새를 가끔씩 떠올리며 보고 싶은 마음을 달래곤 했다. 그 뒤로 몇 명의 보모가 왔는데 내가 그녀들에게 정을 붙이고 따르기 시작하면 할머니는 금세 다른 사람을 들였다. 헤어질 때마다 고통스러웠지만 나는 또 어쩔 수 없이 새로운 사람에게 정을 붙였다. 그러지 않고서는 살 수 없었다.

할머니가 유일하게 내게서 떼어놓지 않은 사람은 강 씨 아줌마였다. 아줌마는 내가 중학교에 입학할 무렵 집에 들어왔다. 그녀는 무심한 성격이었던 데다가, 나도 할머니 앞에서는 아줌마에게 데면데면하게 굴었기에 할머니는 우리가 그다지 가깝지 않다고 생각했던 것이다. 그러나 나는 아줌마의 방에서 밤늦게까지 함께 텔레비전을 보곤 했고 집에 오는 길에 아줌마를 만나 장을 보고 군것질을 하며 수다를 떨었다. 아줌마는 할머니 앞에서 내 편을 들지 않았지만, 아무리 노력해도 할머니에게서 사랑받지 못하는 나를 가엾게 생각했다. 아줌마는 내가 어서 독립해 행복하게 살기를 바랐다. 내가 할머니 때문에 직장을 그만두고 아무것도 하지 않게 되자 아줌마는 눈물을 흘리며 마음 아파했다. 그리고 절대 독립을 포기하지 말라고 했다. 아줌마는 나 때문에 할머니를 정말 미워하게 됐는데, 그것만으로도 고마웠다. 아줌마가 집을 떠날 때 몸의 일부가 떨어져 나가는 듯한 통증을 느꼈다. 나는 사랑했던 사람이 떠날 때마다 쉽사리 슬퍼지곤 하는 내 칠칠치 못한 마음이 싫어 아줌마를 잡지 않았고 울지도 않았다. 아줌마는 내게 가끔 찾아오겠다고 했지만 나는 마음대로 하세요, 하고 시큰둥하게 대답했다. 그게 괘씸했던 건지 아줌마는 떠난 뒤 다시 연락하지 않았다.

나는 좀 견고한 사람이 되어 아무에게나 정붙이지 않고, 쉽게 상처받지 않기를 원했다. 할머니와 둘이 살게 되면서 차가운 마음을 유지하고 살았기에, 게다가 아무도 만나지 않고 딱히 만나고 싶은 사람도 없었으니 나는 내가 그런 사람이 되었다고 착각했다. 그러나 내 헤픈 마음은 여전해 윤옥과 아기에게 너무 쉽게 정을 붙이고 말았다. 그러나 이미 흘러가버린 마음을 주워 담는 것은 불가능한 일이었다. 나는 그들을 잃고 싶지 않았다.

처음 한동안 윤옥은 발소리도 내지 않고 다녔지만 이제는 달리 신경 쓰지 않고 쿵쿵거리며 계단을 오르내렸고 1층에서 소리 내 웃기까지 했다. 내가 아무도 없다고 말하면 할머니는 믿을 수밖에 없었기에 나도 무슨 소리가 새어 나가건 말건 신경 쓰지 않았다. 할머니는 몸도 기분도 좋지 않다며 계속 방 안에 누워 밖으로 나오지 않았다. 관절염도 심해져 화장실만 겨우 기어갈 정도로 거동이 불편해졌다. 가끔 윤옥이 할머니에게 밥을 가져다주었고, 방 청소를 하기도 했다. 할머니는 자기 방에 있는 사람이 누구인지 알지 못했고 내가 아닌 다른 사람일 거라고 의심하지 않았다. 할머니는 자신 앞에 있는 사람이 윤옥인지도 모르고 집에 뭐가 들어온 게 분명하다고 중얼거렸다. 아무도, 아무것도 없다니까요. 할머니가 자꾸만 그래서 제가 뒤져봤어요. 집에는 할머니랑 나뿐인데 왜 이상한 말씀을 하고 그러세요. 헛것을 보시는 거예요? 할머니 연세가 많으셔서 그런 거니까 자꾸 신경 쓰지 마세요. 나는 할머니를 안심시켰다. 그래, 아무래도 헛것을 봤나 보다. 나도 이제 다된 거야. 할머니는 눈이 보이지 않는다는 말을 나에게 끝까지 하지 않을 작정인 모양이었다. 할머니가 알 수 있는 것은 진실이 아니라 내가 말하는 것들뿐이었다. 내가 잘못하는 거라고 생각하지 않았다. 할머니는 내게서 얻고 싶은 것을 이미 얻었지만 아직 그 값을 치르지는 않았기 때문이다.

어린 시절에 나는 할머니가 내게 왜 가혹하게 구는지 이해할 수 없었지만, 서른 살이 되고서야 어렴풋이 짐작할 수 있었다. 할머니는 내가 꺾이고 좌절해 자신에게만 의지하길 바랐던 것이다. 그래야 자기 옆에 붙어 있을 수밖에 없을 것이고, 또 그래야 할머니 자신도 외롭지 않을 수 있으니 말이다. 말하자면 나는 할머니의 외로움을 위한 보험 같은 거였다. 할머니가 나를 사랑해서가 아니라 외삼촌이나 엄마는 할머니가 이용하기에 너무 멀리 있는 데다 아까운 사람들이었을 테니, 무능한 내가 적격이었을 것이다. 나는 보험 주제에 외롭지 않으려 되지도 않는 노력을 했으니 괴로울 수밖에 없었다. 서른 살을 넘기면서 떠나야겠다는 생각을 완전히 버렸다. 생각해보니 집을 떠나는 것 외에 어떤 꿈도 희망도 가져본 적이 없었다. 나는 기꺼이 할머니의 보험이 되어주기로 했다. 키워준 것에 대한 보답 정도로 생각하면 될 것 같았다. 시력을 잃은 할머니가 더 이상은 두렵지 않았다. 어차피 시간은 나보다 할머니를 먼저 쓰러뜨릴 것이고, 나는 그 과정을 옆에서 묵묵히 지켜볼 작정이었다. 나도 나이가 들었고 하고 싶거나 해야 하는 일 같은 건 없어진 지 오래됐으므로 시간이 얼마나 걸리든 괜찮았다.

할머니는 누워 있기만 해 점점 기력이 떨어졌다. 할머니의 팔과 다리는 눈에 띄게 가늘어졌다. 나는 할머니 방에 사기요강을 넣어주었다. 죽은 네 할아버지까지 보이는 게 암만해도 내가 갈 때가 된 것 같다. 할머니는 내게 자신의 작업실에 남아 있는 작품들을 모두 찾아 가져오라고 했다. 오랫동안 닫아두었던 작업실의 미닫이를 열었다. 작업실에 들어가보는 것은 난생처음이었다. 사업이 번창하고 사람들이 드나드는데도 할머니는 밖에 가게를 내지 않고 1층의 방 하나를 작업실로 꾸며 일했다. 할머니는 하루 종일 좁은 작업실의 문을 닫아놓은 채 홀로 앉아 수를 놓았다. 손님이 오면 아주 잠깐 작업실에서 나올 뿐이어서 같은 집에 있어도 할머니의 얼굴을 마주하기란 쉬운 일이 아니었다. 작업실의 삼면에 놓인 장식장과 선반 위에는 색색의 비단이 잘 접혀 차곡차곡 쌓여 있었고, 서랍 안에는 수실들이 흐트러짐 없이 정돈되어 있었다. 방을 하얗게 덮은 먼지만 한 겹 걷어내면 당장 일을 해도 될 정도로 정돈이 잘된 방이었다. 나는 장식장 속에 남아 있는 작품을 찾아냈다. 8폭 병풍 네 개와 자잘한 수가 놓여 있는 생활 소품들이었다. 그것들을 가져다주자 할머니는 자수를 손가락으로 하나하나 훑어가며 음미하는 것 같았다. 나는 할머니가 그것들로 무엇을 하려는 건지 알지도 못했지만 평소에 본 적이 없는 행동이라 커다란 불길함에 사로잡혔다.

할머니는 내게 옛 고객들의 연락처가 적힌 전화번호부를 주고 전화번호를 하나씩 불러달라고 했다. 나는 동그라미 표시가 되어 있는 단골의 전화번호를 하나씩 불렀다. 할머니는 힘없는 목소리로 통화를 했다. 통화하는 데 시간은 얼마 걸리지 않았다. 전화를 하면서 할머니는 여러 번 놀랐고, 눈시울을 붉혔다. 죽고 병든 사람이 왜 이리 많다니? 안 받는 사람도 많고…… 세월이 많이 흐르긴 흘렀구나. 할머니는 눈을 감고 가만히 있었다. 왜 이걸 다 팔려고 하세요? 내가 묻자 할머니는 잘 들리지 않는 소리로 주절거렸다. 방도 안 나가니 이제 돈 들어올 데도 없고, 너는 이렇게 한심한데 나는 다 죽게 생겼으니…… 나는 짜증이 났지만 목소리를 낮추어 말했다. 할머니 걱정하지 마세요. 할머니가 돌아가시면 집 팔아서 잘살 거니까요. 할머니가 흥분할 것을 알면서도 일부러 그렇게 말했다. 절대 그러면 안 된다. 내가 죽으면 모과나무 밑에 묻어줘야 돼. 거기가 네 할아버지 있는 곳이다. 나는 대답하지 않고 다른 고객의 전화번호를 불러주었다. 여러 명에게 전화를 더 돌려서야 겨우 8폭 자수 병풍 하나를 저렴한 가격에 팔았다.

나는 다음 날 아침 할머니를 마당에서 발견했다. 할머니는 자신이 사랑하는 정원의 모과나무 밑에 눈을 감고 입가에 미소를 띤 채 숨져 있었다. 잔머리 하나 없이 곱게 빗어 올린 머리에 옅은 화장을 하고, 아까워 걸어만 놓고 입지 않았던 오래된 실크 원피스를 입었다. 시력을 잃기 전처럼 아주 정갈한 모습이었다. 그렇게 평온해 보이는 할머니의 얼굴을 단 한 번도 본 적이 없었다. 할머니의 죽음은 자연사로 판명되었지만 어딘가 석연치 않았다. 할머니가 어떻게 정원까지 걸어 나갔는지 의문이었다. 누군가가 밖으로 데려다 놓지 않고서는 불가능한 일이었다. 윤옥은 허리가 아파 새벽녘에 잠이 깨 방을 서성이다가 창밖을 보았는데, 대문 안으로 남자가 들어왔던 것 같다고 했다. 그런데 왜 그냥 가만히 있었어? 내가 어떤 사람이었는지 자세히 묻자 그녀는 자신 없는 듯 대답했다. 아니, 아닐지도 몰라요. 외모가 기억 안 나는 길 보면 꿈인 것 같기도 하고……
미안해요. 모르겠어요. 나는 그냥 그녀가 꿈을 꾸었을 거라 생각하고 장례를 진행했다. 윤옥은 나와 함께 병원의 빈소를 지켜주었다. 외삼촌과 엄마의 연락처를 뒤져봤지만 어디에서도 찾을 수가 없었다. 재건축 때문에 적대 관계가 된 골목의 이웃들과 할머니의 오랜 고객 몇몇 말고는 문상객이 없었다. 주문했던 30인분의 육개장은 거의 그대로 버려지고 말았다. 사망진단서가 나오자마자 할머니를 화장터로 옮겼다. 그리고 할머니가 말했던 것처럼 유골을 모과나무 밑에 묻었다.

할머니의 죽음은 내 인생을 크게 변화시키지 않았고 외로움도 더 깊어지지는 않았다. 엄마가 나를 찾을지 모른다는 부질없는 희망을 완전히 버리지 못해서인지 혼자가 되었다는 실감이 들지 않았다. 하지만 윤옥이 없었더라면 사정은 좀 달랐을지 모르겠다. 나는 그녀와 영원히 헤어지지 않는 가족이 되고 싶었다. 나는 그녀에게 함께 살자고 할 생각이었다. 그녀는 엄마를 찾는다 해도 함께 살지는 않을 거라고 했고 딱히 갈 곳도 없다고 했기에 내 제안을 당연히 받아들일 거라고 생각했다. 나는 그녀와 아기를 위해 출산준비용품을 구입해 방을 꾸며줄 생각이었다. 그것은 나를 위한 선물이기도 했다. 그녀가 아기를 낳으면 방바닥을 따뜻하게 덥히고 가장 따뜻한 곳에 이불을 펴주고 싶었다. 그녀와 함께 아기를 키우고 아기가 목을 가누고, 뒤집고, 서서 걷는 것을 모두 사진으로 남겨주리라는 생각만으로도 마음에 온기가 돌았다.

나는 할머니의 남은 작품들과 생활 소품, 비단과 수실 들을 모두 인터넷 경매 사이트에 등록했다. 물건들은 의외로 잘 팔려나갔다. 집에는 택배 기사가 자주 드나들었다. 윤옥은 낯선 사람의 방문이 싫었는지 택배 기사가 오면 밖으로 나오지 않았다. 어느 날 그녀가 말했다. 여기 더 있으면 안 될 것 같아요. 사실 오랫동안 나를 따라다니는 사람이 있어요. 언니도 보셨잖아요. 이 집에 기웃거리는 모자 쓴 사람 말이에요. 택배 기사를 두고 하는 말 같았다. 내가 부른 택배 기사였는데, 그 사람이 왜? 그녀는 나를 의심의 눈초리로 바라보았다. 언니가 부른 거였어요? 나는 고개를 끄덕거렸다. 그녀는 위층으로 급히 뛰어 올라갔고 나는 그녀가 계단에 걸려 넘어지기라도 할까 조마조마해 뒤따라 올라갔다. 왜 그래? 무슨 일인데? 나는 그녀가 왜 그러는지 알 수가 없어서 답답했다. 언니, 왜 그 사람을 불렀어요? 아는 사람이었어요? 왜 그랬던 거예요? 왜? 그녀는 금세 울 것 같은 얼굴로 나를 다그쳤다. 물건을 보낼 게 있어서 불렀어. 내가 뭘 잘못한 건지 얘기해 줘. 그녀는 내게 소리쳤다. 언니도 다 알고 있을 거 아니에요. 그놈한테 돈 받았어요? 나는 어이가 없었다. 그녀는 정신 나간 사람처럼 가방에 짐을 마구 쑤셔 넣었다. 어떻게 그 인간을 집에 들일 수가 있어요? 나는 그녀를 진정시키고 자초지종을 들어보려 했지만 그녀는 이성을 잃은 것 같았다. 나는 그녀의 어깨를 꽉 붙들고 말했다. 택배 기사는 내가 지정하는 게 아니라 이 지역 담당이 있어. 사무실로 전화하면 지역 담당자가 오게 돼 있는 거야. 나는 그 사람이 누군지도 몰라. 그러니까 좀 진정하고 얘기를 해봐. 그녀가 진정하는 데 시간이 좀 걸렸다. 그녀는 여전히 나를 경계하는 눈치였다.

나는 결혼한 적이 없어요. 앞으로도 안 할 거고요. 난 새로운 가족이 필요했고, 나만의 아이를 낳고 싶었어요. 알아요. 어린 나이에 무책임해 보일 수도 있다는 거요. 나는 아이를 잘 키우고 행복한 가족을 만들 자신이 있었어요. 그런데 내가 아무리 아이를 행복하게 해주고 싶어도 애 아빠가 있으면 그 사람의 행동을 내가 통제할 수 없잖아요. 통제할 수 있었다면 우리 엄마도 아빠가 자살하도록 내버려두진 않았겠지요. 아이가 부모 때문에 상처받지 않고 크길 바랐어요. 그래서 나는 아이를 가지려고 아주 많은 남자들과 잤어요. 그러면 아빠가 어떤 사람인지 나조차도 알 수가 없잖아요. 만났던 남자들 중에 그놈이 있었어요. 구립도서관 식당에서 일하면서 알게 됐는데, 유순해 보여서 신경 안 썼거든요. 그런데 그놈이 계속 집착을 하더니 나를 계속 쫓아다니는 거예요. 내가 임신한 걸 알고 그 애가 자신의 핏줄이라고 우기면서 나를 자기 집에 며칠씩 가둬놓았어요. 내가 아무리 도망쳐도 그는 잘 찾아냈어요. 난 아이를 낳고서도 계속 그놈을 피해 다니느라 한군데서 3개월 이상을 살아본 적이 없어요. 그러다가 말이에요…… 아, 내가 뭔가 잊고 있었어요. 나한테 딸이 있었어요. 아, 어떻게 그 일을 잊을 수 있지? 그놈이 우리가 자는 방에 불을 질러서 내 딸이 죽고 나만 살았던 거예요. 아, 내 딸…… 그녀는 금방 딸이 죽은 것처럼 목 놓아 울며 말을 더 잇지 못했다. 나는 무슨 말인지 통 알아들을 수 없었기에 울음이 잦아들기를 기다려 물었다. 정말 딸이 죽었어? 아니 모르겠어요. 있었던 일인지 일어날 일인지…… 왜 이렇게 생생한지, 아, 미칠 것 같아요. 그녀가 말을 할수록 나는 그녀에게 어떤 일이 있었던 것인지 더 알 수 없어졌다. 그 택배 기사는 예전부터 이 동네에서 일해온 사람이야. 그 사람이 아닐 거야. 그녀는 알았다고 대답은 했지만 나를 믿지 않는 듯했다. 나는 아기가 걱정되어 그녀의 배에 손을 살며시 대보았다. 그녀의 배는 단단하게 뭉쳐 있었고 태동이 느껴지지 않았다.

그녀는 2층 방에 틀어박혀서 밖으로 나오지 않았다. 창 앞에 붙어 서서 밖을 자주 내다보며 누가 오는지 살피는 것 같았다. 그녀는 자꾸 언제인지 모를 기억이 떠오르고 자신이 많은 것을 착각하고 있는 것 같다며 혼란스러워했다. 나에게는 팔 물건이 더 남아 있었지만 택배 기사를 부르지 않았다. 나는 그동안 물건을 판 돈으로 아기의 옷과 이불, 기저귀를 샀다. 나는 그것을 그녀에게 건네며 말했다. 나랑 계속 여기서 살자. 갈 데도 없다면서 서로 의지하고 살자. 아기 키우는 거 많이 도와줄게. 집세는 필요 없어. 나는 그녀가 처음에 준 쌍가락지 중 하나를 돌려주고 나머지는 내 손가락에 끼었다. 그러나 그녀는 내가 생각하지 못했던 대답을 했다. 왜 우리를 붙잡아두려고 하는 거예요? 원하는 게 뭐예요? 그놈이 시켰어요? 내가 아무리 아니라고 해도 그녀는 듣지 않았다. 너희랑 가족이 되고 싶어서 그래. 그러면 서로가 외롭지 않을 거야. 내 말을 듣고 그녀는 싸늘하게 말했다. 난 아기만 있으면 안 외로우니까 걱정 마세요. 나는 왜 그녀가 그렇게 차갑게 구는지 알 수 없었다. 나는 새로 생긴 경계 밖으로 내쳐진 기분이었다. 할머니에게 아무리 심한 말을 들어도 이런 기분이 든 적은 없었다. 눈물이 솟구치려고 해 정원을 서성이며 하늘만 바라보았다. 2층 창가에 서서 정원을 계속 지켜보는 그녀의 불신과 두려움이 내게까지 그대로 전해지는 것 같았다. 어떻게 우리는 이토록 남인가, 가슴이 쓰라렸다.

밤사이 윤옥이 사라졌다. 그녀는 집 안 어디에도 없었다. 그녀의 가방은 그대로였고 현관의 신발도 그대로 있었다. 어쩌면 자기 엄마를 찾아갔을지도 모른다는 생각이 들어 며칠 동안 그녀를 기다렸지만 나타나지 않았다. 그녀에게 무슨 일이 생겼는지도 모른다는 생각에 실종 신고를 하려고 보니 나이와 이름, 가족사 말고 그녀에 대해 아는 것이 전혀 없었다. 나는 그녀의 신원을 확인하기 위해 가방에 든 물건들을 꺼냈다. 이제껏 그녀가 입고 나간 줄 알았던 원피스와 청재킷이 그 속에 들어 있었다. 가방 안에는 세면도구와 수첩만 한 사진첩, '김아기'라고 써진 낡은 아기 수첩이 들어 있었는데 두 개 모두 불에 그슬린 듯 표지 비닐이 녹아 엉겨 있었다. 사진첩에는 배꼽도 떨어지지 않은 한 아이의 사진이 들어 있었다. 한 장 한 장 넘기자 아기는 점점 살이 통통하게 오르고 눈도 또랑또랑해졌다. 아기가 엉거주춤 서서 만세를 부르고 있다. 나는 그 아이가 그녀가 말했던 죽은 딸아이라는 것을 알았다. 계속 앨범을 넘겼다. 아기는 치마를 입고 머리를 양 갈래로 묶었다. 아기는 행복한 얼굴로 웃고 있다. 나는 뒤로 넘길 때마다 가슴이 미어지는 것 같았다. 사진 속 아기는 점점 낯익은 얼굴로 자라나고 있었다. 마지막 장의 사진을 보기 전에 이미 나는 알고 있었다. 그 아기는 나였다. 내가 할머니에게 왔을 무렵 찍은 사진과 같은 얼굴이었다. 아기 수첩을 펼쳤다. 거기에는 열 달 동안 윤옥이 받은 진료가 기록되어 있었고, 아기의 출생일, 예방 접종 내역이 적혀 있었다. 아기의 출생일은 1975년 5월 3일, 내 생일과 같았다. 나는 무섭고도 슬펐다. 내 기억인지 아니면 그녀에게 이야기를 들어서인지, 엄마와 버스를 타고 여기저기 떠돌던 추억과 불길 밖으로 나를 내보내려 안간힘을 쓰던 엄마의 손이 떠올랐다. 이렇게 빨리 떠날 줄 알았다면 사진이라도 찍어둘걸, 하는 생각이 들었다. 그래도 내 손에는 윤옥이 준 금반지 하나가 남아 있었다. 나는 윤옥의 얼굴을 기억해보려 했는데 자꾸만 할머니의 얼굴과 내 얼굴이 겹쳐 바로 어제 보았던 얼굴인데도 아주 아련한 옛사람처럼 희미하게 떠올랐다. 할머니 말 속의 냉정한 엄마가 아닌 윤옥이 내 엄마라 다행이었다. 나는 젊은 나이에 사랑했던 딸을 두고 가야 했던 엄마가 가여워 견딜 수가 없었다. 나는 마치 엄마가 지금 운명하기라도 한 것처럼 울었다.

내 곁에는 아무도 남지 않았다. 이제야 완전한 외톨이로 세상에 내동댕이쳐진 기분이다. 그러나 그다지 두렵거나 불안하지 않다. 내게는 할머니가 남겨준 오래된 집이 있다. 이제 세상에는 내가 사랑하는 사람도 나를 사랑하는 사람도 없지만, 그래도 내가 있을 곳이 있다는 사실이 큰 위안이자 힘이 된다. 집은 할머니가 세상에서 떨어져 나가지 않도록 붙잡아준 구심점 같은 것이었다. 나는 할머니가 어느 밤 돌아온 가족들과 함께 먼 길을 떠난 그날까지 어떤 마음으로 집을 지켰는지, 수를 놓으며 무엇을 견뎌왔는지 어렴풋이 알 것 같다. 나도 이 집과 함께 늙어갈 것이다. 한없이 삐걱거리다가 언젠가는 부서질 것이다. 그러다 보면 할머니도 돌아오고, 엄마도 돌아오고, 내가 만나지 못한 외삼촌과 외할아버지도 돌아올 것이다. 떠난 사람들은 언제고 돌아올 것이다. 나는 집을 지키며 언제 돌아올지도 모르는 그들을 기다릴 것이다.

지나간 미래

역은 돌아오는 사람들로 만원이지만 남편은 오지 않는다. 서울로 돌아와 역 앞에서 남편을 기다리기 시작한 뒤로 시간이 얼마나 지났는지 뚜렷이 가늠할 수가 없다. 앞날을 보는 능력이 생기고부터 시간 감각이 완전히 흐트러져 버렸다. 처음에는 잠시 뒤에 일어날 일과 한참 후에 일어날 일을 분간할 수 없었는데, 이제는 조금 전에 일어난 일과 한참 전에 일어난 일도 헛갈릴 지경이 되었다. 게다가 남편을 기다리는 시간, 잠자는 시간, 밥 먹고 씻는 자투리 시간이 모두 다르게 흐르는 듯하다. 잠깐 자고 일어난 것 같은데 며칠이 지나 있는가 하면 역 앞에 오래 서 있었던 것 같은데 겨우 반나절밖에 지나지 않았다. 사람들에게 가끔 날짜를 묻거나 달력을 들여다보곤 하지만 내가 느끼는 것과는 사뭇 다른 시간의 속도에 고개를 갸웃거리게 된다.

전쟁이 끝나고 시간이 꽤나 흘렀지만 여전히 난민들이 들끓었다. 아직 추위가 가시지 않은 이른 봄인데도 역 주변에 자리를 깔고 자는 사람들이 많았다. 그들도 나처럼 누군가를 기다리고 있을 거라고 생각하니 동지처럼 느껴졌다. 역 한구석으로 더러운 행색의 난민들이 삼삼오오 모여들었다. 머리에 까치집을 얹은 듯한 여자 하나가 다가와 교회에서 나와 죽을 나눠 준다고 하며 나를 잡아끌었다. 나는 늘 배가 고팠기에 사양하지 않고 얼른 따라가 쌀죽 한 그릇을 탔다. 사람들은 고맙게도 양지바른 곳에 내 자리를 내주었다. 피난을 다니는 동안 콩 한 쪽 공짜로 얻어먹어본 적이 없었건만 전쟁이 끝나고 나니 사람들의 팍팍했던 마음이 여유를 찾은 듯했다. 모든 것이 제자리로 돌아오는 것 같아 안심이 되었다. 혹여 남편이 돌아오다가 정신없이 죽을 먹는 내 모습을 볼 수도 있겠구나 싶어 매무새를 가다듬었다. 남편을 언제 만날지 몰라 피난 내내 입었던 몸뻬 대신 치마를 입고 맵시를 부리긴 했지만 나도 다른 사람들처럼 거지꼴이긴 마찬가지일 것이다. 남편과 헤어져 떠도는 신세가 처량해 눈물이 날 것 같았지만 꾹 참고 꾸역꾸역 죽을 떠먹었다.

우리가 이렇게 될 줄은 몰랐다. 만약 좀더 일찍 앞날을 내다볼 수 있었다면 우리는 헤어지지 않았을 것이다. 남편과 나는 평안북도 의주의 같은 마을에서 두 해 터울로 태어나 내가 열일곱이 되던 해 결혼을 했다. 서울에 있는 고보에 다니던 남편을 따라 내려와 후암동에 터를 잡고 살았다. 해방 후 남북이 삼팔선으로 나뉜 뒤 고향의 친정 식구들을 볼 수 없어 슬펐지만 한편으로는 남편과 함께 내려와 천만다행이라고 생각했다. 나는 남편과 헤어지지 않고 영원히 함께 살 줄 알았다. 6·25전쟁이 일어나리라고는 상상도 못했다. 전쟁이 시작되자 이웃들은 부리나케 짐을 싸 피난길에 올랐지만 우리는 남쪽에 연고자가 없었던 데다 이북의 가족들이 우리가 있는 곳으로 피난을 내려올지도 몰라 쉽사리 떠날 수 없었다. 그렇게 하루 이틀 미루다가 한강 다리가 끊기는 바람에 서울에 남게 되었다. 남편과 함께였기에 시체 썩는 냄새가 진동하는, 폐허가 된 도시에서 공포를 견디며 지낼 수 있었다. 폭격이 있는 밤이면 남편은 나를 꼭 끌어안고 말하곤 했다. 혹시 우리가 헤어지고 도시가 모두 무너지면 서울역에서 기다려요. 서울역은 돌덩이로 지어서 끄떡없이 그 자리에 있을 게요. 난 그런 말을 입에 올리는 것조차 싫어 대답도 하지 않고 눈을 질끈 감았다. 남편의 말이 화근이 되었는지 우리는 1·4후퇴 때 헤어졌다.

남편은 추운 겨울밤 자던 차림에 돕바 하나만 걸친 채로 끌려갔다. 남편은 아무 일 없을 거라면서 나를 집으로 들여보냈다. 동네에 남아 있던 남자들 중 남의 집에 피신해 있거나 지붕 밑이나 다락에 숨어 있던 사람 몇 명은 그 꼴을 면했지만 대부분 내 남편처럼 아무 준비도 없이 끌려갔다. 아침이 되어도 돌아오지 않아 지서로 찾아갔더니 남편은 제2국민병으로 차출되었으며 새벽에 이미 낙동강을 향해 출발했다고 했다. 나는 그 추운 날 누비옷을 입혀 보내지 않은 것을 두고두고 후회했다.

나에게 전쟁은 그날 시작된 것과 다름없었다. 아무 준비 없이 혼자가 된 나는 집에 남아 남편을 기다리고 싶었지만 소개령이 내려 더 이상 서울에 남아 있을 수 없었다. 두꺼운 옷을 여러 벌 겹쳐 입고 신발과 쌀을 챙겨 들고 집을 떠나 언 강을 건너 수원까지 몇 날 며칠을 걸었고, 수원역에서 겨우 잡은 기차의 지붕에 납작 엎드린 채 대전까지 갔다. 내내 추위와 배고픔 때문에 고생을 하긴 했지만 딸린 아이가 있는 부녀자들이 겪은 고난에 비하면 아무것도 아니었다. 그동안 아이가 생기지 않아 속앓이를 했지만 그때만큼은 아이가 없어 천만다행이란 생각이 들었다. 대전은 피난민으로 들끓었기에 피난민 수용소에 들어가는 것이 하늘의 별 따기였는데 나는 다행히 홑몸이라 영구 수용소에 자리를 얻을 수 있었다. 임시 수용소에도 못 들어가고 남의 집 돼지우리에 가마니로 벽을 치고 살아야 했던 다른 가족들에 비하면 운이 좋았다. 제2국민병으로 끌려간 사람들은 거의 다 죽었다는 흉흉한 풍문을 들은 뒤로는 하루 한 움큼밖에 안 되는 옥수수 가루 배급마저 다 먹을 수 없었고 잠을 잘 수도 없었다.

전쟁은 완전히 끝나지 않고 휴전되었다. 전쟁터로 끌려갔던 사람들 모두 고향으로 돌아가는 중이라는 소식을 듣고 부랴부랴 서울로 향했다. 휴전이 되고도 한동안 서울 도심으로의 진입이 금지되어 있었기에 영등포에서 도강을 기다렸다. 나뿐 아니라 수많은 사람들이 강 건너의 집으로 돌아가려 기다리고 있었다. 그곳에서 헤어진 가족과 상봉하는 이들도 있었고 남편이 죽었다는 소식을 전해 듣는 사람도 있었다. 제2국민병으로 갔다가 돌아왔다는 사람들에게 남편의 이름과 생사를 물었지만 아는 사람은 없었다. 남편이 이미 죽었을지도 모른다고 생각하고 반쯤 체념하자 그때부터 잠이 쏟아졌다. 길바닥에서건 나루터에서건 밤낮을 가리지 않고 벽에 기대서거나 쪼그리고 앉아서 졸았다.

그때 처음 앞날을 보았다. 처음엔 꿈인가 싶었는데 여러 번 보고서야 꿈과는 다르다는 것을 깨달았다. 처음 본 것은 남편과 내가 다 부서진 우리 집을 찾아가 마당을 치우며 훌쩍거리는 장면이었다. 그때 우리가 어떻게 해서 그곳에 갔는지 우리의 심정은 어떠했는지 마치 이미 겪은 사건인 것처럼 알 수 있어서 혹시 과거에 있었던 일이 아닐까 의심했지만 그건 아직 일어나지 않은 일이 분명했다. 처음에는 잠이 들 때마다 그 장면만 반복해서 보였으나 시간이 지남에 따라 내가 아기를 낳고, 내가 넘어져 크게 다치고, 가게를 차리는 다른 시간대에 일어나는 크고 작은 일들이 보이기 시작했다. 시간순으로 보이는 것도 아니어서 과연 언제쯤 일어나게 될 일인지는 알 수 없었지만 이미 내가 몸으로 겪은 과거처럼 아련하고도 생생하게 느껴졌다. 다행인 것은 그 장면들 어디에든 남편이 있다는 사실이었다. 내가 기억하는 남편보다는 많이 어두운 인상이고 나이 든 얼굴이긴 하지만 남편이 틀림없었다. 나는 남편이 어딘가에 살아 있고, 언젠가 꼭 돌아올 거라고 확신했다. 다만 그가 어디에 있는지, 언제쯤 돌아올지, 어떻게 만날 것인지 짐작할 수 없기에 초조하기는 했다.

멀리서 멀끔하게 차려입은 남자가 나를 향해 다가왔다. 세상 모든 것이 멈추고 그 남자만 움직이는 듯했다. 정말 그가 남편인 줄 알았다. 가까이 다가와 보니 남편과 놀라울 정도로 닮긴 했지만 남편보다 스무 살 가까이 많아 보이는 중년의 신사였다. 한편으론 실망하면서도 남편과 닮은 모습이 너무나 신기해 넋을 놓고 바라보고 있는데 그가 마치 나를 아는 것처럼 말했다.

이제 돌아가요.

네? 저를 아세요? 어디로 돌아가요?

내 물음에 그는 잠시 당황하는 것 같았으나 금세 표정을 감추고 대답했다.

아니, 저랑 함께 가야 한다고요.

남편이 금방 올 거니까 얼른 가세요.

나는 무서운 생각이 들어 휘휘 손사래를 쳤다. 그는 내가 남편을 기다리고 있는 것을 알고 있다고 했다. 그는 남편을 알고 있으며 남편의 부탁으로 나를 찾았다고 했다. 처음엔 사기꾼이라고 생각했기에 자리를 피하며 한마디도 들으려고 하지 않았다. 남자는 나를 멀찍이 따라오며 말을 꺼냈다.

임학평 씨가 보냈어요.

나는 남편 이름을 듣고 화들짝 놀라 그 자리에 멈췄다. 그는 남편과 전쟁 중에 만난 사이라고 하며 남편을 잘 알고 있다는 증거를 대기 시작했다. 그는 남편과 나의 이름과 고향을, 우리가 만나고 헤어진 일 등 우리의 사소한 역사를 소상히 알고 있었다. 그는 남편이 나를 기다리고 있다며 함께 가자고 했다. 내가 망설이자 우리가 서울역에서 꼭 만나자고 약속했던 것을 말하고는 남편이 이곳에 못 나온 사정이 있다며 동행을 간곡히 청했다.

지금 가지 않으면 남편을 평생 못 볼 수도 있어요.

그의 한마디가 마음에 걸렸다. 우리가 만나는 앞날은 아직 보지 못했기에 그를 선불리 따라갈 수도 그러지 않을 수도 없었다. 만약 그를 통해 남편을 만나게 되어 있는 거라면 놓쳐서는 안 될 일이었다. 남자는 내가 갈등하는 것을 눈치챘는지 더 이상 재촉하지 않고 한 걸음 물러서서 기다렸다. 그는 폐병쟁이라는 지독한 별명을 가진 남편과 똑 닮아 병약해 보일 정도로 깡마른 데다 기운도 없는 듯해 그다지 위협적으로 느껴지지는 않았다. 또 무뚝뚝해 보이는데도 나이가 한참 어린 나에게 상냥하게 존대하는 것만 봐도 위험한 사람은 아닌 것 같아 따라가봐도 괜찮을 성싶었다.

남자를 따라 신작로를 건너 오르막길로 올라갔다. 이곳은 전쟁 전 우리가 살던 동네였다. 강을 건너온 그날 우리집을 찾아보려고 했으나 동네의 집들 대부분이 허물어져 도저히 찾을 수가 없었다. 우리의 역사가 그대로 담긴 집, 앞으로 살아가야 할 터전이 흔적도 없이 사라진 것을 내 눈으로 확인하고 나니 남편을 영영 만날 수 없을 것 같아 불안했다. 나는 앞으로 어떻게 해야 할지 몰라 동네에서 갈팡

질팡하다가 서울역에서 만나사고 했던 남편의 말이 떠올라 부리나케 역으로 달려갔다. 지금은 휴전되어 남북이 나뉘어 있지만 전쟁이 완전히 끝나 통일이 되면 고향으로 돌아갈 생각이었기에 집에 대해 미련을 가지지 않기로 했다. 남편을 기다리는 짧지 않은 시간 동안 폐허 위에 건물이 들어선 건지 도시 전체가 알아볼 수 없이 변해 있어 내가 어디쯤을 걷는지 통 알 수가 없었다.

그는 낡은 3층 건물의 2층으로 올라가 어둑한 집에 불을 밝혔다. 남편이 집 안에서 기다리고 있으리라 상상했으나 아무도 없었다. 텅 빈 집 안의 냉기에 몸이 움츠러들었다. 안으로 들어갈까 망설이며 문틀을 잡고 버티자 남자는 나를 슬쩍 밀어 넣고 문을 닫았다. 그는 안쪽의 방문을 열어 내 짐을 들여놓으며 들어가 기다리라고 했다. 빈방에 들어가 어정쩡하게 서 있자니 남자는 그동안 고생이 많았으니 편안히 쉬라고 하며 문을 닫았다. 방 안에 흐트러져 있는 이불과 옷가지에서 노인의 체취가 풍겼다. 벗어놓은 옷가지들을 보니 방의 주인은 노파인 것 같았다. 나는 방 한 구석에 웅크리고 앉아 남편이 오기를 기다렸다. 그가 남편을 부르러 간 줄 알았건만 밖에서는 오랜 시간 아무 기척 없이 조용하기만 했다. 이상한 기분이 들어 마루로 나가니 남자는 없었다. 옆방 문을 열어보자 남자는 이불을 펴고 누워 자고 있었다. 집 안 어디에도 남편은 없었고 그에겐 남편을 데려올 생각조차 없는 것 같았다. 남자는 인기척을 느꼈는지 눈을 번쩍 떠 문밖에 서 있는 나를 쳐다보고는 몸을 일으켰다.

남편은 어디 있어요? 금방 만날 수 있는 거예요? 대체 무슨 사정이 있어서 만나러 오지 못한 건가요?

여기 없는 게 그 사정입니다. 하지만 곧 만날 수 있을 거예요.

오늘이요?

그럴 수도 있고요.

말장난 같은 사정과 언제 만날지 모른다는 말까지 듣고 나니 과연 남편을 만날 수 있을지 의문이 들었다. 당장 이곳에서 나가고 싶었지만 그의 말이 사실일 수도 있으니 함부로 할 수 없는 노릇이었다.

아무래도 오늘은 못 볼 것 같으니 내일 다시 올게요.

안 돼요, 금방 만날 거라니까요. 밖에서 지내는 건 너무 위험해요.

그는 나를 염려하며 부드럽게 만류했다.

둘이 있는 게 남의 눈에 좋지 않게 보일 거예요. 그냥 다시 올게요.

어머니랑 같이 사는데 뭐가 어때요. 곧 돌아오실 건데요.

방의 주인이 그의 어머니라고 생각하니 조금 안심이 되는 건 사실이었다. 그는 부엌으로 가 밥그릇에 흰쌀밥을 가득 퍼 상을 차려주었다. 흰쌀밥은 정말 오랜만이었다. 나는 먹어도 먹어도 배가 고팠기에 앞으로 어떤 일이 생길지 모르면서도 정신없이 밥을 먹었다. 김치와 장아찌뿐인 빈약한 밥상이었지만 왠지 그리운 맛이어서 그가 나쁜 사람이 아닐 거라는 생각이 들었다. 그는 썰렁한 방에 불을 넣고 노인의 냄새가 배어 있는 이불을 치웠다. 그의 어머니에게 미안해 사양했지만 그는 괜찮다며 장롱에서 깨끗한 새 이불을 꺼내주었다.

새 이불을 언제 덮어보겠어요. 어머니는 신경 쓰지 마세요.

그는 내가 불쌍하다는 듯 눈물을 글썽거리며 바라보았다. 나는 흰쌀밥과 새 이불, 그의 인정에 마음이 흔들렸다. 밖은 위험하다기보다 불편했다. 전쟁 때는 도처에 도사리고 있는 위험 때문에 불편한지 몰랐지만 전쟁이 끝나고 보니 불편한 것투성이였다. 이곳이 바깥보다 위험할지도 모르지만 어쨌건 비교할 수 없이 편안하므로 서울역으로 돌아가고 싶지 않았다. 그래서 더 그를 믿고 싶었다. 따끈한 방에 누워 남편을 기다렸지만 밤이 되어도 오지 않았고, 그의 어머니도 돌아오지 않았다. 그에게 다른 가족은 더 없는 것 같았다. 나는 방문을 꼭 잠그고 문에 기대어앉아 밤을 보냈다. 몸은 더없이 편했지만 마음이 불편해 수용소에서 그랬던 것처럼 잠이 오지 않았다. 옆방에선 내내 기침 소리가 들렸고 가끔 신음 소리가 들리기도 했다. 그는 수상한 사람이 아니라 가련한 병자에 지나지 않는 것 같았다. 나는 혹시 그에게 흉한 병이 옮지 않을까 불안했다. 밤새 남자의 기침 소리가 방을 떠나지 않는 것을 확인하고 나니 안심이 되어 나도 모르게 잠에 빠져 들었다.

그제야 그토록 알고 싶었지만 지금껏 볼 수 없었던 앞날을 보았다. 다가올 어느 날 남편을 찾아 부산에 간다. 남편은 부산항에서 하역부로 일하며 하루 벌어 하루 먹고살고 있다. 거지꼴이나 다름없는 남편은 나를 보더니 죽은 사람을 만난 것처럼 기겁을 하고 말한다. 임자가 살아 있을 줄은 정말 몰랐소. 그의 생생한 목소리에 놀라 잠에서 깼다. 아직 겪어보지 않은 일인데도 마치 오래전에 직접 겪은 것 같은 착각이 들었다. 아무래도 남편은 부산에 있는 게 확실하고, 남자는 나를 속인 것 같았다. 그의 어머니가 온다는 것도 거짓말일 테니 그와 단둘이 보낸 밤은 생각보다 훨씬 위험천만했던 것이다. 이런 상황에 해가 중천에 뜰 때까지 속 편하게 잠을 잔 내 자신이 한심하게 느껴졌다.

남편을 한시라도 빨리 만나야 한다는 생각에 짐을 챙겨

들고 방을 나섰다. 마루에는 밥상이 차려져 있었고 남자는 어디에도 없었다. 그에게 무슨 핑계를 대야 하나 고민이었는데 이때다 싶어 얼른 나가려고 했다. 그러나 철문이 단단히 잠겨 있어 아무리 흔들어봐도 꿈쩍하지 않았다. 잠긴 문이 내게 닥친 위험을 말해주는 것 같아 얼른 이곳에서 나가고 싶었다. 창문을 열어 밖으로 나갈 길을 찾았지만 2층인데다가 창마다 철망이 쳐 있어 나가는 것이 불가능했다. 창밖을 향해 도와달라고 소리쳤지만 몇 안 되는 행인들은 슬쩍 쳐다보고 지나칠 뿐이었다. 한참 뒤 순경 한 명이 지나가기에 그를 불러 이곳에서 나가고 싶으니 문 좀 열어달라고 외쳤다. 그는 어떻게 된 일인지 묻지도 않고 놀란 기색도 없이 나를 향해 대답했다.

네 알았어요. 들어가 기다리세요.

순경은 내 급박한 사정과는 상관없이 친절한 말투로 대수롭지 않게 대답했다. 그래도 그가 곧 문을 열 수 있는 사람을 데리고 올 거라 생각하고 조용히 기다렸다. 그러나 시간이 지나도 그는 오지 않았다. 순경을 믿은 내가 바보였다. 남편이 순경에게 잡혀갔다는 것을 잊고 있었다. 남자가 오기 전에 나가는 것은 불가능해 보였다. 남에게 또 속고만 내 자신이 너무도 싫었다. 전쟁 전에도 남을 너무 쉽게 믿어 빌려준 돈을 떼이기 일쑤였고 엉뚱한 물건을 속아서

비싼 값에 사곤 했다. 남편은 꼼꼼하고 사려 깊은 사람이라 이런 나를 이해하기 힘들었을 텐데도 타박 한번 하지 않았다. 자기 없이 내가 어떻게 이 험한 세상을 살아갈까 걱정하며 아무도 믿지 말라고 신신당부할 뿐이었다. 남편과 헤어진 뒤에 유독 그 말이 떠올라 눈물이 나곤 했다. 나는 피난 중에 그의 말을 계속 되새기며 아무도 믿지 않겠다고 다짐했다. 그러다 보니 혼자 있는 것이 두렵지 않았고 험한 일에 휩쓸리지 않고 살아남을 수 있었다. 그랬던 내가 처음 본 남자를 믿은 건 큰 실수였다. 나는 앞으로 무슨 일이 벌어질지 몰라 조마조마한 마음으로 남자를 기다렸다.

한참이 지나 해가 진 뒤에야 남자는 찬거리를 양손 가득 들고 지친 모습으로 돌아왔다. 숱 없고 희끗희끗한 머리가 축 가라앉아 처음 보았을 때와는 다르게 추레했다. 전날엔 좀더 젊어 보였는데 자세히 보니 아버지뻘은 되는 것 같았다. 그는 이제 일을 그만두었다며 마지막 만찬을 하자고 했다. 마지막이라는 말이 불길하게 들렸다. 나는 가방을 부리나케 들고 나와 그에게 말했다.

바쁜 일이 있어서 가봐야 할 것 같아요.

난 두려움을 들키지 않으려 태연하게 말했다.

이 밤에 어디를 가요? 남편 안 만날 거예요?

약간 화가 난 듯한 그의 말투에 나는 위축되어 기어들어가는 목소리로 말했다.

급히 볼일이 있어서요. 금방 다시 올게요. 그런데 남편이 너무 안 오네요.

아, 그, 멀리 있어서 오는 데 좀 걸리나 봅니다. 부산에서 오고 있거든요. 하지만 곧 만날 수 있을 테니 기다려보세요.

그가 남편이 부산에 있는 것을 모르고 있으리라 생각했기에 적잖이 당황했다. 그가 남편을 아는 것 같긴 하지만 남편이 오고 있다는 말이 거짓인지 진실인지 통 알 수가 없었다. 내가 보았던 미래는 내가 직접 부산으로 찾아가는 것인데 남편이 이곳으로 온다고 하니 조금 의아했다. 미래라는 게 내가 어떤 일을 하든 그대로인 건지, 변하기도 하는지 알 수 없으므로 그의 말을 믿을 수도 믿지 않을 수도 없었다.

가고 싶으면 가세요. 하지만, 남편이 꼭 돌봐달라고 부탁했단 말입니다.

그는 식사라도 하고 가라며 급히 음식을 만들기 시작했다. 그가 나쁜 일을 저지를 사람은 아닌 것 같기도 했고 이곳을 나가면 또 제대로 못 먹을 게 뻔했기에 일단 밥은 먹기로 했다. 그가 너무 피곤해 보여 내가 대신하려고 했지만 가만히 앉아 기다리라고 하며 여러 가지 음식을 능숙하게

요리했다. 요리를 하면서 기침을 너무 심하게 해 먹고 싶은 생각이 쏙 달아났으나, 내 마음을 알아차렸는지 옮지 않는 병이니 안심하라고 했다. 그는 밥을 안치고 국을 끓이고 불고기를 재웠다. 나물을 무치고 더덕을 굽는 것까지 순식간에 끝냈다. 운 좋게도 모두 내가 좋아하는 음식들이었다. 그는 반찬을 푸짐하게 담아 상을 차렸다.

드세요. 어머니가 좋아하는 음식을 했어요.

어머니는 왜 안 오세요?

나가서 길을 잃으셨나 봅니다. 치매가 있으시거든요.

그는 한숨을 쉬며 체념한 듯 대답했다.

얼른 찾으셔야죠. 이렇게 있으면 돼요?

그래도 이 정도는 아니셨는데, 영 안 돌아오시네요. 찾으러 갈 테니 걱정 말고 드세요.

집나간 사람을 두고 아무것도 하지 않는 그를 질책하듯 말했다. 그가 의연하게 행동하는 것을 보면 이런 일이 처음이 아닌 것 같았다. 치매 걸린 노모를 모시고 사는 그가 영 나쁜 사람은 아닌 것 같았다. 그가 한 음식들은 많이 먹어 본 음식처럼 내 입에 잘 맞았다. 그는 함께 먹지 않고 내가 먹는 것을 옆에서 지켜보기만 했다. 혼자 게걸스럽게 먹는 것 같아 조금 먹다가 수저를 내려놓자 그가 말했다.

양껏 드세요. 이런 상을 받을 날이 언제 오겠어요. 그리고 자꾸 나가려고 하지 말고 편안하게 그냥 여기서 기다리세요. 어차피 나가봐야 고생만 해요. 그래도 가려면 밝을 때 가요.

그가 나쁜 사람이라면 이미 슬슬 본색을 드러냈을 것이고 굳이 밥상까지 차려줄 필요는 없었을 것이다. 남편이 오고 있다는 그의 말을 믿어야 할지도 모른다고 생각했다. 내가 부산으로 가다가 남편과 길이 엇갈려 만나지 못하게 될 수도 있을 터였다. 나는 남자의 친절에 승복해 하루만 더 기다려보기로 했다. 방에 들어와 눕자 온종일 긴장하고 움츠려 있어서인지 온몸이 욱신거렸다. 나는 잠들기 전 가까운 앞날을 볼 수 있기를 기도했지만 어떤 미래도 보지 못했고, 꿈조차 꾸지 않았다.

눈을 뜨고 맞은 오후는 고요했다. 전쟁 때만 해도 조용한 날이 다시 오지 않을 줄 알았다. 한시라도 빨리 남편을 만나 예전처럼 평온한 일상으로 돌아가고 싶었다. 남편을 만나면 물어볼 것이 많았다. 그동안 얼마나 고생했는지, 왜 휴전되자마자 나를 만나러 돌아오지 않은 것인지, 왜 이 남자에게 나를 부탁한 것인지 묻고 싶었다. 남편을 만나는 상상만 해도 가슴이 뛰고 눈물이 났다. 조금만 더 기다려봐도 남편이 오지 않으면 비록 길이 엇갈리더라도 부산으로 직접 내려가리라 마음먹었다. 날이 밝으면 가라고 어제 말한 바 있으니 남자도 막지 않을 터였다.

구질구질한 행색이지만 세수라도 해야 남편을 만나도 부끄럽지 않을 것 같아 씻으러 가려는데 남자의 방에서 나지막한 신음 소리가 들렸다. 전날도 끙끙거리는 소리를 들었기에 대수롭지 않게 생각했다. 그러나 신음 소리가 오랫동안 계속되었고 점점 커졌기에 그의 방문을 두드려보았다. 안에서는 대답 대신 커다란 신음 소리만 들려왔다. 문을 열자 방 안은 난장판이었다. 방구석으로 밀려난 흰 이불에는 밤새 쏟아낸 것 같은 토사물과 흑갈색 피가 엉겨 붙어 있었다. 그는 맨바닥에 태아처럼 웅크린 채 눈을 감고 있었다. 그의 얼굴과 옷도 피로 범벅되어 있었다. 땀에 젖은 그는 계속 기침을 하다가 피를 토하더니 정신을 잃었다. 그가 곧 죽을 것 같아 누구에게라도 도움을 청하러 나가려는데 철문 안쪽에 새로운 자물쇠가 채워져 있었다. 쇳덩어리로 머리를 맞은 사람처럼 정신이 아득해졌지만 너무 긴박한 상황이라 왜 자물쇠를 채워놓았는지 생각해볼 겨를이 없었다. 그의 옷과 가방을 뒤져 열쇠를 찾았지만 나오지 않았다. 정신을 잃고 꿈쩍도 않는 남자에게 열쇠가 어디에 있는지 물어볼 수 없었다. 나는 창틀에 올라앉아 밖을 향해 사람이 죽어간다며 도와달라고 외쳤지만 지난번과 마찬가지로 행인들은 못 볼 것을 본 것처럼 눈을 피하며 그냥 지나칠 뿐이었다. 시간이 지나 누워 있던 남자가 다시 신음하기 시작했다. 나는 바닥으로 내려가 남자의 입에 묻은 피를 닦아주었다.

엄마, 엄마.

내 손이 몸에 닿자 초로의 남자는 어린애처럼 엄마를 불렀다. 나는 그가 불쌍해 엄마라도 되는 것처럼 어깨를 토닥여 주었다.

그래, 그래. 괜찮을 거야.

내 목소리를 들은 그는 눈을 번쩍 뜨더니 말했다.

엄마 이제 돌아온 거예요?

그래.

헛것을 보고 있는 듯한 그를 향해 고개를 끄덕였다. 남자는 내 손을 잡더니 아이처럼 흐느끼기 시작했다.

엄마, 버린 거 미안해요. 내 몸 하나도 감당하기 어려워 어쩔 수 없었어요.

병든 불쌍한 어머니를 제 손으로 버려놓고 태연하게 거짓말을 했다니 기막힌 일이었다. 뭐라고 할 말이 없었지만 입을 다물고 있을 수만은 없어 대답했다.

아니다. 괜찮다.

그는 고통을 잊은 듯 신음을 멈추고 미안하다며 통곡을

했다. 오지랖 넓게도 나는 어딘가를 떠돌고 있을 그의 어머니가 걱정이 되었고, 동시에 남편에 대해 그가 말한 것이 거짓일 가능성이 높다는 생각이 들었다.

엄마 나 오래 못 살아요. 우리 같이 갑시다.

남자가 무슨 병에 걸렸고 자기 어머니를 어쩌려는 건지 모를 일이었지만 오래 못 산다는 말은 거짓이 아닌 듯했다. 그는 오랫동안 의식을 잃고 있다가 잠시 깨는 것을 반복했다. 미음을 쒀 먹이자 목구멍으로 겨우 넘기긴 했지만 곧 모두 게워냈다. 그럼에도 상태가 호전되어 깨 있는 시간이 조금씩 길어졌다. 한참이 지나 정신이 온전히 돌아왔을 때 그에게 물었다.

남편이 어디쯤 왔을까요? 오늘은 만날 수 있을까요? 대체 열쇠는 어디 있는 거예요?

엄마 또 왜 그래요.

그는 내내 나를 엄마로 착각해 내가 묻는 것에 대답을 하지 않고 딴소리만 해댔다.

저 아저씨 엄마 아니에요. 정신 차리세요. 제발 남편 만나게 놓아주세요. 그럼 어머니도 찾아드리고 병간호도 해드릴게요. 아니 병을 고쳐드릴게요.

남자는 눈이 동그래져서 쳐다보다가 피식 웃고 말았다. 그토록 무서운 웃음은 처음 보았다.

남편 죽었잖아요. 아시면서 그래요. 원했던 거잖아요. 이제 여기서 못 나가요. 나랑 아버지한테 같이 가야 돼요.

대체 내 남편이 죽었다는 건지 자기 아버지가 죽었다는 건지 통 알아들을 수가 없었다.

엄마가 괴롭히지 않았다면 자살까지 하지는 않았을 거예요. 아버지의 고통을 알기나 하셨어요?

정작 내가 듣고 싶은 것은 못 듣고 나와 상관없는 그의 흉흉한 집안 내력만 듣고 말았다. 그가 굳이 대답하지 않아도 남편이 곧 온다는 그의 말이 거짓임을 흐르는 시간이 증명해주었다. 며칠이 지나도 찾아오는 사람 하나 없었다. 내 남편도 그의 어머니도 마찬가지였다.

나는 그가 의식을 잃고 사경을 헤매는 동안 열쇠를 찾기 위해 방을 뒤졌다. 장판을 들춰보고 먼지 쌓인 장롱의 윗부분도 손바닥으로 쓸어보았다. 남자의 장롱과 서랍에는 쓸데없이 오래되기만 한 물건들이 넘쳐났다. 귀중품을 담는 열쇠 달린 서랍 안에도 써먹지 못할 고물들이 그득했다. 나는 그 안에서 다 부서진 시계를 보았다. 유리가 깨지고 시침이 기역자로 휜 아주 낡은 시계였다. 가만 보니 빛바랜 갈색 가죽 시곗줄이 무척 낯익었다. 시곗줄 뒤편에 남편이 졸업한 학교명이 인두로 새겨져 있었다. 그것은 남편이 늘 차고 다니던 시계였다. 그것이 다 망가진 채로 이 집에 있는 이유는 단 하나뿐이다. 그가 남편을 해친 것이 분명했다. 그래서 휴전되자마자 내게 돌아오지 못했을 게다. 그러지 않았더라면 가장 먼저 나를 찾아 달려왔을 것이다. 둘이 어떤 관계였는지는 모르지만 남편을 해치고 나를 납치한 게 분명했다. 이 지경이 될 때까지도 내가 납치 감금된 것이 아니라고 믿으려 애썼던 내 아둔함에 질려버렸다. 전쟁을 겪는 동안에도 이렇게 위험한 상황에 처했던 적은 없었다. 기차 지붕에 매달려 가다가 깜빡 졸아 떨어질 뻔했던 것이 가장 큰 위기였다. 어떤 여자들은 같은 피난민이나 양키들에게 흉한 꼴을 당하기도 했다는데, 나는 얼굴에 검댕을 바르고 몸뻬를 입고 다녔기에 그런 일을 면할 수 있었다. 전쟁이 끝난 줄 알고 냅다 치마저고리로 갈아입고 맵시 따위를 낸 것이 화근이었다. 전쟁이 끝나면 평화롭던 시절로 돌아갈 줄 알았다. 이런 흉악한 사람이 나를 납치할 거라곤 꿈에도 생각하지 못했다. 나는 그가 왜 나를 납치했는지 알 수가 없었다. 그가 나를 데리고 와 기껏 한 것이라곤 이불을 펴주거나 밥을 차려준 것이 다였다. 앞으로 그가 내게 무슨 짓을 할지 몰라 불안했지만 많이 쇠약해져 있으므로 크게 위협적이지 않아 그나마 다행이었다.

며칠이 지나 남자의 의식은 거의 돌아왔지만 여전히 나를 어머니라고 믿고 있는 듯했다. 그는 많이 쇠약해져 자주 잠을 자곤 했는데 그때마다 나는 자포자기하는 심정으로 창틀에 올라앉아 누군가 내게 관심을 갖고 구해주기를 바랐다. 그러나 도와주는 사람은 아무도 없었다. 거의 하루 종일 창틀에 앉아 있던 날, 누군가 문을 두드렸다. 누구냐고 묻자 경찰서에서 나왔다고 했다. 창틀에 앉아 있는 나를 순경이 본 것이었다. 이제 살았구나 싶어 안도했다. 깨어난 지 얼마 안 된 남자가 몸을 추스르고 일어나 휘청거리며 마루로 나왔다. 밖을 향해 살려달라고 당장 소리치고 싶었지만 그가 어떻게 돌변할지 몰라 꾹 참고 얌전히 있었다. 그는 자물쇠에 솟은 요철을 눌러 자물쇠를 열고 나갔다. 나는 그제야 열쇠를 찾을 수 없었던 이유를 알았다. 나갈 수 있는 절호의 기회가 왔기에 상황을 엿보다가 밖으로 튀어나가기로 마음먹었다. 그러나 남자가 온몸으로 문을 밀치고 서 있어 문을 열 수 없었다. 어머니는 돌아오신 거지요? 이젠 못 나가시게 신경 쓰세요. 순경이 묻자, 남자는 태연하게 그렇다고, 알겠다고 거짓말을 했다. 순경은 창가에 서 있던 나를 여러 번 보았을 텐데도 내가 누구인지 묻지 않고 돌아갔다. 나를 구할 사람은 나밖에 없다는 생각에 들어오는 그를 온 힘을 다해 밀쳐내고 재빨리 계단을 뛰어 내려갔다. 가만히 서 있기도 힘든 그는 계단을 내려오다가 주저앉았다. 건물 밖으로 나가 조금 달리다가 앞서가던 순경과 맞닥뜨렸다. 그는 나를 붙잡아 남자의 집으로 다시 데리고 갔다. 당황한 나는 울면서 그에게 말했다.

저 사람이 남편을 해치고 날 가뒀어요. 살려주세요.

그는 전에도 그랬던 것처럼 알았다고 고개를 끄덕이면서도 나를 집 안으로 들여보냈다. 믿을 사람이라곤 하나 없는 세상이 너무 무서웠다. 남편 없이 평생을 살아야 한다면 더 이상 살고 싶지 않았다. 나는 남자가 무서운 얼굴로 돌변할 거라고 생각했으나 다시 자물쇠를 채우고 한마디 할 뿐이었다.

엄마, 이제 그만합시다.

남자는 조금 화가 난 듯했으나, 나를 치매 든 어머니라고 생각했기에 함부로 대하지 않았다. 남자의 병세는 아쉽게도 조금 나아졌지만 정신이 돌아오지는 않은 듯했다. 나는 그의 어머니인 양 행동했다. 그것만이 내가 살길이었다.

한동안 호전되는 것 같았던 그의 병세는 급격히 악화됐다. 자주 피를 토했고, 아주 묽은 미음 말고는 먹지 못했다. 고통이 심해지는지 신음 소리도 점점 커졌고 자주 의식을 잃었다. 그가 알아차리지 못하도록 집 안에 남아 있을지 모르는 남편의 흔적을 찾거나 자물쇠를 열기 위해 자물쇠의 요철을 이리저리 누르곤 했지만 아무 성과도 없었다. 망치를 찾아 자물쇠를 내리쳐도 봤지만 끄떡없었다. 가끔 정신이 들면 그는 내가 곁에 있는지 확인했다. 그는 어머니 행세를 하는 나를 진짜 자기 어머니라고 생각했다.

병원에 가서 치료를 받자. 문은 왜 잠가놨니? 문 열게 자물쇠 번호를 말해라.

그는 병원에 가지 않겠다고 버티며 끝까지 자물쇠 번호를 말하지 않았다. 아무리 달래봐도 꿈쩍 않는 그에게 진절머리가 나 소리를 꽥 지르며 누워 있는 그의 뺨과 머리를 사정없이 때렸다. 그러자 그는 피식 웃으며 말했다.

엄마, 때리는 거 보니 정신이 돌아왔나 보네. 난 어차피 죽게 돼 있어요. 죽는 건 내 마음대로 할 거니까 참견 마세요. 아주 지긋지긋합니다.

그는 눈을 감고 입을 다물어버렸다.

난 그를 점점 더 거칠게 다루고 아무것도 못 먹도록 괴롭히며 번호를 말하게 했지만 그가 겪는 강렬한 고통에 비하면 아무것도 아니었는지 입을 꾹 다문 채 견디기만 했다. 그럴수록 그에 대한 나의 두려움은 사라졌다. 그는 내게 반항할 수 없을 정도로 병쇠해졌다. 그는 고통을 견디며 하루하루 죽음을 향해 가는 것이지 살아 있는 게 아니었다. 그는 며칠간 의식을 잃고 사경을 헤매다가 오랜만에 의식을 되찾았다. 나는 그의 삶이 얼마 남지 않았음을 알았다. 그가 죽기 전 반드시 남편에 관한 이야기를 들어야 했다. 만일 그가 남편을 죽인 것이 분명하다면 내 손으로 보복할 계획이었다. 나는 엄마 행세를 그만두었다.

임학평이를 어떻게 했지?

죽었잖습니까. 아주 오래전에 자살했잖아요. 하긴 따지고 보면 전쟁터에서 죽은 거나 마찬가지네요.

그는 가쁜 숨을 몰아쉬며 힘겹게 말했다. 석연치 않았지만 전쟁터에서 죽었다는 말에 가슴이 철렁 내려앉았다. 나는 그가 거짓말을 하는 것 같아 그의 목을 잡아 흔들며 진실을 말하라고 소리 질렀다.

바닥이 닳아 구멍 난 구두를 신고, 다 떨어진 얇은 돕바 한 장 입고, 아무것도 먹지 못한 채로 혹한의 천 리 길을 행군했어요. 함께 가던 사람들은 대부분 길에서 얼어 죽고 굶어 죽었다지요. 죽어가지만 아직 숨이 붙어 있는 것을 알고서도 옷을 벗기고 신발을 벗겨내 훔쳤어요. 사람이 당장 죽을 걸 알면서도 그러지 않으면 자기가 죽을 것 같아 빼앗았겠죠. 그렇게 죽인 사람이 수도 없이 많았어요. 길에서의 공포와 고독 때문에 자기가 잘못했는지조차 몰랐답니다. 그때 죽은 사람들이 자기를 계속 따라다녔다네요. 그래서 죽었어요. 더 말해도 이해 못 할 거예요. 애초에 들으려고 하지도 않았잖아요.

나는 더 자세히 듣고 싶었지만 그는 더 이상 말할 수 없을 정도로 지쳐버렸다. 처음엔 그의 아버지에 대한 이야기인가 싶었지만 상황을 보아 내 남편의 이야기가 맞는 듯했다. 정신이 온전치 못한 그가 만들어냈다고 하기엔 너무 구체적이라 믿을 수밖에 없었다. 나는 눈물이 나는 것을 간신히 참고 망연자실 앉아 있었다. 그는 다 허물어져 뼈만 앙상한 몸을 간신히 일으켜 부엌으로 나갔다. 찬장에서 유리잔 두 개를 꺼내 소주를 반쯤 따랐다. 그리고 갈색 약병에 든 액체를 소주에 섞었다.

엄마, 이제 그만하고 나랑 같이 갑시다. 너무 오래 견뎠어요.

나를 여기까지 데리고 온 것은 그의 외로움일지 모른다고 생각했다. 그에겐 고통을 나누고 죽음을 함께할 사람이 필요해 보였다. 전쟁에서도 살아남은 내가 여기서 죽을 수는 없었다. 부산에 가서 직접 확인하기 전에는 남편이 죽었다는 것을 믿을 수 없으므로 기어이 이곳을 나가야 했다. 그는 의식이 있을 때 자신의 고통을 스스로 끝내고 싶어 하는 것 같았다. 그가 없다면 더 쉽게 여기서 나갈 수 있으리라는 생각이 들어 그에게 동조하는 척하기로 했다.

나는 그가 건넨 잔을 받아 들었다. 내가 입을 대고 마시기 시작하자 그도 단숨에 들이켰다. 나는 목구멍을 꽉 닫은 채 입에 물고 있다가 남자가 다 마신 것을 확인하고 입에 품고 있던 것을 개수대에 얼른 뱉고 물로 입을 헹구었다. 몸을 움직일 힘조차 남지 않은 남자는 기가 막힌 듯 내가 하는 짓을 보고 있었다. 혹시 그가 무슨 짓을 할지 몰라 방으로 들어가 문을 잠갔다. 한 방울도 마시지 않고 뱉어버렸는데도 입속이 얼얼하고 구역질이 나는 것 같았다. 점막이 다 떨어져 나가는지도 모르고 멍청히 서서 마른 수건으로 입속을 계속 닦아냈다. 그가 어쩌고 있는지 걱정이 돼 문을 열었다. 그는 배를 얼싸안고 온 마루를 기어 다니며 구토하고 있었다. 흰 거품과 누런 위액을, 시커먼 담즙을 토하더니 기침을 하며 핏덩이를 쿨럭쿨럭 뱉어냈다. 그는 바닥에 그대로 엎어져 몸을 부들부들 떨었다. 그는 생의 마지막 힘을 다하듯 내 손을 꽉 움켜쥐고 안간힘을 쓰며 말했다.

엄마, 놔두고 가서 미안해요.

마치 내게 하는 말인 양 슬프게 들려 우습게도 눈물이 났다. 그의 손을 차마 뿌리칠 수 없었다.

아니야. 내가 미안하구나.

나는 왠지 미안한 기분이 들어 죽을힘을 쓰고 있는 남자의 머리를 쓰다듬었다. 고통으로 일그러진 남자의 얼굴에 잠시 희미한 미소가 드리워졌다.

엄마, 얼른 죽어요. 여기서 고생하지 말고 얼른 죽어요.

그는 숨을 몰아쉬며 힘들게 마지막 말을 남긴 뒤 한동안 방바닥을 뒹굴고 가슴을 쥐어뜯으며 비명을 질렀다. 그의 처절한 몸부림을 피해 밖으로 나와 귀를 막고 있느라 자물쇠의 번호를 물어볼 생각은 하지 못했다. 그는 힘들게 숨을 거두었다. 하지만 더 살았다면 그만한 고통을 죽는 순간까지 겪었을 테니 잘된 일일지도 몰랐다. 남자의 얼굴에 남은 것은 고통이 아니라 마지막에 지은 미소였다. 그가 죽으면서 지린 대소변 냄새와 토사물 냄새로 가득했지만 치울 엄두가 나지 않아 장롱에서 깨끗한 이불을 꺼내 그의 주검에 덮어주었다. 남자가 없으면 나갈 길이 생길 것 같았지만 그런 요행 따위는 없었다. 밖으로 나가는 것은 오히려 더 어려워졌다. 소용없을 것을 알면서도 창문을 열어 필사적으로 살려달라고 소리를 쳤으나 사람들은 여느 때처럼 눈길도 주지 않거나 미친 사람을 구경하듯 흘끗 보고 지나갈 뿐, 아무도 내게 무슨 일인지 묻거나 도움을 주려고 하지 않았다.

나는 집 안에 갇혀 남자의 주검과 함께 지냈다. 몇 번이나 해가 뜨고 졌는지 알 수가 없었다. 셀 수 없이 여러 번 문을 두드렸고 창밖으로 소리를 질렀지만 아무도 관심을 주지 않았다. 남자의 유일한 가족이라는 어머니는 돌아오지 않았고 아무도 찾아오지 않았다. 음식도 모두 동나 먹을 만한 것은 김치며 장아찌 할 것 없이 모두 찾아 먹어야 했다. 남은 김치와 장아찌까지 모두 먹어치우고 나니 더 이상 먹을 것이 없었다. 피난 중에도 많이 굶긴 했지만 이렇게 오랫동안 아무것도 못 먹은 적은 없었다. 물로 배를 채울수록 허기는 더해졌고 기력이 떨어져 똑바로 앉아 있을 수조차 없었다. 차라리 남자와 같이 죽었더라면 덜 고통스러웠을 것 같았다. 최대한 움직이지 않고 가만히 누워 지내니 자꾸만 잠이 쏟아졌다. 그렇게 보고 싶어도 보이지 않던 앞날이 잘 때마다 눈앞에 나타났다. 이 고통이 언제쯤 어떤 방식으로 끝나는지 미리 안다면 지금보다는 덜 고통스러울 것 같았지만 그렇게 가까운 미래는 보이지 않았다. 내가 보는 것은 아주 먼 미래인 것 같았다.

어떤 나는 작은 사무실에 앉아 돈을 빌려가고 이자를 내지 않은 사람의 명부를 정리하고 있다. 사무실 한구석에 자리를 차지하고 멍하게 앉아 있는 남편에게 나가서 이자라도 받아 오라고 소리를 지른다. 가방을 들고 말없이 사무실을 나가는 그의 눈에는 초점이 없고 생기도 없다. 나는 경제적으로 무능하고 아무 의욕이 없는 그를 경멸하고 있다.

그 경멸의 감정이 얼마나 강렬한지 나는 퍼뜩 잠에서 깼다. 나의 미래에 아직 남편이 살아 있다는 것을 알게 되니 눈물이 날 것 같았다. 형편없는 모습일지언정 살아 있어 다행이었다. 나는 살아서 이곳을 나가 만나고 싶었지만 그럴 수 있을지 알 수 없었다.

더 먼 날의 어떤 나는 다 큰 소년에게 말한다. 아버지는 사고로 죽었어. 발을 헛디딘 거야. 누구한테나 그렇게 말해야 해. 아들은 울며 고개를 끄덕인다. 바닥에 남자가 누워 있고 팔다리가 끔찍하게 꺾여 있다. 터진 머리에서 흘러나오는 뇌수와 피가 바닥을 적신다. 남자의 얼굴을 보려고 해도 머리가 심하게 뭉개져 있어 알아볼 수가 없다. 나는 눈물을 흘리지 않으려 애쓴다. 너는 아빠처럼 나약하게 자라선 안 돼. 소년은 아이처럼 운다.

어떤 나는 고향의 부모가 보고 싶어 슬피 울다가 남이 볼까 눈물을 훔친다. 전쟁은 다시 일어나지 않았지만 우리는 고향으로 돌아가지 못한다.

시간이 지남에 따라 내 감각은 점점 둔해졌다. 그럴수록 내가 보는 미래는 현재보다 점점 더 생생하게 느껴졌다. 내가 여기서 나갈 것은 분명해 보였지만 그건 지금의 나에게 그다지 큰 위로가 되지 않았다. 남편과 내가 살아 있는 미래는 어쩌면 진짜 다가올 일들이 아닐지도 몰랐다. 살아 있는 남편을 살아서 만나고 싶은 나의 염원이 만들어낸 꿈이거나 남자의 말이 만들어낸 악몽일지도 몰랐다. 내가 남편을 증오하게 될 리 없었다. 그동안 자면서 본 앞날들이 다 의심스러웠다. 차라리 꿈인 편이 나을는지도 몰랐다. 썩어 가는 주검과 함께 지내는 밤과 낮은 두렵고도 고독했다. 남자를 내 손으로 죽인 것 같은 죄책감이 들었고 머지않아 다가올 죽음을 오롯이 혼자 겪게 될 것을 생각하니 외롭기 그지없었다.

밖에서 누군가 문을 두드렸다. 온몸의 힘을 짜내 도와달라고 외쳤지만 문 두드리는 소리에 묻혀 듣지 못했는지 더 빠르고 강하게 문을 두드리며 말했다.

안에 누구 안 계세요. 가스 안전 점검 나왔어요.

가스라는 게 무엇인지, 무엇을 하겠다는 소리인지 못 알아듣겠지만, 겨우 기어가 사력을 다해 문을 두드리며 외쳤다.

사람이 죽었어요. 도와주세요. 문이 잠겨서 못 나가요.

여자는 무언가 물었지만 대답할 기운이 없어 계속 문만 두드렸다. 여자는 잠깐 기다리라고 하며 아래층으로 급히 내려갔다. 여자의 발소리가 멀어지고 얼마나 시간이 지났는지 모른다. 문밖이 술렁이며 많은 사람들의 목소리가 들려왔다. 문을 쿵쿵 두드리며 무슨 일이 있냐고 물었다. 말도 나오지 않아 그저 비명만 질렀으나 좀처럼 입 밖으로 터져 나가지 않았다. 얼마 후 순경과 남자들 몇 명이 문을 뜯어내고 들어왔다. 그들의 얼굴을 보자 안심이 되어 정신이 아득해지는데 남자들이 내게 달려들어 입을 틀어막고 팔에 바늘을 꽂으려 했다. 나는 겁에 질려 온몸을 흔들며 거부했다. 그들은 내 팔다리를 끈으로 동여매고 바늘을 꽂아 내 몸을 들것에 실었다. 순경이 방에 들어갔다가 나오며 찌푸린 얼굴로 코를 틀어막은 채 누군가에게 말했다.

아들은 사망했고…… 어떻게 이 지경이 된 거지?

나는 죽은 듯 누운 채 눈알만 굴려 그를 바라보았다. 처음부터 나를 도왔더라면 이런 일은 없었을 텐데 그의 잘못도 컸다고 말하고 싶었지만 입을 벌릴 힘조차 없었다. 그는 누워 꼼짝도 못하는 나를 들여다보더니 눈앞에 대고 손을 흔들었다.

할머니, 정신 좀 차려보세요. 괜찮으세요?

그는 이상한 소리를 하며 나를 묶은 남자들에게 말했다.

중증 치매 노인이라 의사소통이 잘 안 될 겁니다. 주의깊게 잘 살펴주세요.

나는 그제야 이것이 내가 보는 미래라는 것을 알았다. 현실보다 더 생생해서 깜빡 착각할 수밖에 없었다. 어서 잠에서 깨어야 한다. 그리고 이런 날이 오지 않도록 어떻게든 도망쳐야 한다. 정신을 차리면 나는 다시 서울역에서 남편을 기다리고 있을 것이다. 그곳에서 그나마 가장 행복하였다.

이곳에서 얼마나 먼

재즈바는 어린 시절 내가 살았던 미군 부대가 있는 동네와 아주 가까운 곳에 있었습니다. 오래된 건물의 가파른 지하 계단으로 내려가 문을 열자 담배와 술 냄새 그리고 오래된 나무 썩는 냄새가 뒤섞여 훅 끼쳐왔습니다. 흥신소 윤 실장은 제인이 그곳에서 가수로 일하며 월요일과 목요일 자정에 출근을 한다고 했습니다. 네 번이나 허탕을 치다 보니 윤 실장을 신뢰하지 않게 됐습니다만 그동안 그에게로 흘러 들어간 돈이 아까워 한 번 더 속는 셈치고 제인이 일한다는 그곳을 찾아갔습니다. 윤 실장이 알려준 곳은 대체로 그랬습니다. 낡은 빌딩 지하의 바나 장기 투숙자들이 많은 여관, 도시 변두리의 관광나이트같이 퀴퀴한 냄새가 배어 있는 음침한 곳이었습니다. 평소의 나라면 절대로 발을 딛지 않을 그런 곳 말입니다. 나는 그전에 만났던 콜걸이나 스트리퍼보다 사정이 좀 나아 보여 다행이라는 생각을 잠시 했다가 약해진 마음을 추슬렀습니다.

자정이 조금 지나자 바의 한구석 초라한 무대 위로 금발의 여자가 올라섰습니다. 여자는 백지처럼 하얀 피부에 푸른 눈을 가졌지만 어딘지 동양인 같은 얼굴이었습니다. 등이 깊게 팬 암적색 인어 드레스를 입고 검은 장갑을 낀 그녀의 차림새는 대형 무대 혹은 디너쇼에나 어울릴 법했습니다. 여자는 음악을 잘 안 듣는 나도 알 정도로 유명하고 오래된 재즈를 불렀습니다. 피아노 전주에 이어 비음이 섞인 낮은 목소리가 울려 퍼졌습니다. 여자의 노래는 박자를 놓칠 정도로 형편없었고 영어 발음도 어설펐지만 술을 마시던 사람들은 숨을 죽이고 여자에게 집중했습니다. 나는 어두운 구석에 놓인 테이블에 앉아 노래를 들었습니다. 끝까지 듣기 괴로울 정도로 엉망인 노래 실력이었지만 아무도 야유하지 않았습니다. 사람들이 노래를 듣는 게 아니라는 것은 여자도 어느 정도 짐작할 것입니다. 여자의 숱 많고 긴 금빛 머리카락과 하얗고 긴 목, 군살 하나 없이 호리호리하지만 볼륨 있는 몸매에 사람들의 시선이 고정되어 있었습니다. 여자의 얼굴과 목소리 모두 낯설었지만 나는 알 수 있었습니다.

제인이었습니다.

공연이 시작하기 전에 마스터가 무대 위의 여자를 제인이라고 소개했습니다. 중학교 영어 교과서에서 흔히 볼 수 있는 이름을 굳이 가명으로 쓸 사람은 없겠지요. 이름만으로 그녀라고 확신한 것은 아닙니다. 그녀가 떠난 지 오래라 내가 기억하는 모습과는 많이 달라졌지만 나는 알아볼 수 있습니다. 뒷모습이나 옆모습, 팔과 다리만으로도 그녀를 알아볼 수 있습니다. 그러지 못했다면 그날 길에서 살짝 지나쳐 간 여자가 제인이라는 것을 알아차릴 수 없었겠지요.

제인은 자매와도 같은 오랜 친구입니다. 제인을 처음 만난 것이 언제였는지 기억할 수 없습니다. 새하얀 피부에 파란 눈과 빨간 입술을 가진 아기 제인은 세 살 무렵부터 내 사진에 등장합니다. 아빠는 미군 부대 근처에서 외제 가전을 전문으로 수리하는 전파사를 했습니다. 제인의 엄마는 내 아빠와 같은 상가에서 작은 초상화 갤러리를 운영하면서 백인 혼혈아이 제인을 혼자 키웠습니다. 이웃들은 그 모녀를 보며 숙덕숙덕거렸지만 또래의 딸을 키우는 내 부모는 그녀와 금세 친해졌습니다. 제인과 나는 우리의 의지와 관계없이 친구가 되었습니다. 나는 영리해서 밉살스러운 아이였고, 제인은 인형처럼 예뻐서 성격이 어떻든 간에 무조건 사랑받는 아이였습니다. 어른들은 당돌하게 아무 말이나 톡톡 내뱉는 나를 싫어했고, 아이들은 내가 잘난 척을 한다며 함께 놀지 않으려 했습니다. 엄마는 내가 너무 뚱뚱해서 친구가 생기지 않는 거라고 했습니다. 사실 아이들이 나를 멀리하는 것이 아니라 내가 아이들 따위와는 친구가 되고 싶지 않았던 것입니다. 내게 어울릴 만한 친구는 제인뿐이었습니다. 그녀는 특별했습니다. 누구에게도 없는 금발과 에메랄드빛 눈을 가지고 있었으니까요. 그녀와 함께 있으면 아이들도 나를 함부로 대하지 않았습니다. 제인은 친구가 되고 싶어 안달이 난 아이들과 눈도 마주치려 하지 않았습니다. 아이들은 제인의 유일한 친구인 나를 부러워했습니다. 야, 안경 돼지. 제인 아빠는 어느 나라 사람이야? 영어 잘해? 내게 질문을 해댔습니다. 몰라, 너희들이 물어보든가. 나는 덩달아 특별한 존재가 되는 것 같아 으쓱해지곤 했습니다.

제인은 밖에 나가는 것을 아주 싫어했습니다. 어른이고 아이고 남자고 여자고 할 것 없이 유백색 도자기 같은 그녀의 피부를 한번씩 만져보고 싶어 했습니다. 그녀는 생글생글 웃으며 허락하곤 했지만 집에 들어와서는 남의 손이 닿은 곳을 박박 씻어대며 그들을 욕하곤 했습니다. 나도 그녀를 따라 욕했습니다. 우리는 욕설을 하나하나 익혔고, 새로운 욕을 만들기도 했습니다. 제인은 어른이 되면 자신을 만졌던 사람들을 모두 죽여버릴 거라고 했습니다. 제인의 엄마는 그런 말을 하는 제인의 종아리를 때렸습니다. 제인은 울음을 참으며 내게 말했습니다. 엄마도 죽일 거야. 뺨에 실핏줄이 비치는 그녀의 투명한 얼굴과 푸른 눈이 무서워졌고, 처음으로 그녀를 만져보고 싶은 기분이 들었습니다.

그녀는 여전히 어린 시절처럼 팽팽한 우윳빛 피부를 지니고 있었습니다. 아마 사람들도 그때의 나처럼 그녀를 만져보고 싶겠지요. 하지만 그렇게 할 수 없으니 시선을 떼지 않는 것일 겁니다. 마흔을 얼마 앞두지 않은 나이에 이십대로 보일 수 있다는 것이 경이로웠습니다만 딱히 부럽지는 않았습니다. 아름다움은 그녀의 유일한 장점이었습니다. 내가 보지 못한 그녀의 이십대가 어땠을지 상상해봅니다. 지금보다 더 눈부시게 반짝거렸겠지요. 그 아름다움을 앞세워 어떤 일들을 했을지 나로서는 상상할 수 없습니다. 우리는 애초부터 다른 부류의 인간이니까요.

그녀는 열아홉 살에 내 곁에서 사라졌습니다. 어느 새벽녘 아빠와 제인이 타고 있던 승용차가 충돌 사고를 일으켰습니다. 운전을 한 아빠는 병원으로 옮기는 도중에 사망했고 조수석에 앉아 있던 제인은 머리에 중상을 입고 의식불

명이 되었습니다. 아빠의 장례가 끝나고도 오랫동안 제인의 의식은 돌아오지 않았습니다. 대입 시험이 끝난 뒤 나는 엄마에게서 몇 주 전 의식이 돌아온 제인이 병원에서 사라졌다는 이야기를 들었습니다. 엄마는 그녀를 찾으려 애썼지만 허사였다고 했습니다. 시험에 지장이 갈까 걱정돼 말하지 않았다는 엄마에게 나는 아무 말 하지 않았고 그녀를 찾으려 하지도 않았습니다. 그녀에게 묻고 싶은 말, 들어야 할 말이 있었지만 그대로 묻어두는 편이 나을 것 같았습니다. 그 뒤로 제인은 돌아오지도 않았고 연락도 없었습니다.

그녀를 다시 본 것은 M을 마지막으로 만난 날이었습니다. 제인이 사라지고 20년이 흐른 후의 일입니다. M은 삼십대 들어 처음 생긴 애인입니다. 이십대 초반에 Y라는 복학생을 잠깐 사귄 적이 있었는데 만난 지 며칠도 안 돼 갑자기 연락이 두절되었습니다. 마지막 만났던 날 늦게까지 맥주를 마셨고 다음 만날 약속까지 정했는데 말입니다. 약속 장소에 나타나지 않는 그에게 아무리 호출을 해도 묵묵부답이었습니다. 내가 아는 것은 그의 학교와 학과뿐이었기에 과 사무실에 그의 주소와 연락처를 물었으나 알려줄 수 없다는 대답만 듣고 돌아왔습니다. 나는 여러 번 교문 앞에 서서 지나다니는 학생들 속에서 그를 찾으려고 했지만 그는 나타나지 않았습니다. 자신보다 좋은 학교에 다니는 내가 버거워서 그랬던 것 같습니다. 그 뒤로 남자 친구를 사귀지 않았습니다. 대부분의 남자들은 자신보다 잘난 여자를 싫어했습니다. 소위 일류 대학을 나와 국내 최고의 기업에 다니는 나는 그들에게 최악의 상대였을 겁니다. 삼십대 초반까지도 결혼을 해볼까 하는 생각을 하곤 했지만 그럴 때마다 내 부모의 불행한 결혼 생활을 떠올리고 마음을 접었습니다. 남자는 전구를 갈아 끼울 때, 병뚜껑을 열 때나 필요하다고 생각하며 살았는데 나이를 먹고 나니 빈 집을 채우기 위해서도 필요하긴 하더군요.

가끔 빈집의 적막을 견디기 힘들 때 남자를 만나곤 했습니다. 내가 알고 있는 남자들은 회사와 관련된 사람들이 전부입니다. 그 사람들은 동기들 중 가장 먼저 과장으로 승진한 나에게 쉽게 접근하지 못했습니다. 그래서 나는 내가 어떤 사람인지 전혀 모르는 사람들과 만나기 위해 인터넷 채팅을 이용합니다. 나는 한 남자를 두 번 이상 만나본 적이 없습니다. 내 의지가 아니라 그런 만남의 특성이 그렇습니다. 그렇게 만난 남자들은 대개가 형편없는 사람들이어서 내게 서슴없이 욕설이나 막말을 하기도 합니다. 그럴 때면 나는 그들에게 지폐 몇 장 던져주고 모텔을 먼저 나섭니다. 낮이라면 나와 만날 수도 없을 정도로 시시한 종자들이 그렇게 행동하는 것을 보면 우스웠습니다.

M의 행색도 그렇고 그런 남자들과 다르지 않았습니다. 낡은 체크 남방에 청바지를 입고 바닥의 네 귀퉁이가 닳은 배낭을 멘 그는 10년째 사법고시 공부를 하고 있다고 했습니다. 내가 M을 사귀게 된 건 그가 다시 연락을 해온 첫 남자였기 때문도, 내게 예쁘다고 말해준 첫 남자였기 때문도 아닙니다. 나와 긴 밤을 함께 보내주었기 때문입니다. 그는 내게 고시원의 빈방으로 돌아가고 싶지 않다고 말했습니다. 그에게 내 외로움에 대해 말하지 않았지만 그는 나를 이미 이해하고 있는 것 같았습니다. 우리는 서로에 대해 잘 모르는 채로 한 달을 만났습니다. 내가 어떤 사람인지 알면 부담스러워 할까 걱정스러워 신상에 대해서 아무 말 하지 않았습니다. 나는 가난한 그에게 옷을 사주었고, 밥값을 냈고, 모텔비를 냈습니다. 우리가 마지막 만났던 날에 그는 시험이 얼마 남지 않아 당분간 시간을 낼 수 없다고 했습니다. 그에게 용돈을 쥐여주자 그는 고마워하며 이번에는 꼭 합격하겠다고 약속했습니다. M은 자주 전화하겠다고 하며 내 차를 타지 않고 지하철역을 향해 걸어갔습니다. 식당 주차장으로 가는 내 옆으로 금발 여자가 스쳐갔습니다. 여자는 내게 얼굴을 보여주지 않으려는 듯 의식적으로 앞만 보며 빠르게 걸었습니다. 나는 걸음걸이만 보고도 그녀가 제

인이라는 것을 알 수 있었습니다. 길에서 그녀를 우연히 만나게 될 줄은 몰랐습니다. 내가 그녀를 불러야 할지 말지 갈등하는 사이 그녀는 M과 같은 방향으로 사라졌습니다. 뒤늦게 심장이 뛰고 몸이 떨렸습니다. 얼른 자동차에 시동을 걸어 그녀가 간 길로 따라갔지만 이미 지하철로 들어갔는지 보이지 않았습니다.

다음 날 오후 지갑이 없어진 것을 알았습니다. 카드 회사에 분실신고를 했지만 누군가가 이미 네 장의 카드로 큰 액수의 현금 서비스를 받은 뒤였습니다. 지갑을 잃어버리지 않았다면 그러지 않았겠지만 속상한 마음에 M에게 전화를 걸었습니다. 그는 시험공부를 하느라 바빠서 그런지 전화를 받지 않았습니다. 시험이 끝날 때까지 그에게 전화하지 않았습니다. 시험 날짜가 지난 뒤 핸드폰은 해지되어 있었습니다. 아마 핸드폰 사용 대금을 내지 못해 그랬을 것입니다. 그에게서 다시 연락이 오기만을 기다렸지만 아무 소식이 없었습니다. 시험에서 떨어져 잠적했거나 2차 시험을 준비하는지도 모릅니다. 나는 그의 이름과 핸드폰 번호밖에 몰랐기에 그를 찾을 수 없었습니다. 우리 사이에는 아무 문제가 없었으니 그가 의도적으로 연락을 끊었다고 생각지는 않습니다. 마지막 만났던 날 저녁 우리에게 무슨 일이 있었던 건지 생각해봤습니다. 다른 날과 달랐던 건 단 한

가지였습니다. 제인을 닮은 여자를 본 것입니다. 가만 생각해보니 내가 스무 살에 처음 사귀었던 Y와 연락이 끊기기 전 그를 마지막으로 만났을 때도 제인과 닮은 여자를 보았던 것 같습니다. 아니, 제인을 보았습니다. Y와 함께 맥주를 마실 때 우리의 뒤편에 금발 여자가 앉아 있던 기억이 납니다. 그제야 모든 게 명확하게 보였습니다. 친구나 애인과 연락이 끊기고 그들이 내 앞에서 자취를 감추기 전, 우리 주위에는 금발 머리 여자가 나타났다는 것을 왜 뒤늦게 알아챘는지 모르겠습니다. 나는 그날 내가 본 사람이 제인이라고 확신했습니다. 제인은 내가 알지 못하는 동안에도 내 주변 어딘가에서 나를 봐온 것이 틀림없습니다. 나는 그 사실을 까맣게 몰랐을 뿐 아니라 상상조차 못 했습니다. 나는 그녀가 아주 먼 곳 어딘가에서 죽은 듯 살아가고 있을 거라고 생각했기 때문입니다. 상식적인 인간이라면 그래야 했습니다. 아니면 돌아와 용서를 빌었어야 했겠지만, 그녀는 그럴 사람이 아닙니다.

나는 제인을 찾기로 마음먹었습니다. 그러나 어떻게 찾아야 할지 막막했습니다. 나는 제인에 관한 서류 같은 것들을 찾기 위해 돌아가신 엄마의 짐을 뒤지다가 마그네틱 선이 잘린 헌 통장 몇 개를 발견했습니다. 제인이 사라졌을 때부터 5년 후 엄마가 세상을 떠난 그 달까지 제인에게 매달 정기적으로 송금한 기록이 있었습니다. 이상한 일이었습니다. 엄마는 제인을 찾지 못했다고 하며 그리워했는데 무슨 일인지 알 수 없었습니다. 나는 더욱 제인을 찾아야 한다는 생각이 들었습니다.

여자의 노래는 30분가량 계속되었습니다. 마지막 노래를 끝낸 그녀는 바텐더들과 눈인사를 주고받더니 바의 뒤편에서 옷을 갈아입고 밖으로 나갔습니다. 나는 들키지 않도록 조심스럽게 그녀의 뒤를 따라 나갔습니다. 그녀는 한눈에 나를 알아볼 게 분명했습니다. 그동안 내 주위를 맴돌았을 테니 말입니다. 그녀는 어두운 밤길을 서둘러 걸었습니다. 그녀는 내 기척을 느꼈는지 뒤를 돌아보더니 내가 남자가 아닌 것을 확인하고는 다시 가던 길을 바쁘게 갔습니다. 나는 그녀에게 어떻게 알은체를 해야 할지 고민하며 무작정 따라갔습니다. 아무 준비 없이 마주친다면 그녀에게 화를 내버릴 것만 같았습니다.

생각해보면 내 인생의 불행은 그녀에게서 시작되었습니다. 나는 그녀 때문에 너무 많은 것을 잃었습니다. 그녀가 원했던 것은 내게 깊이 모를 외로움을 안겨주는 것이 아니었을까 싶습니다. 내가 소중하게 생각하는 사람들 모두 내 앞에서 자취를 감추게 된 것은 우연이 아닐 것입니다.

나는 제인이 무서웠습니다. 우리가 열 살이 되기 전 겨울, 제인의 엄마가 가게 뒷방에서 죽은 채로 발견되었습니다. 그녀를 가장 먼저 본 건 나였습니다. 우리는 늦은 시간까지 운동장에서 줄넘기를 한 뒤 저녁을 먹으러 제인의 집으로 갔습니다. 제인은 손을 씻겠다며 나를 먼저 방으로 들여보냈습니다. 방에는 제인의 엄마가 거품과 음식물을 토한 채로 쓰러져 있었고 배설물 냄새가 진동했습니다. 방에 피워놓은 연탄난로의 연통 연결 부위가 빠져 유독가스가 새어 나왔던 것이었습니다. 놀란 나는 소리를 지르며 오줌을 지렸고 그 뒤의 일들을 기억하지 못합니다. 정신을 차리고 보니 제인과 나는 우리 집에 누워 있었습니다. 나중에 생각한 일이지만 제인은 마치 방 안에 무슨 일이 있는지 이미 알고 있는 사람처럼 담담했습니다. 나는 미동도 없이 제 엄마를 뚫어지게 바라보던 그녀의 유리알 같은 눈을 똑똑히 기억합니다. 엄마도 죽일 거야. 그녀의 목소리가 생생하게 내 귀에 맴돌았습니다. 그녀가 엄마의 사고와 연관이 있는 건지 묻고 싶었지만 그녀가 고개를 끄덕일까 두려워 직접 묻지는 못했습니다.

제인은 홀로 남았습니다. 제인은 그동안 엄마가 자신을 한국에 잡고 있었는데 그제야 아빠가 있는 미국으로 가게 될 것이라며 들떠 있었습니다. 그러나 매년 크리스마스에

선물을 보내준다고 그녀가 입이 닳도록 자랑하곤 했던 제임스라는 이름의 미국 아빠가 실제로 존재하는지 알 수 없었습니다. 아빠에 관한 것은 빛바랜 초상화 한 장이 전부였습니다. 제인의 엄마는 고아나 다름없었기에 제인은 고아원으로 갈 수밖에 없었습니다. 내 부모는 그녀의 고달파질 앞날을 걱정하며 고민하던 끝에 그녀의 부모가 되기로 했습니다. 엄마는 아기 제인이 어찌나 인형같이 예쁜지 주머니에 넣어 훔쳐 오고 싶었다고 우스갯소리를 여러 번 한 적도 있습니다. 엄마의 바람처럼 제인은 엄마의 딸이 되었습니다. 비록 성인이 되기 전까지 맡아주는 위탁 부모였지만 말입니다. 나는 제인과 함께 사는 것이 두려웠습니다. 우리 식구들 모두 언제고 그녀의 엄마처럼 죽어나갈지 모른다는 생각이 들었습니다.

내게 죽음만큼 두려운 일이 벌어지고 말았습니다. 내 부모가 나보다 제인을 사랑하게 된 것입니다. 남의 자식이기 때문에 더 신경을 써야 한다고 말하며 내게 이해를 구했지만 나는 그들이 진심으로 제인을 더 사랑하고 있다는 것을 알 수 있었습니다. 나도 내 부모보다 제인을 더 사랑했기에 그들의 진심이 무언지 잘 알고 있었습니다. 제인은 내 부모의 즐거움이었습니다. 엄마는 제인에게 레이스가 치렁치렁 달린 원피스며 드레스 같은 것들을 사다 입혔습니다. 나에게 관심도 없던 아빠는 제인을 모델 삼아 사진을 찍곤 했습니다. 제인은 동화 속에서 막 걸어 나온 공주 같았습니다. 그런 옷들은 안경 돼지라고 놀림받던 나에게 어울리는 것들이 아니었습니다. 제인은 엄마가 사준 옷들 모두 취향에 맞지 않고 아빠의 사진은 아주 엉망이라 짜증난다고 했습니다. 나도 그 말에 공감했습니다. 치렁치렁한 레이스는 그녀가 입기에 너무 유치했고 사진은 그녀의 아름다움을 반도 담아내지 못했습니다. 나는 제인에게 부모를 빼앗겼고, 부모에게 제인을 빼앗겼습니다. 나는 가족 밖으로 튕겨 나가 그들을 바라보곤 했습니다. 내 자리는 어디 있는 건지 알 수 없었습니다.

그녀는 대로를 따라 걷다가 인적이 드문 이면도로로 접어들었습니다. 핸드폰 시계를 계속 들여다보며 걸음을 재촉했습니다. 그녀는 오르막을 한참 올라가 비탈길에 서 있는 허름한 원룸으로 들어갔습니다. 그녀가 들어가고 곧 1층의 불이 켜졌습니다. 유리창은 간유리로 되어 있어 안이 보이지 않았습니다. 안에서는 한동안 여자와 남자의 말소리가 조용하게 들렸습니다. 나는 건물의 뒤편으로 돌아갔습니다. 부엌의 작은 창문으로 안이 들여다보였습니다. 키가 작고 까무잡잡한 남자가 침대 위에 앉아 있었습니다. 그녀는 화장대 앞에 앉았습니다. 남자는 그녀의 목에 키스를 했습니다. 남사의 시기먼 몸은 그녀의 몸을 더 하얗게 부각시켰습니다.

나는 내 입속에 한가득 들어오던 그녀의 하얗고 부드러운 살을 기억합니다. 그녀는 나를 유혹했습니다. 내게 그랬던 것처럼 다른 사람들도 유혹했을 겁니다. 내가 그랬듯 누구도 그녀를 거부할 수 없었을 겁니다. 우리는 같은 중학교에 다녔습니다. 다행히 공부 잘하는 나를 아무도 따돌리지 않았고 안경 돼지라고 부르지도 않았습니다. 나에게는 다른 친구들도 생겼습니다. 제인은 새치름하게 입을 다문 채 다른 아이들과는 말을 하지 않았고 내가 다른 아이들과 어울려 다니는 것이 못마땅한 듯 늘 얼굴을 찌푸리고 다녔습니다. 그녀는 어렸을 때처럼 잘 웃지 않았고 얼굴에는 그늘이 드리워졌습니다. 왜 그런지 알 수 없었지만 묻지 않았습니다. 어차피 그녀는 태생부터가 복잡한 인간이기 때문이었습니다. 그녀는 어느 날 내게 자신을 죽여달라고 했습니다. 어이가 없어 나는 아무 대꾸도 하지 않았습니다. 그녀는 미치광이처럼 날뛰었지만 나는 반응을 보이지 않았습니다. 그녀는 자신의 팔에 면도칼로 상처를 냈습니다. 한 번에 피가 나지 않자 여러 번 그어댔습니다. 그녀의 하얀 팔뚝에 피가 흘러내렸습니다. 나는 제인 엄마의 사체를 발견했을 때보다 더 놀랐습니다. 그녀는 피가 뚝뚝 떨어지는 팔을 나를 향해 내밀더니 상처를 혀로 핥았습니다. 나도 쭈뼛거리며 그녀를 따라 팔을 핥았습니다. 혀에 감기는 피부의 부드러운 감촉은 나를 매혹시켰습니다. 내 혀는 의지와 관계없이 그녀의 몸을 떠나지 못했습니다. 푸른 몽고반점이 있는 어깨를 지나 쇄골과 목을 핥았습니다. 그녀의 몸이 미세하게 떨리는 순간 나는 얼른 입을 뗐습니다. 그녀와 눈이 마주치자 나는 심한 부끄러움을 느꼈습니다. 내가 무슨 일을 한 건지 알 수가 없었습니다. 아무에게도 말 안 할게. 네 친구들한테도 말이야. 얼굴이 상기된 그녀가 거짓말처럼 웃으며 말했습니다. 그러나 어찌 된 일인지 친한 친구들이 벌레를 보듯 나를 피했습니다. 제인이 무슨 짓을 했다는 것을 짐작했지만 따질 수 없었습니다. 나는 친구들이 등을 돌린 것보다 혀에 와 닿던 피부의 촉감을 잊을 수 없다는 사실이 더 괴로웠습니다. 그런 내 맘을 알았는지 제인은 이불 속에서 자신의 팔을 내게 내밀곤 했습니다. 나는 그녀의 손목과 팔을, 목과 등을, 다리를 핥았습니다. 내 혀가 닿으면 그녀는 간지러운 듯 숨죽여 웃었습니다. 우리의 그런 행동은 엄마에게 곧 발각되고 말았습니다. 나는 불면증에 시달리는 엄마가 수면제를 먹고 잠이 드는 것을 알고 있었습니다. 우리는 엄마가 깊이 잠들고 아빠가 돌아오기 전의 시간을 틈타 장난을 치곤 했습니다. 우리는 부주의하게 킥킥

거리며 소리를 질러대다가 엄마의 선잠을 깨웠습니다. 우리는 각자의 감각에 몰입해 이불이 젖혀질 때까지도 엄마가 가까이 다가온 것을 알아채지 못하고 있었습니다. 너무 놀란 엄마는 방을 함께 쓰던 우리를 갈라놓았습니다. 방이 단 두 개였던지라 나는 거실에서 생활하게 되었습니다. 나는 친구 하나 없는 안경 돼지로 돌아갔고, 가족 밖으로 내쳐진 외톨이가 되었습니다. 내가 가진 건 제인뿐이었으나 제인은 내게 쌀쌀맞게 굴었습니다. 나는 기숙사 생활을 하는 고등학교로 진학을 하면서 집을 나왔습니다. 내 부모는 내가 집을 떠나는 데 적극 찬성이었습니다. 겉으로는 내가 좋은 학교에 진학해 기뻐하는 것 같았지만 사실 엄마는 제인과 나를 완전히 떼어놓을 수 있게 돼 그런 것 같았고, 아빠는 거실을 다시 여유롭게 쓸 수 있어서 그런 듯했습니다. 나는 그 뒤로 제인의 부드러운 몸을 가질 수 없었습니다.

그녀는 남자를 뿌리치며 피곤하니 건드리지 말라고 소리 질렀습니다. 그러자 남자는 그녀의 양쪽 뺨을 사정없이 때리기 시작했습니다. 그의 손바닥이 움직일 때마다 그녀의 얼굴은 힘없이 이리저리 흔들렸습니다. 나는 그 모습을 차마 끝까지 볼 수 없어 건물의 앞으로 돌아 나와 한참을 서 있었습니다. 안에서 무언가가 와장창 깨지는 소리가 연거푸 들리다가 현관이 열렸습니다. 그녀는 만신창이가 되어 신발도 신지 않은 채 왼쪽 다리를 절뚝이며 밖으로 뛰쳐나왔습니다. 붉게 부어오른 그녀의 코와 눈에서 피가 흘러내리고 있었습니다. 그녀는 내리막길로 힘겹게 내달렸습니다. 곧 남자가 골프채를 들고 어슬렁어슬렁 걸어 나오며 돈 좀 번다고 위세 떨지 말라고 소리쳤습니다. 내가 노려보자 남자는 구경났냐며 눈을 부라렸습니다. 나는 그를 외면하고 그녀가 내려간 내리막을 따라 걸어갔습니다. 그녀는 골목 초입 어두운 구석에 쪼그리고 앉아 벌벌 떨고 있었지만 울지는 않았습니다. 나는 그녀에게 괜찮냐고 물었습니다. 그녀가 나를 알아봐도 상관없다고 생각했습니다. 충분히 불행해 보였기 때문입니다. 그녀는 고개를 들어 나를 바라보았습니다. 너무 어두워서인지 그녀는 나를 알아보지 못하는 것 같았습니다. 그녀를 일으켜 세우자 힘없이 바닥에 주저앉았습니다. 멍이 빨갛게 든 다리는 금세 부어 있었습니다. 갈 데가 있느냐고 묻자 그녀는 고개를 흔들었습니다.

나는 그녀를 데리고 가까운 모텔로 들어갔습니다. 모텔에 여자와 함께 간 것은 처음 있는 일입니다. 어쨌건 나도 밤을 혼자 보내지 않아도 돼 다행이었습니다. 함께 있는 사람이 비록 제인이라 할지라도요. 그녀는 내게 초면에 미안하다고 했습니다. 정말 나를 못 알아보는 거냐고 묻자 그녀는 나를 자세히 보더니 모르겠다며 미안해했습니다. 그녀는 내가 자신의 관객 중 하나라고 생각하는 것 같았기에 내가 누구인지 밝히지 않고 그녀와 밤을 보내려고 했습니다. 나는 여전히 아름답지만 불행해 보이는 그녀의 모습에 미묘한 기쁨을 느꼈습니다. 나는 그 기쁨을 천천히 만끽하고 다음 날 아침 내가 누구인지 밝힐 생각이었습니다. 그녀의 숱 많은 금빛 머리카락은 엉망으로 뒤엉켜 있었습니다. 그녀는 화장대 앞에 앉아 머리카락 속으로 다섯 손가락을 쑥 집어넣어 머리 뒤로 당겼습니다. 탐스러운 머리카락이 머리에서 툭 떨어져 나왔습니다. 나는 깜짝 놀라 눈을 동그랗게 뜨고 그녀를 바라보았습니다. 그녀는 머쓱한 표정을 지으며 가발을 쓴 머리 속이 간지러워서 어쩔 수 없다고 말했습니다. 금빛 머리카락 속에 들어 있던 검고 짧은 머리카락이 볼품없는 모습을 드러냈습니다. 그녀는 눈을 치켜뜨더니 렌즈를 빼내고 새빨개진 눈을 깜빡거렸습니다. 그녀의 검지 끝에는 푸른색의 컬러 렌즈가 얹혀 있었습니다. 형광등 밑에서 본 그녀의 얼굴은 그다지 하얗지 않았고, 손도 얼굴과는 많이 차이가 나는 살굿빛이었습니다. 그녀는 얼굴과 목에 하얗고 두꺼운 화장을 한 다른 여자들과 전혀 다르지 않았습니다. 그 여자는 이목구비가 조금 이국적으로 생긴 이십대의 여자일 뿐 제인이 아니었습니다. 나는 한눈에 제인을 알아볼 수 있을 거라고 생각했지만 그건 내 생각일 뿐이었습니다. 제인이 본명이냐고 묻자 그녀는 클럽에서 쓰는 가명이라고 대답했습니다.

윤 실장은 여느 때처럼 자신의 실수를 인정하지 않고 어려운 임무를 준 나를 탓했습니다. 어느 동네에 살았던 몇 년생 혼혈아라는 단서만으로 사람을 찾는 것이 애초에 불가능한 일이었다는 것입니다. 그는 주민등록번호가 아니더라도 그녀에 대해 알 수 있는 것을 찾아달라고 했습니다. 나는 그녀의 오래된 사진이라도 찾기 위해 작은 방에 쌓아 놓은 엄마의 짐 꾸러미를 뒤졌습니다. 아빠와 제인의 물건은 아주 오래전에 모두 버렸지만 엄마의 짐에 섞여 들어간 것 한두 개쯤은 있을 것 같았습니다.

사고 후 엄마는 아빠와 제인의 물건을 하나 버리지 않고 그들이 살던 때처럼 그대로 두었습니다. 아무 의욕이 없어 그냥 두는 거라고 했지만 나는 엄마가 그들을 기억하기 위해 그런다는 생각이 들었습니다. 집에 홀로 남은 엄마는 내가 집으로 돌아오기를 바랐지만 나는 그들의 자리가 그대로 있는 집으로 돌아가고 싶지 않았습니다. 게다가 나는 이미 혼자 사는 데 익숙해져 있었습니다. 나는 그 집의 현관문조차 보기 싫었습니다.

처음부터 나는 그 집이 마음에 들지 않았습니다. 기숙사에서 지내는 동안 내 부모는 제인과 내게 방을 하나씩 줄 수 있는 넓은 집으로 이사를 했습니다. 나는 그 집에 일주일 이상 머물러본 적이 없습니다. 토요일 밤에 집에 갔다가 일요일 오후에 기숙사로 돌아가곤 했습니다. 방학 때도 보충수업이 없는 일주일간만 집에 머물렀습니다. 방이 세 개인 그 집에 분명히 내 침대와 장롱과 책상이 놓인 나만의 방이 있었지만 내가 있을 곳이 아니라는 생각이 들었습니다. 나는 집에 도무지 정이 붙지 않았습니다. 내 부모는 내게 제인이 딸 노릇을 톡톡히 하고 있으니 넌 걱정 말고 공부만 열심히 하라고 했습니다. 그 세 명은 나 따위가 비집고 들어갈 수 없는 단단한 결속력을 가진 가족처럼 보였습니다. 그러나 제인은 혼자 지내는 게 싫다며 내게 제발 집으로 돌아오라고 사정했습니다. 그녀가 내게 무언가를 부탁하는 것은 처음이었던지라 기분이 좋았습니다. 그녀는 일반 고등학교에 다녔는데 처음으로 혼자 하는 학교생활이 쉽지만은 않은지 언제나 풀이 죽어 있었습니다. 내가 있어야 자신이 더 빛날 수 있다는 것을 알고 있었던 것일 겁니다. 고등학교 3학년이 된 후로 입시를 핑계로 주말과 방학에도 집에 거의 들르지 않았습니다. 어느 날 제인은 나와 이야기하고 싶다며 학교로 찾아왔습니다만, 며칠 후 볼 모의고사 준비를 해야 한다며 그녀를 돌려보냈습니다. 사실 이야기할 시간이 없을 정도로 바빴던 것은 아니었지만 고민이래 봤자 학교생활이나 진학 문제일 것이 뻔했고 그녀의 이야기를 들어주고 싶지 않았기에 모른 체한 것입니다. 그녀가 학교에 찾아온 뒤 나는 또 여러모로 불편해졌습니다. 남학생이고 여학생이고 할 것 없이 남다르게 생긴 그녀에 대해 호기심을 드러내며 물어오기 시작했거든요. 나는 그녀가 내 자매라고 했습니다. 아이들은 안경 돼지인 나에게 무슨 사연이 있는지 궁금해하는 눈치였습니다.

나는 제인을 그냥 보낸 것이 신경 쓰여 주말 밤에 연락도 없이 집으로 돌아갔습니다. 온 집안에 불이 꺼져 있었습니다. 수면제를 먹고 가까스로 잠들었을 엄마를 깨우지 않기 위해 소리를 내지 않고 집 안으로 들어섰습니다. 제인의 방에서 아주 작게 흐느끼는 소리가 새어 나오고 있었습니다. 제인의 방문을 열었습니다. 나는 두 번 다시 떠올리고 싶지 않은 장면을 목격하고야 말았습니다. 침대 위에 한 덩어리가 되어 있던 아빠와 제인의 붉게 상기된 나체를 잊을 수가 없습니다. 아빠는 내가 문을 연 줄도 모른 채 자신의 행위에 몰입해 있었지만 제인은 고개를 방문 쪽으로 돌려 눈물에 젖은 축축한 눈으로 나를 바라보았습니다. 사실 그녀가 울었는지 웃었는지 어떤 표정을 지었는지 기억할 수 없습니다. 나는 형용할 수 없는 감정에 휩싸여 그길로 집을 뛰쳐나가 밤거리를 배회했습니다. 혹시 내가 잘못 본 것이 아니었나, 그 남자가 다른 사람 아니었나 의심도 했고 차라리 잊으려 하기도 했지만, 이미 본 것을 돌이킬 수 없는 일이었습니다. 교통사고가 난 건 그날 새벽입니다. 나를 뒤따라 나왔을 그들이 어떻게 사고에 이르게 되었는지 알 수 없었습니다. 나는 제인을 찾아 변명이라도 듣고 사과를 받고 싶었습니다만 엄마가 혹시나 둘 사이에 무슨 일이 있었는지 알게 될까 두려워 굳이 찾으려 하지 않았습니다. 그녀가 나타나 봤자 좋을 것이 없을 것 같았으니까요. 나는 제인이 자신의 엄마를 죽였듯 내 아빠를 죽였다고 생각했습니다. 어떻게 사고로 위장했는지는 그녀만이 알 테죠. 나는 가끔 그녀가 나를 찾아와 용서를 비는 상상을 하곤 했습니다. 그런 상상을 할 때마다 내가 그녀의 얼굴을 본 순간 너무 쉽게 용서해버릴 것 같아 걱정스러웠습니다.

엄마는 아빠가 돌아가시고 5년이 지나 내가 취직한 해 세상을 떠났습니다. 내가 취직을 했을 때 엄마는 축하 대신 제인은 어디서 무얼 하며 지내는지 밥은 먹고 지내는지 모르겠다며 한숨을 쉬었습니다. 내가 대학에 들어갔을 때도 마찬가지였습니다. 엄마는 없는 사람들에게 사로잡혀, 살아 있는 나는 안중에도 없었습니다. 아무것도 모르는 주제에 제인과 아빠의 추억을 미화하는 엄마가 답답했습니다. 나는 엄마에게 사고가 났던 날 밤에 보았던 것을 말해주었습니다. 화가 나서였기도 했지만 그들을 잊고 과거를 그만 곱씹으라는 의미였습니다. 끝까지 묻어두려 결심했는데 참지 못한 것이 실수였습니다. 말을 뱉은 순간 후회를 했지만 엄마의 반응은 무서울 정도로 덤덤했습니다. 엄마가 무슨 사고라도 낼까 겁이 나 내 집으로 가지 않고 엄마 옆에서 지냈습니다. 엄마는 그 일에 대해 다시 언급하지 않았고 아무것도 듣지 못한 듯 행동했습니다. 나는 안심하고 집으로 돌아갔습니다. 그리고 그다음 주말에 엄마의 사체를 발견했습니다. 가스를 틀어놓은 채 수면제를 먹고 잠이 들었던 것입니다. 엄마는 제인의 엄마처럼 창백한 얼굴로 숨져 있었습니다. 엄마는 내게 유서 한 장 남기지 않았습니다. 아빠나 제인보다 내가 더 나쁜 사람인 것 같은 기분이 들었습니다.

엄마가 돌아가신 뒤 집을 처분할 때 제인과 아빠가 쓰던 물건을 재활용 센터와 고물상에 모두 내주었습니다. 그러나 엄마의 짐은 하나도 버리지 못하고 모두 내 집으로 짊어지고 와 빈방에 쌓아두었습니다. 14년 동안 일곱 번 이사를 하면서 그 짐을 고스란히 들고 다녔지만 직장 때문에 시간이 없어 정리하기는커녕 무엇이 있는지 들여다보시도 못했습니다. 나는 엄마의 짐 속에서 아빠가 찍은 사진들을 찾으려 했으나 찾을 수 없었습니다. 나를 찍은 사진은 몇 장 되지 않더라도 제인을 찍은 사진은 아주 많을 텐데 하나도 보이지 않았습니다. 예전에 버린 짐에 사진은 없었던 게 분명한데 이상했습니다. 아빠는 내가 모델이 되기에 못생기고 뚱뚱하지만 딸이라 찍어주는 거라고 했습니다. 아빠가 나를 찍는 데는 얼마 걸리지 않았습니다. 어린 나도 느낄 정도로 건성으로 셔터를 눌렀습니다. 아빠는 제인을 찍는 데 많은 시간을 들였고 제인을 데리고 이리저리 사진을 찍으러 다녔습니다. 그때 눈치를 챘어야 했지만 나도 어려서 모를 수밖에 없었습니다. 엄마가 경계해야 할 것은 나와 제인의 관계가 아니라 아빠와 제인의 관계였습니다.

나는 한참을 뒤져 노란 서류 봉투 여러 개를 발견했습니다. 거기에는 인화된 필름이 가득 담겨 있었습니다. 윤 실장에게 줄 열아홉 살 제인의 사진을 찾기 위해 서류 봉투 하나에서 필름을 꺼내 밝은 곳에 비추어봤습니다. 여자아이의 사진인 것 같은데 누구인지 분간할 수가 없었습니다. 스탠드 불빛에 가까이 가져가 들여다보았습니다. 필름에는 열세 살 무렵의 발가벗은 제인만 찍혀 있었습니다. 다른 필름을 꺼내보았습니다. 그 필름도 역시 연령별로 다른 제인의 사진이었습니다. 아마 우리와 함께 살게 되었을 무렵부터 시작된 사진인 것 같습니다. 옷 하나 걸치지 않은 어린 제인은 자신이 무슨 일을 당하고 있는지도 모른 채 해맑게 웃고 있었습니다. 제인이 커갈수록 표정은 굳어가고 몸은 움츠러들었습니다. 사진 속에는 제인의 몸 구석구석이 적나라하게 찍혀 있었습니다. 필름 한 롤에서는 둘의 성행위를 찍은 사진도 나왔습니다. 다른 필름에는 내가 모르는 초등학생 정도의 어린애들도 여러 장 찍혀 있었습니다. 부모가 세상을 떠났을 때도 울지 않았던 나는 그 사진을 보면서 통곡했습니다. 한집에 살면서 무슨 일이 있는지 모르고 있었다는 것이 너무 죄스러웠습니다. 그간 가졌던 의문과 미움이 모두 사라졌습니다. 나는 아빠가 죽고 20년이 지난 후에야 그가 어떤 인간인지 알게 되었습니다. 만일 필름이 없었다면 죽을 때까지 모른 채 제인만 탓하고 있었겠지요. 인화된 사진이 없는 것을 보면 엄마가 모두 버린 것이 분명합니다. 엄마는 아빠의 죄를 이미 알고 있었고 그것을 나에게까지 알게 하고 싶지 않았을 테니까요. 어쩌면 엄마는 사진을 모두 버린 것처럼 제인을 버린 것이었을지 모르겠습니다. 내게 아무 말 하지 못하도록 입을 막을 요량으로 말입니다. 나는 제인에게 죄스러워져 필름을 모두 불태워버렸습니다. 할 수만 있다면 필름과 함께 가족과 제인에 대한 추억들 모두 잊고 싶었습니다.

얼마 후 윤 실장에게서 전화가 왔습니다. 이번에는 진짜 제인을 찾은 것 같다고 했습니다. 그녀는 내가 그동안 만나왔던 여자들처럼 변변치 않은 일을 하고 있었습니다. 그녀가 일하는 곳은 회사 근처에 있는 식당이었습니다. 식당이 멀었다면 아마도 그녀를 만나러 가지 않았을지도 모릅니다. 그녀에게 무슨 말을 해야 할지 감당이 되지 않았기에 만나는 것이 두려웠습니다. 그러나 한편으로는 그녀가 그동안 어떻게 살아왔는지, 어떤 모습으로 변했는지 알고 싶었습니다. 그리고 할 수 있다면 그녀에게 용서를 빌고 싶었습니다.

식당은 회사 건너편 큰길가에 있었습니다. 15년 가까이 지나다닌 길인데 워낙 작은 식당이라 눈여겨보지 않아 있는 줄도 몰랐습니다. 점심시간 내내 식당은 만원이라 들어갈 엄두가 나지 않았습니다. 키가 크고 마른 남자와 예쁘장한 젊은 여자가 정신없이 손님을 맞았습니다. 제인을 닮은 사람은 보이지 않았습니다. 나는 길가의 화단에 걸터앉아 한산해지기를 기다렸습니다. 점심시간이 끝나자 식당은 순식간에 텅 비었습니다. 나는 식당으로 들어가 간단한 식사를 주문했습니다. 젊은 여자가 금세 식사를 가져다주고 자신들이 먹을 밥상을 차리기 시작했습니다. 주방에서 한 여자가 땀을 뻘뻘 흘리며 손에 달걀 프라이를 담은 접시를 들고 나왔습니다. 여자는 테이블 사이를 걷기 힘들 정도로 엉덩이와 배가 불룩하게 나온 거구였습니다. 그녀는 내 테이블 위에 달걀 프라이를 놓아주며 커다란 목소리로 서비스라고 외쳤습니다. 그리고 셋은 둘러앉아 점심을 먹으며 떠들어댔습니다. 셋은 가족인 듯 다정해 보였습니다. 뚱뚱한 여자는 의자에 겨우 엉덩이를 걸치고 앉아 밥을 먹으면서도 입을 크게 벌리고 껄껄거리며 웃어댔습니다. 남편으로 보이는 남자와 딸로 보이는 젊은 여자도 쓸데없는 이야기들을 나누면서 무엇이 그리 즐거운지 입을 다물지 않았습니다. 뚱뚱한 여자는 계절에 맞지 않게 반팔을 입고도 땀이 많이 나는지 양쪽 소매를 어깨 위로 훌러덩 걷어붙였습니다. 여자의 오른쪽 어깨에는 아기 주먹만 한 몽고반점이 있었습니다. 나는 여자의 얼굴을 유심히 보았습니다. 40세가 훨씬 넘어 보이는 여자의 유난히 흰 얼굴은 핏기 없이 창백했습니다. 얼굴의 반은 갈색 주근깨로 얼룩덜룩하게 덮여 있었고 눈가에는 주름이 자글자글했습니다. 바랜 듯한 갈색 머리카락 때문에 여자는 더 초췌해 보였습니다. 그러나 살진 얼굴에 묻힌 쌍꺼풀 진 푸른 눈은 그녀를 생기 있어 보이게 했습니다. 나는 여자를 자꾸만 쳐다보았습니다.

그녀는 내가 자신을 쳐다보는 것이 이상한지 나를 향해 어색한 웃음을 지으며 밥이 맛있냐고 물었습니다. 내가 묻지도 않았는데 음식 재료라든가 조리법에 대한 이야기를 수다스럽게 늘어놓았습니다. 그녀는 단골인지 내 얼굴이 눈에 익다고 말했습니다. 나는 고개를 끄덕이며 그렇다고 했습니다. 그녀는 이곳에서 10년 정도 장사를 하다 보니 이 근처 회사원들이 눈에 익다고 했습니다. 밥을 다 먹고 계산을 하려고 하자 여자는 재빨리 카운터로 갔습니다. 그리고 금고에 들어 있는 여러 개의 통장을 뒤적거리다가 그중의 하나를 내게 건네며 말했습니다. 엄마는 잘 계시지? 연락이 끊겨 어떻게 하나 했다. 이거 엄마 드려. 고맙다고 전하고. 나는 화들짝 놀랐지만 모르는 체하며 말했습니다. 다른 사람하고 착각하셨나 봐요. 그녀는 내 말에도 아랑곳없이 말했습니다. 잘 사는 것 같아 다행이야. 나도 잘 살고 있으니까 다시 오지는 마라. 이걸로 내 빚은 청산한 거야. 그녀는 홀가분하다는 듯 웃으며 말했습니다. 무슨 말씀이신지 모르겠네요. 나는 통장을 그냥 놓고 가게를 나왔습니다. 앞으로 다시는 가지 않을 것입니다. 그녀에게 실망해서도, 그 평온해 보이는 일상에 질투가 나서도, 제대로 인사조차 못한 내가 바보스럽게 느껴져서 그런 건 아닙니다. 단지 그 여자가 제인이 아니기 때문입니다.

제인은 얼마나 먼 곳에 있는 걸까요? 장담하건대 그 여자는 정말 제인이 아닙니다. 누구에게나 몽고반점은 있는 거고요, 누구나 푸른 눈을 가질 수도 있는 거니까요. 또 누구에게나 돈을 보내주는 엄마 한 명쯤은 있으니까요. 그러니까 그 모든 게 제인이라는 증거가 될 수는 없는 거지요. 제인은 아마도 내가 찾을 수 없는 먼 곳에서 조용히 살아갈 것입니다. 그리고 가끔 내 주위에 나타나 자신을 찾고 있는 나를 바라볼 겁니다. 여전히 아름답고 불길한 기운을 품고서 날선 눈으로 나를 엿볼 테지요. 나는 그녀에게 속죄하기 위해 불행하게 살아갈 것입니다. 나이를 먹어도 혼자 있는 밤을 견디지 못하는 나약한 마음을 버리지 않을 것입니다. Y나 M 같은 남자를 쉽게 사랑할 것이고 쉽게 버림받을 것입니다. 그리하여 혼자 쓸쓸하게 늙어갈 것입니다. 그런다면 언젠가는 그녀가 내 앞에 모습을 드러낼지도 모르는 일이지요. 나는 그때 그녀와 나눌 이야기를 준비하려고 합니다.

빛나는 상처

산으로 가는 넓은 오르막길 끝의 공터에는 이층집이 있다. 얼핏 보면 검은 벽돌집처럼 보이지만, 시멘트 벽 위에 검은 타일을 붙인 적산 가옥이다. 1층 창문과 2층 창문 사이에는 흰 바탕에 붉은 글씨로 '어머니 손만두'라고 쓴 아크릴 간판이 붙어 있다. 나는 '어머니 손만두'의 작은 마당으로 들어섰다. 자갈과 잔디로 꾸며져 있는 마당의 3분의 1은 무성하게 자란 잡초로 덮여 있었다. 마당 한구석, 새똥이 덕지덕지 묻은 나무 벤치 옆에는 쓰레기가 들었을 법한 비닐봉지가 쌓여 있었다.

현관을 열자 실내에서 더운 기운과 음식 냄새가 훅 끼쳐 나왔다. 식당 안에는 손님도 주인도 없었고 불도 꺼져 있었다. 마당을 향해 나 있는 두 개의 유리창으로 오후 햇빛이 들었지만 깊숙한 곳까지 미치지 못해 실내는 어둑했다. 안쪽으로 들어가자 주방에서 바싹 마른 남자가 놀란 표정으로 나를 바라보았다. 남자는 목덜미를 덮는 덥수룩한 머리에 검은 뿔테 안경을 끼고 있었는데 겁에 질린 것처럼 창백한 얼굴이었다. 그는 나와 눈이 마주치자 급히 냄비 안으로 시선을 돌렸다. 나는 만둣국을 주문했고 남자는 만두가 다 떨어져 팔 수 없다고 했다. 나는 그가 끓이고 있는 것을 달라고 했다. 남자는 자기가 먹으려고 끓이는 칼국수라고 기어들어가는 소리로 우물거렸고, 나는 아무 거나 상관없다고 했다. 그는 오래되어 뻣뻣하게 말라 보이는 칼국수를 집어 냄비에 던져 넣었다. 나는 말라비틀어진 면발이 속까지 익지 않아 겨우 먹었다고 트집을 잡으며 돈을 내지 않을 요량이었다. 그러나 다른 건더기 하나 없이 국물뿐인 칼국수는 제법 맛있었다. 남자와 나는 땀을 뻘뻘 흘리며 칼국수를 먹었고 남자는 남은 국수가 담긴 냄비를 들고 나와 내 그릇에 마저 부어주었다. 남자는 자기가 먹을 것에 조금 보탰을 뿐이니 돈은 낼 필요가 없다고 했다. 굳이 큰 소리를 내지 않아도 돼 다행이었다.

새 건물의 깔끔한 가게가 아니라 허술한 이곳에 발을 들인 것은 무전취식하기 쉬워 보였기 때문이었다. 내 주머니에는 천 원짜리 두 장밖에 없었다. 두 달 만에 외출하는 내게 함께 사는 할아버지가 용돈으로 쓰라며 2만 원을 건넸다. 찬장에 있던 할머니의 쌈짓돈에서 이미 만 원 정도 챙겨두었으므로 만 원만 받고 나머지는 할머니의 주머니에 넣어주었다. 가지고 나온 돈은 금세 동이 났다. 나는 돈 욕심이 없는 사람이라 많은 돈을 원하지 않는데도 늘 돈이 부족했다. 하지만 누군가와 함께 살게 되면 그의 돈을 함께 쓰면 되고 그것도 어려우면 잠시 빌려달라고 하면 되니 큰 문제는 아니다. 상황이 되면 갚는 것이고 아니면 집을 나오면 되므로 걱정할 것도 없다. 어차피 그들은 나를 금세 잊게 될 것이다.

남자는 내게 차가운 보리차를 한 잔 주었다. 차가운 컵에 손을 대니 피로감이 몰려왔다. 2년 전에 잠시 살았던 집을 찾느라 온종일 길을 오르내렸기에 다리가 묵직했다. 나는 고등학교 1학년 때 처음 가출해 이 동네에서 같은 고등학교 애들 세 명과 함께 살았다. 아침 일찍부터 그때의 기억을 더듬어가며 동네를 몇 바퀴 돌았지만 결국 그 집을 찾아내지 못했다. 지금 지니고 다니는 지도책을 구입한 것은 그곳을 떠난 뒤였으므로 지도에 표시되어 있는 장소들 중 그 집은 없었다. 나는 옆 의자에 다리를 올리고 식탁에 엎드려 눈을 감았다. 뺨에 식탁의 차가운 기운이 기분 좋게 와 닿았고 선풍기 바람이 땀에 젖은 등을 천천히 말려주었다. 나는 눈을 반쯤 뜬 채 얕은 잠에 빠져들었다. 기둥만 남기고 내벽을 모두 터버린 식당은 내가 두 달 동안 묵었던 노부부 집의 거실만큼이나 넓고 어둑했다. 주방을 서성이는 남자의 발소리와 그릇이 부딪는 소리가 간간이 빈 식당에 울렸다. 나는 그 집을 찾지 못했고 그렇다고 딱히 머물 곳을 정하기 못했기에 그곳을 찾을 때까지 이곳에 잠시 살아야겠다고 생각했다. 그에게 주인이냐고 묻자 그는 그렇다고 했다.

여기서 일하고 싶은데요. 돈은 안 줘도 되고요, 먹여주고 재워만 주면 돼요.

남자는 머뭇거리며 대답했다.

할 일이 별로 없는데요. 그리고 난 학생을 처음 봤고…… 그래도 되는 건지도 모르겠고…… 미성년자 같고……

남자는 입을 거의 움직이지 않고 말해 목소리가 잘 들리지 않았다. 나는 웃으며 말했다.

나, 학생도 아니고 미성년자도 아니에요. 어쨌든 아저씨가 손해 볼 건 없잖아요.

그는 행주로 식탁들을 힘주어 닦으며 말했다.

저기…… 돈은 못 드려요. 그래도 괜찮으면 있어도 되지만, 난 아가씨가 왜 그러는지 모르겠네요.

거절당하면 요리를 꼭 배우고 싶어서 부탁하는 거라고 핑계를 댈 생각이었지만 나는 그가 거절하지 않을 거라고 예상했다. 경험을 돌이켜보자면 당신 집에 함께 살아도 되냐고 물었을 때 적극적으로 거절하는 사람은 이제껏 거의 없었기 때문이었다.

남자는 2층에서 혼자 살고 있었다. 2층으로 오르는 나무 계단은 좁고 가팔랐다. 기둥만 남기고 벽을 모두 없애 개조한 1층과는 달리 2층은 오래된 건물 그대로인 듯했다. 계단을 오르니 복도 겸 거실이 나타났다. 거실의 한쪽 벽에는 문 세 개가 나란히 나 있었다. 마당 쪽 큰 방은 남자의 방이고 가운데는 화장실, 나머지는 창고로 쓰는 작은 방이라고 했다. 남자는 거실을 써야 하는데 괜찮겠냐고 걱정스러운 듯 물으면서도 자신의 방을 내주려고 하지는 않았다. 복도 끝의 긴 창문으로 들온 햇빛이 맞은편 창문으로 빠져나가고 있었다. 나는 눈을 찌푸리며 말했다.

여긴 너무 밝고 더워요. 아저씨 방 같이 쓰면 안 돼요?

그는 허둥대며 시선을 돌렸다.

해는 금방 질 텐데요. 나는, 괜찮지만, 불편하지 않겠어요? 아가씨, 겁이 없네요. 내가, 만약에 말이에요, 나쁜 사람이면 어떡하려고 그래요?

나는 피식 웃으며 대꾸했다.

제가 더 나쁜 사람인지도 모르잖아요?

남자의 방은 마당 쪽으로 큰 창이 나 있었고, 네 명이 지내도 될 정도로 넓었다. 방에는 장롱과 컴퓨터 책상, 침대만 덩그러니 놓여 있었다. 내가 그날부터 이곳에서 지내겠다고 하자 남자는 군말 없이 작은방에서 작은 서랍장과 이불을 꺼내와 침대의 반대쪽 벽면에 자리를 만들어주었다. 열린 창문으로 시원한 바람이 불어왔다. 이곳에서 여름을 나는 것이 어렵지만은 않을 것 같았다. 남자는 다시 식당으로 내려갔다. 내가 돕겠다고 하자 오늘은 쉬는 날이므로 혼자 정리하면 된다고 했다.

나는 가방에서 지도책을 펴 이 동네가 들어 있는 페이지를 찾았다. 이 식당이 있는 자리를 찾아 표시하려고 했지만, 이곳이 어디쯤인지 전혀 알 수가 없었다. 나는 불을 끄고 눈을 감았다. 빈 공간 어딘가에서 누군가가 바라보는 기분이 들었다. 차가운 벽에 등을 붙이고 누웠는데도 안정을 찾을 수가 없었다. 밤이 깊어서야 남자는 방으로 들어왔다. 그는 내가 자는 줄 아는지 불도 켜지 않고 컴퓨터 앞에 앉았다. 키보드 두드리는 소리와 마우스를 누르는 소리는 새벽녘까지 그치지 않고 내 머리를 타닥타닥 두들겼다. 내 정신은 점점 맑아졌고 낯선 방에 누워 있는 내 몸이 내 것처럼 느껴지지 않았다. 이곳도 오래 머물 곳은 아닌 듯했지만 그래도 노부부의 집으로 돌아가는 것보다는 나을 것 같았다.

나는 변두리의 공원에서 알게 된 노부부의 집에서 두 달가량 살았는데, 그 집에서의 생활은 편안한 편이었다. 나는 아빠의 폭력을 피해 집을 나와 공원에서 지낸다고 하며 그들에게 접근했다. 생각보다 부유했던 그들은 나를 불쌍히 여겨 방을 하나 내주었다. 말동무가 되어주고 가끔 청소와 빨래를 해주니 그들은 나를 손녀처럼 예뻐했다. 그들은 무게가 없는 사람들처럼 소리 없이 느릿하게 움직였고 초저녁이면 집 안의 불을 모두 끄고 잠을 잤다. 오랜만에 나도 잠깐씩이나마 잠을 잘 수 있었다. 그곳에 조금 더 있어볼까 했지만 너무 오래 머문 것 같았고, 무엇보다 나이가 너무 많은 그들의 송장을 곧 내 손으로 치우게 될까 걱정스러웠다. 여기에서도 썩 편안하게 잠을 잘 수 있을 것 같지는 않았지만 어차피 그 집을 찾기 전까지만 살면 되니 견뎌보기로 했다. 잠을 제대로 못 자기는 어디서나 마찬가지였다. 열네 살에 잠을 잃었기 때문이다.

나는 중학교 1학년 여름방학식 날 실종되었다. 여느 날처럼 학교에 갔던 나는 집으로 돌아오지 못했다. 그리고 일주일이 지난 뒤 나갔던 날처럼 깨끗한 교복을 입고 돌아와 현관에 기댄 채 잠들어 있었다. 나는 이틀 후 잠에서 깨어 아무 일 없었던 사람처럼 학교에 가려고 교복을 입었다. 방학이 시작되었는지도 몰랐고 내가 실종되었다는 것 또한 믿을 수가 없었다. 부모님이 나를 찾기 위해 만들었던 전단과 경찰관의 방문으로 그 사실을 믿게 되었다. 그 일주일은 기억에서 완전히 지워져 있었다. 내 머릿속에서는 일주일 전과 오늘이 어제와 오늘처럼 자연스럽게 연결되어 있을 뿐, 내게 무슨 일이 있었던 건지 기억하려고 애를 써봐도 아무것도 떠오르지 않았다. 부모는 내 말을 믿지 않는 눈치였으나 더는 캐묻지 않았다. 나는 일주일 동안 내가 무엇을 했는지 알 수 없어 두려웠고, 자고 일어나면 시간이 훌쩍 지나가 있을 것 같아 불안했다. 부모에게 하소연했지만 그들은 내게 기억나지 않는 것을 굳이 떠올릴 필요는 없다며 다시 입에도 올리지 말고 그냥 잊어버린 채로 사는 것이 좋다고 했다. 부모는 내가 가출을 했다가 돌아와서 얼토당토않은 핑계를 대고 있을지도 모른다고 의심하는 것 같았다. 그들은 나를 감시하기 시작했다. 나는 학교와 학원 말고는 아무 데도 갈 수 없었고, 그곳을 오가는 것도 늘 엄마와 함께였다. 전화를 마음대로 쓸 수 없었으며 방문을 닫는 것은 금지되었다. 나는 그들의 감시 때문에 끔찍한 불면을 얻었고, 잠시라도 그들의 눈을 피해 편안하게 잘 수 있는 곳을 찾기 위해 필사적으로 집을 나오곤 했다. 여러 방을 전전하다가 부모의 손에 번번이 잡혀 들어가기를 반복한 지 1년 반 만에 부모는 나를 포기하고 더 이상 나를 힘들여 찾지 않겠다고 했다. 부모의 감시의 눈이 사라졌으니 안심할 법도 한데 이상하게도 나는 내내 불안했고 계속 잠을 이루지 못했다.

며칠이 지나도록 남자는 식당을 한 번도 열지 않았다. 다른 종업원은 없는 것 같았고 식재료도 배달되지 않았다. 나는 짐을 가지러 노부부의 집으로 돌아가지 않고 남자의 트레이닝복과 티셔츠를 입고 지냈다. 그는 내게 아무것도 묻지 않았고 이름조차도 묻지 않았기에 나도 그에게 식당을 열지 않는 이유 같은 것은 묻지 않았다. 그는 외출하지 않고 온종일 방에서 컴퓨터를 하다가 식사 때가 되면 식당으로 내려가 식사를 준비했다. 남자는 아무 일도 하지 않고 밖으로 나다니는 내게 꼬박꼬박 밥을 차려주었다. 우리는 시어터진 김치찌개나 김치볶음밥, 인스턴트식품을 먹었다. 밥을 먹는 동안 간혹 식당 문을 두드리는 사람들이 있었지만 남자는 대답하지 않았다. 남자는 저녁 식사가 끝나면 빈 그릇을 비닐에 싸서 마당의 벤치 옆에 쌓아두고 식당을 청소했다. 쌓인 그릇에서 풍기는 악취는 신경 쓰지 않고 손댈 곳 없이 깨끗해 보이는 식당만 계속 걸레질했다. 내가 청소를 도우려 하면 마치 대단한 일이나 되는 것처럼 비장한 얼굴로 말했다.

이건, 내가 해야 하는 일이에요.

남자는 무언가에 쫓기는 듯 허둥대며 식당 구석구석을 닦았다. 남자는 밤낮없이 컴퓨터와 청소를 반복했다. 그도 나처럼 잠을 못 자는 것 같았다. 밤이 되면 한 번도 끄지 않은 컴퓨터의 열기 때문에 방은 후텁지근했다. 나는 컴퓨터 앞에 앉아 있는 그에게 컴퓨터를 끄면 안 되겠냐고 물었다. 그는 나를 향해 선풍기를 고정시켜주며 말했다.

외계인, 혹시, 믿어요?

나는 대답하지 않고 그를 쳐다봤다. 그는 내 눈치를 살피며 말했다.

저기……, 외계 생명체를 확인하는 프로그램이 있어요. 그걸 계속 켜놔야 해서 끄면 안 돼요.

그는 나에게 컴퓨터 모니터를 보여줬다. 화면에는 붉고 푸른 그래프가 파도처럼 쉴 새 없이 오르내렸다.

그런 것도 있어요? 화면이 예쁘네요.

우주에 떠도는 전파를 받아서 분석한 데이터를 연구소에 보내는 프로그램이에요. 거기에 외계 생명체가 보낸 신호가 섞여 있을 수도 있거든요. 안 믿으실지 모르겠지만요. 만약에 내 컴퓨터가 그 신호를 잡아내면 거기에 내 이름을 붙여줘요. 굉장하지요?

늘 주눅이 든 사람처럼 웅얼거리던 남자의 목소리에 힘이 들어갔다. 나는 물었다.

신호를 찾은 적 있어요?

아니요. 하지만요, 기다리다 보면 언젠가는 잡힐 거예요.

남자는 금세 풀이 죽어 모니터를 응시했다. 그는 밤새 컴퓨터 앞에서 떠나지 않았다. 나는 마우스와 키보드 소리가 거슬려 잠을 잘 수가 없었다.

식당 문을 열지 않는 동안 나는 아이들과 살던 집을 찾으러 다녔다. 도심의 이면 도로에서 시작한 좁고 굽은 오르막길을 오르면 지붕이 나지막한 집들이 즐비한 슬럼가가 나타났던 것을 기억한다. 동네의 집들은 대부분 페인트가 벗겨진 시멘트 벽에 기와를 덮은 집들이라 이 집과 저 집이 구분이 가지 않는 탓에 나는 자주 길을 잃곤 했다. 그 집에는 대문이 없었고 현관이 바로 골목으로 나 있었다. 골목을 사이에 두고 집의 맞은편에 높은 벽이 서 있었다. 해가 지기 전까지 벽 그림자가 오래 품고 있어, 좁은 창문 하나뿐인 그 집은 온종일 어둑했다. 그때부터 나와 아이들은 학교에 가지 않았는데, 나를 제외한 아이들은 낮 동안 패스트푸드점이나 편의점에서 아르바이트를 했고 밤에 가끔 낯선 남자들을 만났다. 나는 큰길과 골목 구석구석을 어슬렁거리며 길 어귀의 자판기 동전 반환구를 뒤적여 동전을 모았다. 계속 걷다 보면 막다른 골목에 갇히기도 했고 나도 모르게 너무 먼 동네까지 갔다가 길을 잃기도 했다. 온종일 거리를 배회하다가 집으로 돌아가면 그날 돈을 많이 번 아이가 음식을 사 와 바닥에 신문지를 펼치고 부려놓았다. 음식을 함께 나눠 먹으며 수다를 떨고 나면 금세 잠이 쏟아졌다. 네 명은 음식 냄새가 빠져나가지 않은 좁은 방에서 몸을 꼭 붙인 채로 이리저리 뒤엉켜 잠을 잤다. 나는 아이들이 다 나간 빈집에서 정오까지 깊은 잠에 빠져 있기도 했다. 그 집이 세상 어느 곳보다도 안전하게 느껴졌다. 나는 그곳에 꼭꼭 숨어 아무에게도 들키지 않을 수 있을 것 같았다.

나는 지하철이 있는 큰길에서부터 기억을 더듬어 길을 찾기 시작했는데 내 기억력은 믿을 게 못 됐다. 동네 안쪽에는 나지막한 집이 거의 없었고 새로 지은 건물과 식당이나 상점으로 리모델링한 주택들만 보였다. 불과 2년 전에 밤낮없이 걸어 다녔던 골목인데 난생처음 간 것처럼 낯설었다. 낯선 길들은 나를 몰아내려는 듯 열기를 뿜어댔고, 가끔씩 오토바이의 소음이 쨍하게 머리를 가르고 지나갔다. 땀범벅이 된 나는 정신이 몽롱해져 슈퍼마켓 앞 파라솔 밑에 잠시 앉았다. 슈퍼마켓 주인 여자는 큰길에 쇼핑몰이 들어서고 산 위에 공원이 생기면서 동네가 살았다고 했다. 1, 2년 새 동네가 많이 좋아져 예전 모습을 찾을 수 없을 거라고 말했다. 나는 그녀에게 길을 물어보려고 했지만, 어떻게 설명해야 할지 몰라 그만두었다. 다른 집이 다 사라져도 왠지 그 집만은 그 모습 그대로 그 자리에 숨어 있을 것 같았다.

길을 따라 걷다 보면 나도 모르게 오르막길의 끝에 있는 식당으로 되돌아오게 되었다. 마당에 쌓인 그릇 더미에서는 시큼한 악취가 났다. 나는 스무 개도 넘는 그릇들을 비닐에서 꺼내 주방으로 가지고 들어갔다. 플라스틱, 사기, 스테인리스 그릇은 모양도 제각각이었고 오래된 것 같았지만 상처 하나 없이 말끔했다. 나는 그것을 깨끗이 닦아 그릇장의 빈자리에 넣었다. 그리고 이리저리 널린 조리 기구와 그릇 들을 정리했다. 남자는 먼지만 닦을 뿐 정리는 하지 않는 것 같았다. 내가 선풍기 앞에 앉아 땀을 식히며 물을 마시고 다시 밖으로 나갈 때까지 남자는 2층에서 꼼짝하지 않았다. 나는 저녁이 될 때까지 큰길의 쇼핑몰과 산 위의 공원을 돌아다녔다.

식당으로 되돌아왔을 때 남자는 주방에 서서 그릇장 안

을 들여다보며 몸을 부들부들 떨고 있었다. 그는 내게 주방을 정리했는지 따지듯 물었다. 그가 화가 난 것 같아 내가 하지 않았다고 대답했다. 그는 여러 번 정말이냐고 추궁했다. 내가 그런 걸 왜 속이겠냐고 버럭 화를 내자 미안하다고 하면서도 계속 확인하듯 물었다. 그는 씩씩거리며 내가 넣어놓은 그릇뿐만 아니라 다른 그릇까지 모두 꺼내 쓰레기통에 버렸고, 주방의 집기들을 꺼내 싱크대 위에 이리저리 널어놓았다. 나는 왠지 크게 잘못한 것 같아 저녁이라도 준비하려고 냉장고를 열었다. 커다란 영업용 냉장고 안에는 김치통과 바싹 마른 야채들만 뒹굴고 있었고, 만두는커녕 만두소 재료나 밀가루도 없었다. 냉동고는 텅 비어 있었다. 냉장고 안을 살피는 내게 남자는 머뭇거리며 말했다.

너무 늦게 이야기해서 미안한데 말이에요, 사실, 식당 문을 닫은 지 꽤 됐어요. 엄마가 말이에요, 돌아가셔서 이젠 장사를 할 수가 없거든요. 미안해요.

쓰레기를 버리고 들어와 현관문 잠그는 것을 잊었는데 마침 내가 들어섰던 것이라고 했다. 그는 나에게 할 일은 없지만 계속 있지 않겠느냐고 물었다. 어느 정도 예상한 일이라 아무렇지 않았지만 황당해하는 시늉을 하며 그의 말을 못 들은 체했다. 그는 우물거리며 빠르게 말했다.

나가려고요? 그냥, 있어주면, 좋겠다고요. 혼자 밥 먹기 싫어서 그래요.

사실 그 집을 찾기 전에 이곳을 나갈 생각은 없었다. 어디에서나 잠을 못 자긴 마찬가지였지만 이렇게 시원한 곳에서 여름을 난 적은 없었다. 어느 해 여름은 창문이 하나밖에 없는 원룸에서 다섯 명이 함께 지냈고, 지하 방에서 온종일 켜 놔 뜨끈해진 제습기를 끼고 살기도 했으며, 나를 끌어안고 좀처럼 놓지 않는 남자와 옥탑방의 좁은 침대 위에서 지내기도 했다. 어떤 곳도 편하지 않았기에 한 달도 채 못 살고 집을 나왔다. 나는 망설이는 척하며 선심을 쓰듯 말했다.

생각 좀 해보고요.

나는 그의 집에 남기로 했다. 내가 너무 시끄러워 잠을 못 자겠다고 하자 그는 작은 방을 치우고 그곳에서 지내겠다고 했다.

남자는 컴퓨터 앞에 앉아 있다가 오후가 되면 식당으로 내려와 저녁밥을 차렸고, 식사가 끝나면 식당 청소를 시작했다. 내가 그릇을 가져다 놓은 날부터 그는 주방의 물건을 버리기 시작했다. 주방 깊숙한 곳에서 아주 오래되어 보이는 식기들을 찾아 모조리 내다 버렸고, 벽에 걸린 낡은 액자나 장식물을 떼어내 작게 부숴서 쓰레기봉투에 넣었다.

그리고 창문을 꼭 닫아둔 채로 땀을 뻘뻘 흘리며 바닥을 걸레로 닦았다. 내가 창을 열어 환기를 시키려고 하자 황급히 가로막았다.

그냥 놔둬요. 먼지 들어오잖아요.

그는 대걸레로 닦아도 될 것을 무릎을 꿇고 앉아 손걸레로 문질렀다. 옆에 놓인 대야에는 물걸레가 여러 장 쌓여 있었다. 바닥에는 먼지 하나 없었지만 그는 걸레질을 계속했다. 그의 손가락은 하얗고 주글주글하게 불어 있었다. 그의 머리에서 흐른 땀이 바닥으로 뚝뚝 떨어졌다. 밤이 되자 밖의 더위는 식어가는데도 식당 안은 여전히 한낮처럼 푹푹 쪘다. 그는 새벽이 되어서야 청소를 멈췄다. 청소를 그만두면 녹초가 되곤 했는데도 내가 누워 있는 방으로 조심조심 들어왔다. 그가 작은 방을 쓰겠다고 한 건 빈말인 것 같았다. 그는 마우스나 키보드에 손을 대지 않고 컴퓨터 앞에 우두커니 앉아 모니터를 가만히 들여다보며 밤을 새웠다. 아마도 소리를 내지 않으려 애쓰는 것 같았다. 모니터에는 우주에 떠도는 전파들이 만들어내는 그림이 계속 움직이고 있었다. 나는 컴퓨터의 팬 돌아가는 소리와 모니터의 고주파음, 그의 숨소리까지도 거슬려 잠을 잘 수 없었다.

나는 남자를 잠들게 하기 위해 그를 내 이불 속으로 끌어

들였다. 그는 나와 자고 싶어 여기 있어달라고 한 게 아니라며 정색을 했다. 내가 그의 몸에 손을 대자 사춘기 소년처럼 몸을 떨다가 결국 나를 끌어안고 키스했다. 그는 그대로 이야기를 나누다가 잠들고 싶다고 했지만 나는 그편이 더 성가셨다. 그의 몸은 식은땀에 젖어 차갑고 축축한 데다가 땀 냄새가 심하게 났다.

나랑 잘 거 아니면 저리 가요.

나는 그에게서 등을 돌리고 누웠다.

미안해요. 꼭 엄마가 지켜보고 있는 것 같아서요.

나는 그런 기분을 너무나 잘 알고 있어 진저리가 쳐졌다. 그는 내 머리카락을 만지작거리며 잠들기 전의 시간이 가장 외롭고 무섭다고 말했다. 그는 내게 무슨 말이라도 해보라 했지만 나는 할 말이 없었다. 스무 살도 훨씬 넘은 남자가 외롭고 무섭다고 엄살을 떠는 모양새가 우스웠다. 외로움을 잊기 위해 아무나 옆에 두려는 사람들이 있어 내가 집을 손쉽게 옮겨 다닐 수 있긴 하지만, 한심한 건 한심한 거다. 남자는 내 머리를 어루만졌다. 그의 손가락은 뒷머리의 상처에 와 닿았다. 꿰매지 않은 채로 맨질맨질하게 아물어버린 상처 위에는 머리카락이 나지 않았다. 실종됐다가 돌아온 몇 달 후 나는 머리 속의 새로운 상처를 발견했는데 부모에게는 말하지 않았다. 그는 내 머리카락을 헤집어 상처를 들여다보며 물었다.

혹시 말이에요, 기억하지 못하는 시간이 있지 않아요?

나는 소스라치게 놀랐지만 등을 돌린 채 가만 누워 왜 그런 소리를 하느냐고 물었다.

외계인한테 납치당했던 사람들 몸에서 이런 상처가 발견 됐거든요. 사라졌던 사람들이 갑자기 나타나서 그동안 자기가 무엇을 했었는지 전혀 기억을 못한다는 거예요.

나는 어렸을 때 장난치다 다친 것이라고 태연하게 둘러대고는 물었다.

세상에 정말 그런 일이 있을까요? 외계인이 정말 있는 걸까요?

아마도 말이에요, 있을 거라고 생각해요. 우주에 우리 말고 아무것도 없다고 생각하면 너무 쓸쓸하잖아요. 어, 반짝거려요, 상처가. 아름다워요.

그는 손가락으로 내 상처를 살며시 문지르며 말했다.

더위는 수그러들 줄을 몰랐다. 나는 햇빛에 달구어진 길을 걸었다. 골목을 걷다 보면 한없이 새로운 골목이 생겨났고, 나는 그 속에서 자꾸만 길을 잃었다. 걷다 보면 정신이 혼미해져 그곳이 어디인지, 현재인지 과거인지 알 수가 없었다. 모퉁이를 돌아가는 사람의 운동화 뒤축이 2년 전 내가 신던 운동화와 똑같이 닳아 있는 것을 발견하기도 했고, 고개를 푹 숙이고 자판기 동전 반환구를 뒤적거리는 여자아이의 하나로 질끈 묶은 머리가 낯익기도 했다. 나는 길에서 만난 여자아이들을 뒤따라가다 여러 번 길을 잃었다. 아무리 길을 잃어도 계속 걷다 보면 결국 식당으로 되돌아왔다.

나갔다 돌아온 내게 그는 현관에서 옷을 벗어 먼지를 털고 목욕을 하라고 종용했다. 내 눈에는 먼지가 보이지 않는데도 그는 자꾸만 쌓이는 먼지를 감당할 수 없다며 괴로워했다. 날마다 창문을 닫아놓은 채로 청소를 했으니 더위를 먹은 게 분명했다. 식당 안은 텅 비어 더는 깨끗할 수 없었다. 주방의 집기들은 거의 다 없어졌고 덩치가 큰 가전과 가구만 남아 있었다. 버리거나 닦을 것이 더 없어 보였는데도 남자는 아침부터 청소를 시작했다. 한낮의 식당 안은 찜통 같았다. 그는 씻지도 먹지도 않았는데, 컴퓨터만은 끄려 하지 않았다. 밤이면 그는 컴퓨터를 켜놓은 채 내 옆에 가만히 누워 밤새 몸을 뒤척이다가 깜짝깜짝 놀라며 몸을 일으키곤 했다. 내 불면도 더 심해졌다. 온몸의 감각이 예민해져 창을 넘나드는 약한 바람 소리와 방 안의 공기가 흐르는 소리까지 들을 수 있었다. 바람 소리 가운데 이상한 소리가 섞여 있었다. 소리는 커지지 않고 간헐적으로 한두 번씩 새— 하고 사그라졌다. 그는 매미울음 같은 그 소리가 컴퓨터 하드디스크의 수명이 다 돼 나는 소리라고 했다. 귀를 긁는 듯한 불쾌한 소리를 견딜 수가 없어 급기야 그에게 화를 내고 말았다.

제발 컴퓨터 좀 끄라고요. 시끄러워 잠을 못 자 미치겠어요. 외계인이 어딨어요? 외계인이고 신이고 귀신이고 뭐고 간에 인간이 외로워서 만든 허상이에요. 어른이 그것도 몰라요? 안 끌 거면 내가 나갈게요.

남자는 나를 보며 아무 말 없이 앉아 있었다. 그러다 그는 갑자기 생각난 듯 그답지 않게 단호한 말투로 이야기했다.

어쩔 수 없잖아요. 그럼, 작은 방 비워줄게, 그냥, 있어요. 거긴 괜찮아요, 조용해요.

그는 작은 방문을 열었다. 오랫동안 문을 열지 않았는지 퀴퀴한 냄새가 났다. 방은 그다지 작지 않았지만 가구들과 상자들이 가득 쌓여 있어 발 디딜 틈이 없었다. 그는 상자 위에 두껍게 쌓인 먼지를 신경 쓰지 않는 듯 손으로 슥슥 털어내고 창을 닫아놓은 채 서랍과 박스를 정리하기 시작했다. 문가에 놓인 작은 박스에는 오래되어 변색된 젊은 여자의 사진들이 들어 있었다. 여자의 백지처럼 하얀 얼굴과 작고 둥근 눈이 남자와 너무나 닮아 그의 어머니임을 쉽게 짐작할 수 있었다. 그는 서랍마다 가득 들어 있는 옷가지를 꺼내 상자에 담으며 중얼거렸다.

이런, 이걸 진작 정리했어야 하는 거였어요. 이것들 때문에 엄, 엄마가 자꾸 돌아오는 것 같아요. 욕심이 아주 많았던 사람이거든요. 죽어서도 아무것도 못 버리게 해 혼났어요.

돌아가셨다면서요.

그래요. 엄, 엄마를 화장해서 저 위의 공원 큰 나무 밑에 뿌렸어요. 그런데, 자꾸 그 뼛가루가 집으로, 돌아오고 있는 것 같단 말이에요. 청소해보면 알아요, 걸레에 묻어나는 게 먼지가 아니라 뼈, 뼛가루라는 걸 말이에요. 곧, 지, 집을 뒤덮을 거예요.

그는 겁에 질린 사람처럼 말을 더듬었다.

다음 날 아침 그는 커다란 박스 다섯 개에 자기 어머니의 옷가지와 짐 들을 담아 마당으로 가지고 내려갔다. 마당 구석에 놓인 작은 양철통 안에 잡동사니들을 넣고 식당에 남아 있던 업소용 식용유 반 통을 부은 뒤 불을 붙였다. 사진첩이며 신발 같은 것들까지 모조리 태웠기에 시커먼 연기가 피어올랐다. 그는 치솟아 오르는 불 속으로 어머니의 옷을 하나하나 던져 넣었다. 합성섬유로 된 값싼 옷들은 순식간에 불길에 휩싸여 형체도 없이 타버렸다. 옷을 던져 넣고 있는 그의 표정은 마치 웃고 있는 것 같았다. 박스를 세 개쯤 태웠을 무렵 옆 건물 고깃집 주인이라고 하는 작고 다부진 몸집의 남자가 마당으로 들어섰다. 그는 연기가 너무 많이 난다며 그만 태우라고 했다. 그러나 남자는 입을 꾹 다문 채 불길에서 눈을 떼지 않고 가만히 서 있었다. 고깃집 주인은 금세 언성을 높여 불을 끄라고 소리쳤지만 그는 대꾸도 없이 물건들을 꾸역꾸역 불 속으로 던져 넣었다. 경찰 두 명이 구멍가게 주인 노파와 함께 찾아왔다. 경찰이 그에게 '위험한 불씨 사용'에 해당하는 경범죄라며 당장 불을 끄라고 했다. 그는 불에서 눈을 떼지 않았고 어떤 반응도 보이지 않았다. 보다 못한 경찰이 소화기를 가져와 뿌리려는데 갑자기 그가 경찰에게 달려들었다. 그가 소화기를 빼앗으려 하자 고깃집 주인이 그의 얼굴을 주먹으로 세게 쳤다. 경찰과 노파가 말렸지만 고깃집 주인은 그가 소화기로 달려들지 않을 때까지 몇 대 더 때리고서야 그만두었다. 마당 입구에 다른 가게 사람들 두세 명이 모여들었다. 아무도 고깃집 주인을 비난하지 않았고 오히려 남자를 향해 뭐라 떠들어댔다. 내가 힐끔 쳐다보자 그들은 수군대며 돌아갔다.

그는 소화기의 하얀 분말을 뒤집어쓴 채로, 마저 다 태우지 못한 두 상자의 옷과 함께 마당에 남겨졌다. 그의 입술이 터져 피가 흐르고 있었다. 나는 그를 데리고 안으로 들어갔다. 그는 아프지 않느냐고 묻는 내게 말했다.

괜찮아요. 맞는 데는 이골이 났어요. 어렸을 때, 엄마는, 나를 밀가루 반죽 치대듯 두들겨 팼어요. 밥을 소리 내 씹는다고 때리고, 흘린다고 때리고, 더럽다고 때리고…… 그렇게 맞아봤어요?

나는 고개를 저으며 그를 침대에 눕혔다. 그는 잠시 조용히 있다가 다시 입을 열었다.

그러다가 말이에요. 엄마가 나를, 저 위 공원에 데리고 올라가 숲 속 벤치에 눕힌 채로 묶어두고, 혼자 내려갔어요. 그때 거기는, 나무가 무성한 숲이었어요. 나를 묶으면서 사는 게 너무 힘들어서 그런다고, 미안해, 미안해 이러면서 막 우는데, 차라리 죽어주고 싶었어요. 밤이 얼마나 길었는지 몰라요. 끈을 가까스로 풀고, 집으로 내려왔어요. 엄마가 나를 보더니 끌어안고 우는 거예요. 아침에 데려오려고 했다면서. 난 그 말 안 믿었어요. 만약에 내가 그런 일을 당하지 않았다면 이렇게 살지는 않았을 거고, 지금처럼 외롭지는 않았겠죠?

그 오래된 일들이 지금이랑 무슨 상관이란 말이에요. 곧 잊혀질 거예요. 까맣게 잊으면 아무 일도 없었던 것처럼 편안해질 거예요. 그리고 이제 나한테 아저씨 얘기 더 하지 마요. 이 이상 안 들을래요.

그의 과거에 대해 더 듣고 싶지 않았다. 그가 자신의 이야기를 함으로써 나와 가까워졌다고 착각하게 될까 두려웠다. 그러면 내게 더 큰 것을 바라게 될 것이므로 골치가 아파질 게 분명했다. 몇 번째 집이었는지 기억나지 않지만, 매일 밤 내게 자신의 혼자 된 신세를 한탄하던 아줌마는 나를 딸 삼겠다며 못살게 굴었다. 그 아줌마가 나를 놓아주지 않는 바람에 내 부모가 나를 찾아낼 때까지 그 집에 머물러야 했다. 아마 외로워서 그랬겠지만 그건 각자가 감당해야 할 몫이지 내가 알 바는 아니었다.

나는 그를 그대로 둔 채 작은 방으로 갔다. 남자는 내가 쓰던 서랍장과 이불, 가방을 옮겨놓고 깨끗하게 정리해두었다. 방을 가득 채우고 있던 남자 어머니의 흔적은 전혀 찾아볼 수 없었다. 창을 열자 더운 공기가 한꺼번에 쏟아져 들어왔다. 집은 고작 2층인데 작은 방의 창문 밑은 낭떠러지처럼 깊었다. 창문이 집 뒤편의 작은 골목으로 향해 있어 자동차 소음도 들리지 않았다. 창 밑의 골목과 공터에는 한낮의 폭염 때문인지 아무도 지나다니지 않았다. 나는 그 집을 찾으러 나갈 기분이 들지 않아 바닥에 엎드려 지도책을 펼쳤다. 지도책의 여러 장에는 내가 살았던 곳이 군데군데 표시되어 있었다. 그동안 동네를 여러 번 오갔기에 지하철이 있는 큰길과 식당으로 오는 오르막길을 지도에서 찾을 수 있었다. 그러나 길은 동네 중간에 끊겨 있어 식당이 어디쯤 있는지 알 수 없었다. 아이들과 살았던 집도 지도 위 어딘가에 있을 것이 분명했지만, 그 집을 찾는 것 역시 불가능해 보였다.

방은 고요했다. 잠을 자고 일어나면 이곳이 아닌 다른 곳에 누워 있게 될 것 같은 생각이 들었다. 차가운 바닥에 얼굴을 댄 채로 잠이 들었다. 시간이 얼마나 흘렀는지 알 수가 없다. 눈을 뜨니 방은 캄캄했고, 창밖에서 번쩍이는 불빛이 새어 들어오고 있다. 창 너머의 불빛들이 짐승의 눈처럼 번득이며 내게 달려들어 밖을 똑바로 내다볼 수 없다. 뒷머리가 쓰라렸다. 이곳이 어디일까 곰곰이 생각했지만 알 수 없다. 나는 오랫동안 이 방에 갇혀 있었던 것 같다. 내가 어떻게 이곳에 온 것인지, 나를 이리로 데리고 온 사람이 누구인지 기억나지 않는다. 방 한구석 플라스틱 밥상 위에 설렁탕과 숟가락이 놓여 있다. 방문이 가끔씩 흔들린다. 문밖에서 누군가 방 안을 들여다보고 있는 것 같다. 나는 장롱 안으로 숨어든다. 장롱 안 옷걸이에 걸린 중학교의 여름 교복이 흔들거린다. 나는 컴컴한 그 속에서 다시 깊은 잠에 빠졌다. 가늠할 수 없는 시간이 흐른 뒤 머리를 관통하는 듯한 소음에 놀라 잠에서 깼다. 컴퓨터 소리가 분명했다. 그가 또 컴퓨터를 켠 것 같았다. 창밖의 불빛은 사라지고 사방은 캄캄했다. 나는 장롱이 아닌 바닥에 누워 있었다. 조금 전에 보았던 것이 무엇이었는지 알게 될까 두려웠다. 아니, 알 것 같아 두려웠다.

나는 남자의 방으로 건너갔다. 컴퓨터는 꺼져 있었다. 아무래도 소음은 내 머릿속에서 나고 있는 것 같았다. 남자는 불을 켜놓은 채 눈을 감고 누워 있었다. 그가 그의 자리에 누워 있는 것을 보니 안심이 되었다. 그의 찢어진 입술은 퉁퉁 부어 있었고 뺨은 붉게 멍들어 있었다. 나는 입술과 멍 위에 입을 맞추고 그의 셔츠를 걷어 올렸다. 그의 몸은 핏기 하나 없이 하얬는데 어깨와 팔, 몸뚱이 이곳저곳이 검붉게 멍들어 있어 차마 눈뜨고 볼 수 없을 정도였다. 나는 멍이 든 곳을 손으로 가만히 쓸어주었다. 그의 몸은 차갑고 끈끈했다. 갈비뼈에 든 멍 자국에 입술을 갖다 대자 시큼하고 퀴퀴한 냄새가 코를 찔렀다. 감은 그의 눈꼬리를 타고 눈물이 떨어졌다. 그는 눈을 감은 채로 내 이름을 물었다.

미애요.

나는 그의 차가운 몸을 밤새 끌어안고 누워 있었다. 그는 눈을 감은 채로 띄엄띄엄 말했다.

사실 난 언제고, 엄마를 죽이려고 했어요. 그런데 어이없이, 죽어버리더라구요. 나는 아직 용서할 수 없어요. 엄마가 사라진다고 있었던 일이 없었던 일로 되는 게 아니잖아요.

나는 그를 안고 누운 채 아무 말도 하지 않았다. 그는 내게 어떤 말이든 해보라고 말했다.

열일곱 살 이전은 전혀 기억 못 해요. 그 뒤로 이 집 저 집 떠돌며 살았어요. 그 집들도 잘 기억 못 해요. 부모도 형제도 없어요. 그래서 할 말이 없어요.

그가 내 말을 믿는 건지는 모르겠지만, 더 캐묻지도 않았다. 그는 밤새도록 더듬거리며 자신의 어린 시절 이야기만 했다. 나는 눈을 반쯤 감고 이야기를 듣는 둥 마는 둥 했으나 그는 이야기를 멈추지 않았다. 그는 세 살부터 스물다섯 살을 오가며 두서없이 지껄였다. 그는 어머니의 학대와 사춘기에 겪은 크고 작은 폭력의 방식들과 그때 느낀 모욕감을 하나하나 이야기했다.

모두 잊고 싶은데 몸에 새겨진 것처럼 잊혀지지가 않아요.

그는 몸과 마음 위에 자기가 겪은 일들을 기록한 것처럼 아주 사소한 것까지 기억하고 있었다.

나는 말이에요, 키도 커졌고, 힘도 세졌는데, 그냥 어렸을 때 산에 묶여 있던 아이 그대로인 것 같았어요. 무력감은 내 몸보다 더 커져서, 복수고 뭐고 아무것도 할 수 없었어요.

나는 그가 그 모든 것들을 기억하고 있는 건지, 그가 만들어낸 이야기인지 의심스러웠다. 그의 기억들은 한결같이 고통스러운 것들이었기에 듣고만 있어도 힘이 들었다. 그의 이야기는 새롭지도 흥미롭지도 않았지만 들어주어야 할 것 같은 의무감이 들어 처음처럼 쉽사리 그를 뿌리치지 못했다. 나는 이불을 뒤집어쓰고 자는 척하다가 가끔씩 대꾸해주었다. 그리고 그가 말을 멈추었을 때 말했다.

아저씨 이야기를 까맣게 잊어버릴지도 몰라요, 나한테 얘기해봤자 아무 소용없어요.

남자는 청소하는 것을 그만두고 깨끗하게 목욕을 했다. 그리고는 더 이상 컴퓨터를 켜지 않았다. 나는 작은 방으로 돌아가지 못하고 그의 옆에 누워 밤을 보내곤 했다. 나는 그에게 이제 외계인을 기다리지 않느냐고 물었다.

잘 모르겠어요. 쓸데없는 짓인지도 모르고, 미애 씨가 싫어하기도 하고, 그리고 미애 씨도 옆에 있고……

나는 그에게 미안한 기분이 들어 무슨 이야기를 하건 그냥 내버려두었다. 그는 고등학교를 그만두고 집에 들어앉아 인터넷 게임 동호회에서 사귄 얼굴 모르는 친구들 이야기나 식당에서 일하던 열 살 연상 유부녀와의 연애담같이 작고 사소한 일들까지 시시콜콜 이야기했다.

남한테 내 이야기를 한 건 처음이에요. 이제 다 잊을 수 있을 것 같기도 해요.

이야기를 토해낼수록 그는 말을 더듬지 않게 되었고 표정도 편안해졌다. 그럴수록 나는 불안해졌다. 그대로 가다가는 그곳에서 떠날 수 없을 것 같았다. 어느 날 그는 앞으로 하고 싶은 일에 대해 이야기하던 도중에 잠이 들었다. 여러 번 흔들어봤지만 그는 꼼짝하지 않았다. 나는 그의 옆에 누운 채 그의 호흡에 내 호흡을 맞춰가며 시간을 견뎠다. 그가 잠들자 나는 세상에 혼자 남겨진 것 같은 기분이 들었다. 처음 느끼는 감정이라 불안했다. 잠든 그의 얼굴을 들여다보았다. 처음 보는 것처럼 낯설었다. 그 낯섦이 나를 쓸쓸하게 했다. 그곳을 곧 떠나야겠다고 생각했다.

그는 잠에서 깨지 않고 오후 늦게까지 깊은 잠을 잤다. 그가 깨어난 뒤 나는 그에게 집을 나가겠다고 했다. 다른 곳에서처럼 말없이 그냥 떠나면 되는 것인데, 실수였다. 그는 내 팔을 잡았다.

곧 식당을 열 거예요. 우리 함께 일해요. 가지 마요.

아저씨, 여름도 이제 다 끝났어요. 나는 한곳에 오래 머물지 않아요.

나는 그의 손을 가까스로 떨쳐내며 매몰차게 고개를 저

었다. 그는 나를 한참 바라보았고, 나는 눈을 피했다. 나는 그에게 내 지도책을 펴 보였다. 그는 지도 위에 볼펜으로 표시해 놓은 것들이 무엇인지 물었다.

내가 살았던 곳들이에요. 여기도 이 중 하나일 뿐이니까 별 의미 두지 마요.

그는 지도를 뒤적거렸다. 나는 지도에 이곳을 표시해달라고 했다. 그는 식당까지 오는 큰길이 없는 걸 보니 오래된 지도 같다고 했다. 그는 식당이 있는 자리를 찾아 푸른 볼펜으로 아주 조그맣게 이층집을 그리고 그 밑에 내가 이곳에 온 날짜를 표시했다. 그는 내게 무언가 해주고 싶다고 했다. 나는 아무것도 원하지 않았지만 그는 내가 무언가를 요구하기 전에 놓아줄 것 같지 않을 기세였다. 나는 찾아야 할 집이 있다고 했다. 그는 내게 그곳에 대해 설명해달라고 했다. 나는 여전히 그곳을 어떻게 설명해야 할지 몰라 집 앞에 서 있던 높다란 벽과 그림자에 대해 이야기했다.

그는 나와 함께 집을 찾아 나섰다. 6개월 만에 외출한다는 남자는 그새 또 달라진 동네를 보고 놀랐다. 남자는 한 성당으로 나를 데리고 갔다. 성당은 비탈진 곳에 서 있었다. 비탈 위쪽의 담은 허리까지도 오지 않는데 아래쪽의 담은 내 키보다 더 높았다. 갈색 벽돌로 된 담은 아주 낯설었다. 담의 맞은편에는 어린이 놀이터가 있었다. 놀이기구들이 깨끗한 것을 보니 그 자리에 있던 집들을 헐고 새로 지은 놀이터인 듯 했다. 놀이터를 둘러보던 남자는 입구 머릿돌에 놀이터를 만든 날짜가 새겨져 있는데 10년 전이라며 놀이기구들을 새로 바꾼 것 같다고 했다. 그는 집이 헐리고 놀이터가 들어선 게 아니어서 다행이라고 했지만, 난 그 집이 어딘가에 남아 있다고 생각하자 이상하게도 오히려 불안해졌다. 그 집에 가면 정말 그때처럼 깊이 잘 수 있을지 알 수 없는 노릇이었다.

나는 돌아가자고 했지만 그는 기어이 찾아내고야 말겠다는 듯 내가 기억하고 있는 벽에 대해 자꾸만 물었다. 나는 그것의 색깔도 모양도 높이도 기억하지 못했다. 그는 혹시 담이 아니라 축대가 아니냐고 물었다. 나는 축대라는 게 무엇인지 몰랐다. 그는 식당으로 돌아오는 길에 식당 아래 골목으로 들어섰다. 골목의 오른쪽에는 공영 주차장과 신축 빌라들이 늘어서 있고 왼쪽에는 높은 시멘트 벽이 골목 초입부터 끝까지 길게 이어지고 있었다. 거대한 벽 그림자는 골목을 가로질러 주차장과 빌라들의 저층을 덮고 있었다. 그는 벽을 가리키며 그것이 축대라고 말했다. 그는 얼마 전까지도 이 골목에는 판자촌 시절 시멘트 벽돌을 홑겹으로 쌓아 지은 집들이 많이 남아 있었다고 했다. 나는 경사가 지고 군데군데 이끼가 낀 그 축대라는 것이 낯설지 않았다. 분명 그곳에 기대서서 아이들이 돌아오기를 기다린 적이 있었다. 나는 고개를 들었다. 높은 축대 위에 남자의 식당이 서 있었다. 작은 방 창 너머로 무심코 보아 넘겼던 풍경이 그토록 찾으려 했던 동네였다는 것을 그제야 알았다. 아이들과 함께 살던 집터는 주차장의 한 부분이 되어 있었다. 그곳에는 애초에 아무것도 없었던 것처럼 자동차가 세워지고, 아이들이 뛰어놀고 있었다. 나는 그 좁고 어두운 방에 두 번 다시 이불을 펴고 잠들 수 없다는 것을 확인했다. 오히려 마음이 놓였다. 나는 그 집으로 돌아가기 위해서가 아니라 그 집이 어디에도 없다는 것을 확인하기 위해 찾아다닌 것 같았다. 그에게는 내가 찾고 있던 그 벽이 아니라고 말했다. 우리는 다시 식당으로 돌아왔다.

그는 내게 그 집을 찾을 때까지 함께 있자고 했다. 그는 컴퓨터도 켜지 않고 커튼으로 햇빛도 가려주겠다고 했다.

사실 나는 외계인한테 납치당한 적이 있어요. 집에 돌아왔을 땐 아무도 믿어주지 않았어요. 부모님조차 안 믿었어요. 나는 비어 있는 기억을 생각하면 너무 무서워요. 내가 무슨 일을 했는지, 나한테 무슨 일이 있었던 건지……

갑작스러운 내 이야기에 그는 당황하는 눈치였지만 나를 위로하려고 애썼다.

괜찮아요. 무사히 돌아왔으니까 이제 안심해도 돼요.

나도 모르는 곳에서 눈을 뜨게 될까 봐 겁나요. 일어나면 시간이 한참 지나 있고, 내가 보내는 이 시간을 까맣게 잊어버릴지도 몰라요. 물론 아저씨도요. 나는 아저씨처럼 나쁜 기억들까지 모두 기억하고 싶단 말이에요. 하나도 잊고 싶지 않다고요.

그는 노트와 볼펜을 꺼내다 주며 내게 말했다.

여기에 있었던 일들을 기록해봐요. 기억나지 않을 때 노트를 보면 알 수 있잖아요. 하지만요, 써놓고 다 기억하지 않아도 돼요. 가끔은 잊는 게 더 나을 수도 있으니까요.

그의 말이 크게 위로가 되지는 않았지만, 기분은 조금 괜찮아졌다.

나는 노트를 펴고 쓰기 시작했다.

'기록을 시작한다. 어차피 모든 것은 사라지고 잊혀질 테지만 기억할 것이다. 아무것도 아닌 하찮은 지금 이 시간을 기록한다.'

초판 해설

실수하는 사회, 실수하지 않는 인간

김형중(문학평론가)

1. 유기된 자들의 가족 로망스

정소현 소설은 표면적으로 읽을 때, 프로이트적인 의미에서 '소설'이란 장르의 기본에 충실하다. 무엇보다도 그의 소설들이 대부분 전형적인 '가족 로망스'의 변형담으로 읽히기 때문이다. 소설의 배경은 거의 한두 가족의 범위를 벗어나지 않고, 주인공은 대개 제 출생의 비밀을 찾아 가족을 떠나거나 가족으로 돌아온다. 「양장 제본서 전기」의 '영지'가 찾는 것은 1983년의 신문 속에 기록되어 있을지도 모를 자신의 기원이고, 「폐쇄되는 도시」의 '삼'이 집을 떠나(이제 그 집에는 자신을 유기한 적이 있는 부모마저도 없다) 찾아 나선 것 역시 자신을 유기한 가족이 아닌 '다른 가족'이다. 같은 이유로 집을 나서거나 돌아오는 주인공의 행로를 그린 「빛나는 상처」와 「돌아오다」, 그리고 넓게 보아 '출생의 비밀' 모티프를 주 서사로 하고 있는 「너를 닮은 사람」과 「실수하는 인간」까지를 포함하면, 작품집 『실수하는 인간』의 거의 전체가 결국 가족 로망스의 변형담이란 사실을 부인하기 힘들다.

정소현의 작품이 2000년대 이후 한국 소설의 우세종이 된 가족 로망스형 서사(특히 업둥이 유형)에서 한 지분을 차지하고 있음을 지적하고자 함이 아니다. 레비스트로스식으로 말해 지상에 존재하는 모든 이야기란 어차피 원재료인 신화소들의 '브리콜라주'에 불과한 것이 맞다면, 문제는 그 이야기소들의 배치와 재구성이 얼마나 신선하고 새로운가 하는 점일 것이다. 그런 점에서라면 정소현의 가족 로망스는 특이한 데가 있다. 그것이 '전도된 형태'의 가족 로망스이기 때문이다.

원래 프로이트의 환자들에게 가족 로망스란 판타지, 곧 '심리적 보상물'이다. 그것이 만들어지는 시기가 대개 오이디푸스 삼각형이 그려지고 동생이 탄생하는 시기와 일치하는 것은 그런 이유에서다. 어머니와는 사랑하지 못하게 하고, 내게 주어지던 사랑마저 이제 동생 차지가 될 때, 어린 인류는 어떤 이야기를 만들어냄으로써 '분리불안'을 이겨낸다. 그것은 대개 지금 부모(중 하나)가 친부모가 아닐 것이며, 내 친부모는 이보다 나를 사랑하는 고귀한 신분에 속해 있으며, 나는 잠시 출생의 비밀에 갇힌 채 지금의 가족에 속해 있을 뿐, 곧 원래의 가족으로 복귀하리라는 형태의 서사를 취한다. 예수와 모세와 제우스와 테세우스와 주몽과 그 많은 저녁 드라마의 주인공들마저 이 익숙한 서사의 포로란 사실을 다시 설명하는 것은 다만 사족에 불과하다.

그런데 정소현의 주인공들에게 일어나는 일은 그와 다르다. 기원 찾기는 그들에게 어떠한 형태의 보상도 안겨주지 않는다. 마치 그들은, 오로지 자신들이 '항상 이미 유기된 존재'임을 확인하기 위해서만 출생의 비밀을 찾아 떠나는 자들처럼 보인다. 「양장 제본서 전기」의 영지는 1983년 신문 전체를 뒤지지만 신생아 유기와 관련된 어떠한 기록도 찾지 못한다. 「폐쇄되는 도시」의 삼은 결국 자신이 '유괴'된 것이 아니라 '유기'되었음을 확인하고, 「빛나는 상처」와 「돌아오다」의 주인공들이 소설 말미에 대면해야 하는 진실도 바로 자신은 버려진 존재였다는 사실이다. 정소현의 소설을 두고 '전도된' 형태의 가족 로망스라고 했던 것은 바로 이런 이유에서인데, 스스로가 버려진 존재, 기원이 없는 존재였음을 확인한 주체에게 주어지는 '심리적 보상' 따위는 없을 것이기 때문이다. 그들의 기원 찾기 서사가 여전히 원형적 서사로서의 '가족 로망스' 자장권에서 발생한 브리콜라주가 맞다면, 이것은 참으로 특이하고 새로운 브리콜라주다.

그런데 더 흥미로운 것은, 그간의 부인과 은폐에도 자신이 애초부터 어떤 훌륭한 가족과도 무관한 유기된 존재라는 사실(라캉을 따라 '실재'라고 불러도 좋겠다)과 대면할 수밖에 없게 된 주인공들이 보여주는 다소 황당한 태도다. 실망하거나 절망하기보다, 그들은 되레 그 사실을 반기는 것처럼 보인다. 아버지가 친부가 아니었음을 확인하고, 또 자신의 출생에 대한 기록 찾기에 완전히 실패한 「양장 제본서 전기」의 영지는 "화장실에 들어앉은 것처럼 편안해져 더 이상 알고 싶은 진실 같은 건 없었다"(p. 41)라고 말하고, 「돌아오다」의 주인공은 "엄마가 오래전에 재혼해 새로운 인생을 시작했으니 미련을 버리라"는 할머니의 말에 "이상하게도 나는 그 말 한마디에 포박에서 풀려난 사람처럼 홀가분해졌고, 그동안 품어온 미련과 원망이 순식간에 사라지는 것 같았다. 읽기만 해도 가슴이 터질 것 같아 외면했던 엄마라는 단어는 병따개, 나무토막, 손잡이같이 아무런 감흥을 불러일으키지 않는 단어로 변질되었다"(p. 172)고 말한다. 결정적인 말은 「빛나는 상처」의 여주인공 '미애'에게서 발화되는데, 그토록 찾아 헤매던 '다른 가족'

이 이제 존재하지 않음을 알게 된 후, 그녀의 독백은 이렇다. "나는 그 좁고 어두운 방에 두 번 다시 이불을 펴고 잠들 수 없다는 것을 확인했다. 오히려 마음이 놓였다. 나는 그 집으로 돌아가기 위해서가 아니라 그 집이 어디에도 없다는 것을 확인하기 위해 찾아다닌 것 같았다"(p. 302).

"그 집이 어디에도 없다는 것을 확인하"자 실망이나 절망이 아니라 안정을 느낀다. 심리적 보상은 의외로 훌륭한 가족으로의 복귀에서가 아니라 스스로가 유기된 존재라는 사실의 확인으로부터 주어진다. 유추하자면 정소현의 주인공들은 시늉으로만 출생의 비밀 찾기라는 가족 로망스의 서사를 반복하고 있을 뿐, 실제로 그들은 그 어떤 가족(그것이 설사 판타지 속에서처럼 고귀한 가족이라 할지라도)에 대해서도 모종의 적개심을 가지고 있다.

무슨 이유일까? 당겨 말하자면, 그 이유는, 그 안에 필시 '엄마'가, 그 오래 묵은 '모성적 초자아'가, 어떤 형태로든 편재해 있기 때문이다.

2. '실수하는 인간'의 기원

유년기 학대는 정소현의 주인공들에게 다반사로 일어

나는 일이다. 「실수하는 인간」에 등장하는 유일한 아버지(그는 프로이트와 라캉이 말한 여자들의 독식자, 거세되지 않은 외설적 아버지를 닮았다)의 폭력을 제외한다면, 학대의 주체는 대개 엄마(역할)들이고 그 범위는 질투와 매질과 착취와 무시와 다그침과 유기까지를 두루 포함한다. 그들의 표독스러움은 「지나간 미래」에서처럼 "작은 사무실에 앉아 돈을 빌려가고 이자를 내지 않은 사람의 명부를 정리하"다가, "사무실 한구석에 자리를 차지하고 멍하게 앉아 있는 남편에게 나가서 이자라도 받아 오라고 소리를 지른다"거나(p. 232), 그런 식으로 자신이 준 모멸 때문에 급기야 자살해 머리가 으깨진 남편의 시체 앞에서 아들에게 "너는 아빠처럼 나약하게 자라선 안 돼"(p. 233)라고 태연하게 말하는 정도에까지 이른다.

원래 소리 지르고 나무라고 징벌하는 것이 초자아의 소임인바, 정소현식 인류의 또 다른 이름인 '실수하는 인간'들의 기원이 여기다. 여기 그 기원적 장면들이 몇 있다.

> 새어머니는 자기가 낳은 딸도 학대했다. 돌이 갓 지난 아기를 함부로 때려 빰이 퉁퉁 부었고 팔도 부러졌다. 아버지나 다른 사람들에게는 그가 실수로 동생을 다치게 했다고 했다. (「실수하는 인간」, p. 148)

할머니는 초등학생이었던 내게 허술하고 모자란 아이라고 말하곤 했다. 가끔 할머니는 공부를 잘하고 매사에 똑 부러졌던 외삼촌 이야기를 들려주었고, 예쁜 엄마를 닮지 못한 못난 내 얼굴을 탓했다. 너는 외가의 좋은 유전자를 물려받지 못한 것 같으니 참 불쌍하구나. 네 애비가 누군지 모르지만 참 한심한 놈일 게다. 할머니는 내게 무언가를 할 수 있다는 생각을 버리라고 했다. 할머니의 말은 바늘처럼 내 가슴을 콕콕 찔렀다. (「돌아오다」, pp. 173~74)

괜찮아요. 맞는 데는 이골이 났어요. 어렸을 때, 엄마는, 나를 밀가루 반죽 치대듯 두들겨 팼어요. 밥을 소리 내 씹는다고 때리고, 흘린다고 때리고, 더럽다고 때리고…… 그렇게 맞아봤어요? (「빛나는 상처」, p. 293)

워낙에 육화된 초자아의 역할을 맡은 이(대개 부모다)는 그 존재 자체만으로도 죄책감과 주눅을 불러일으키게 마련이다. 왜냐하면 초자아의 권위의 근거는 주체의 가장 깊은 죄의식에 기반을 두고 있고, 따라서 무소불위의 성격을 띠게 마련이기 때문이다. 하물며 그(녀)가 다그치고 질문

하고 모멸할 때, 주체는 바로 그 초자아가 지시하는 바의 대상과 유사한 상태에 한층 근접한다. 맞을수록 맞을 만한 존재가 되고, 비난당할수록 비난받을 만한 존재가 되고, 모자란 취급을 당할수록 모자라게 된다. 동생을 때리고, 밥을 흘리고, 더럽고, 유전자가 온전치 못하고, 말을 더듬고, 뭣 하나 제대로 해내는 게 없는, 요컨대 '실수하는 인간'이 된다. 실수하는 인간들의 기원에는 실은 너무도 철저해서 실수라고는 모르는 초자아의 비난이 있었던 것이다.

그들에게 '집'은 바로 그 초자아가 기거하는, 아니 아예 초자아가 스며들어서 그 자체로 모성적 초자아가 되어버린 일종의 심리적 훈육 기관이다. 정소현 소설에 종종 등장하는 '집 속에 스며든 엄마(역할)'의 모티프는 그런 식으로 해석 가능해 보인다. 가령 「양장 제본서 전기」의 영지가 "나는 벽과 엄마를, 장판과 엄마를 구분하지 못했다. 가끔 누워 있는 엄마의 다리를 밟거나 머리카락을 밟았다. 밟고서도 밟은 줄을 모르고 지나쳤다. 엄마는 집 안 어디에도 없는 것 같았지만 어느 곳에서나 나타났다"(p. 29)라고 말할 때, 또 「돌아오다」의 주인공이 할머니(이 작품에서의 엄마 역할)를 오래된 일본식 목조 건물과 동일시한 후, "동네에서 가장 아름다웠던 이 집은 새로 지은 빌딩의 그늘 속에 납작 엎드린 채 흉물이 되어가고 있었다"(p. 168)라고 말할 때, 그리고 「빛나는 상처」의 남자 주인공이 마치 히치콕의 영화 「싸이코」에 나오는 앤서니 퍼킨스처럼 유난히도 말을 더듬으며 “그래요. 엄, 엄마를 화장해서 저 위의 공원 큰 나무 밑에 뿌렸어요. 그런데, 자꾸 그 뼛가루가 집으로, 돌아오고 있는 것 같단 말이에요. 청소해보면 알아요, 걸레에 묻어나는 게 먼지가 아니라 뼈, 뼛가루라는 걸 말이에요. 곧, 지, 집을 뒤덮을 거예요”(p. 291)라고 말할 때, 집은 이미 일종의 심리적 감옥으로 변한 모성적 초자아의 처소다. 집은 정소현의 주인공들에게 단순히 주거 공간이 아니다. 그곳은 초자아의 처소고, 실은 초자아의 명령과 금지로 얼기설기 구조화된 훈육 기관 그 자체다. 그럴 때 그들이 가족 로망스적인 여행을 떠나 새로운 가족을 찾으려는 시늉을 하지 않을 도리는 없어 보인다.

그러나 왜 ‘시늉’만인가? 그들은 왜 되레 자신들이 애초부터 유기된 존재였다는 사실 앞에서 위안을 얻고 안정을 찾는가? 왜냐하면 어떤 가족이 되었건, 어떤 집이 되었건 그 안에는 항상 엄마 노릇을 자임하는 이들이 존재하기 때문이다. 원초적 아버지를 살해하고 여인숙에 장기 투숙 중인 「실수하는 인간」의 주인공 ‘석원’에게 나타난 것은 또 다른 엄마, 곧 여관 여주인이다. 생선을 발라주고, 반찬을 얹어주고, 이전의 엄마에 대해 끊임없이 질문(질투에 가득 찬 질문은 항상 실수와 거짓말을 유도한다)하고, 비밀을 캐 그것을 무기 삼아 그를 자신의 울타리 안에 포획해두는 존재야말로 전형적인 모성적 초자아다. 동일한 일이 「폐쇄되는 도시」의 삼과 복에게도(유기된 아이들의 수거자 고현자 할머니에 의해), 「빛나는 상처」의 미애(그를 딸 삼겠다고 나서는 어떤 과부, 그리고 무엇보다도 죽어서도 집으로 돌아오는 사내의 엄마에 의해)에게도 일어난다.

그런 의미에서라면 그들이 설사 고전적인 가족 로망스의 도식에 따라 지금의 가족이 아닌 다른 가족에 안착한다 하더라도 항상 초자아는 회귀한다. 죽어서라도, 뼛가루의 형태로라도, 다시 돌아온다. 이유는 간단하다. 초자아는 그것에게서 벗어나려고 하는 주체의 외부가 아니라 바로 그 내부에 있기 때문이다. 그것이 자신의 내부에 있는 한 처소를 달리한다고 해서 초자아가 사라질 리는 없다. 내부에 있는 초자아의 영향력에서 벗어나지 않는 한, 라캉식으로 말해 대타자의 욕망과 '분리'되지 않는 한, 그들은 천생 어쩔 수 없이 '실수하는 인간'으로 살아갈 도리밖에 없다. 초자아는 주체의 실수를 먹고 자라기 때문이다.

3. 그런데 정작 실수는 누가 하는가?

그런데 그들은 '정말로' 실수하는가? 프로이트와 라캉과 지젝의 군대가 한국에 대대적으로 상륙한 이래로 우리는 이제 정신분석의 충실한 사도들이니, 저 '정말로'라는 부사를 '무의식적으로'라는 부사로 바꿔 읽어도 무방하겠다. 주체의 진리는 항상 무의식 쪽에 있다는 것이 정신분석이 설파하는 교훈이니 말이다. 가령 「실수하는 인간」에서 따온 다음의 구절들은 주인공의 행위를 실수라고 딱 부러지게 잘라 말할 수 있는 근거를 제공하는가, 아니면 그 역인가?

> 석원이 화분을 가져왔을 때 꽃처럼 생긴 푸른 잎사귀들은 탱탱하게 물을 머금고 있었다. 손가락 한 마디보다 작은 오동통한 잎사귀들은 자꾸 만지작거리는 그의 힘을 견디지 못하고 쉽게 물크러졌다. 진득하고 투명한 수액이 손가락에 감겨오는 순간 그 작은 것을 또 실수로 상하게 했다는 사실이 수치스러웠다. 다시는 만지지 않으리라 다짐했지만 자신도 모르는 새 남아 있는 잎사귀들을 자꾸만 만지작거렸다. (p. 125)

그의 아버지는 실수투성이의 그가 큰 사고를 쳐서 감

방에서 평생 썩게 될 거라고 악담을 퍼붓곤 했는데, 그 사고가 자신의 죽음이리라고는 상상하지 못했을 것이다. 석원은 아버지의 뒷머리에서 콸콸 쏟아지는 피를 보자 겁이 나면서도 기묘한 안도감을 느꼈다. 그는 쓰러져 있는 아버지를 향해 조용히 말했다.

실수예요, 아버지. 잘 아시잖아요.

아버지는 눈을 부릅뜬 채 대답하지 않았다. (p. 128)

아버지의 폭력을 경험한 이후로 생명력 있는 모든 것들을 증오하게 된 석원이, 반복적으로 식물들의 잎을 손으로 눌러 물크러지게 한 행동을 "자신도 모르는 새" 그랬다고 표현한다면, 우리는 그 말을 믿어야 할까? 게다가 아버지가 그 식물들을 유독 좋아하기까지 했다면 말이다. 자신의 발에 걸려 쓰러진 사다리에서 추락해 피를 콸콸 쏟으며 죽어가는 아버지 앞에서, 아무런 감정의 동요 없이 "실수예요, 아버지. 잘 아시잖아요"라고 꼭꼭 씹어 뱉는 석원의 저 말을 우리는 축자적 의미 그대로 읽어야 할까? 바로 그 아버지가 자신을 '실수하는 인간'으로 만든 장본인임을 익히 알고 있는데도 말이다. 아무리 실수하는 인간이라지만, 석원 역시 하나의 주체라면 그의 심리 대부분은 의식과 무의식으로 이루어져 있을 것이고, 프로이트의 말대로 의식은 무의식에 비할 때 빙산의 일각에 불과할진대, 석원은 지금 실수하고 있는 것이 아니다. 무의식은 결코 실수하는 법이 없다. 차라리 실수는 무의식이 유일하게 실수하지 않고 원하는 것을 얻어내는 방식이라고 하는 편이 맞다. 실수는 무의식의 진리이자 의도이고 존재 방식이다. 그러므로 석원은 지금 전혀 '실수하지 않는 인간'이다. 아마도 정소현의 소설 속 주인공들은 바로 그런 방식으로 초자아의 명령인 '실수하라'를 전혀 실수 없이 실현하는 주체들임에 틀림없을 것이다. 그들의 실수는 정확하게 대타자의 욕망을 실현하고 그것을 그들에게로 되돌려준다.

그렇다면 정작 실수는 누가 하는가? 대타자, 바로 초자아가 한다. 그러니까 소설 속 엄마들이 한다. 완벽주의자 할머니(「돌아오다」)가 하고, 경제적으로 무능력한 남편을 자살하게 만들고 아들로 하여금 아버지의 무능력을 비난하게 한 엄마(「지나간 미래」), 죽어서도 아들에 대한 걱정을 놓지 못해 뼛가루로라도 되돌아오는 엄마(「빛나는 상처」), 유아성욕자 남편에게서 딸을 보호하기 위해 혼혈아를 의붓딸로 들여 성적 착취를 방조한 엄마(「이곳에서 얼마나 먼」), 딸의 출생의 비밀을 지켜주기 위해 두 연인의 인생을 완전히 파괴해버린 엄마(「너를 닮은 사람」)가 한다. 의도와 무관하게, 그녀들은 자신도 모르는 채로 실수한 적이 있다.

어떤 실수인가? 자식들을 '실수하는 인간'으로 '호명'하면서, 정작 자신들은 스스로를 호명한 사회적 상징체계에 대해 한 번도 반성해본 적이 없다는 것, 그것이 그들의 실수다. 지젝의 말이다.

> 따라서 어머니의 과실은 단지 순순히 착취당하는 희생자의 역할을 감내하는 그녀의 비능동성에 있는 것이 아니라, 자신이 그런 역할의 수행으로 축소되는 사회적인 상징적인 네트워크를 능동적으로 부양한다는 데 있다.*

실수는 '엄마' 본인들이 한다. 그들이 실제로 부양에 성공하는 것은, 실수투성이인 아이들이 아니라 사회적이고 상징적인 '네트워크' 때문이다. 알튀세르식으로 간단히 말해 그들은 무의식적으로는 이데올로그들이다. 사회적 재생산에 유용한 이러저러한 규율들을 반성 없이 아이들에게 주입하는 기구의 부품이다. 그러므로 정소현의 소설 속에서 정작 실수는 엄마, 곧 모성적 초자아들이 한다. 자신의 욕망이 아니라 자신을 호명한 대타자의 욕망의 대리자

* 슬라보예 지젝, 『이데올로기라는 숭고한 대상』, 이수련 옮김, 인간사랑, 2002, p. 363.

로서 행동함으로써, 자신 역시 사회적 규율에 의해 호명당한 채 반성 없이 그것을 자식들에게 재부과함으로써, 그리하여 의식적으로는 실수투성이지만 무의식에 있어서는 결코 실수하지 않는 자들을 양산함으로써, 존재의 극히 일부분만 실수하는 인간일 뿐 주도면밀하게 실수하지 않는 정신증 환자들을 양산함으로써, 그들은 실수한다. 정소현의 가족 로망스적인 심리 드라마가 '사회적인 것'들과 만나는 지점이 여기다.

4. 결코 실수하지 않는 자들

정소현 소설 속에서 행해지는 모성적 초자아들의 실수는 두 가지 결과를 유발한다. 그 첫째는 원치 않게 '실수하지 않는 인간들'이라 불릴 만한, 사회적으로 지극히 무서운 주체들을 양산하고야 만다는 점이다. 「실수하는 인간」의 주인공 석원의 행로를 다시 따라가보자. 이제 와 상기해보니 그는 어떤 글 하나를 쓰고 있었다.

그는 2년이 넘도록 같은 문장을 반복해 써 내려갔다. '아버지를 죽였다. 실수였다, 아니다 실수가 아니었다,

아니다 실수였다……' 문장을 쓰다 보면 자신이 저지른 일이 실제로 일어난 일이 아니라 문장으로만 존재하는 일인 것처럼 느껴졌다. 그는 그 뒤에 쓸 문장을 생각해보았지만 어떻게 써야 앞의 문장이 주는 충격을 덜어낼 수 있을지 알 수 없었다. 날마다 규칙적으로 글을 쓰려고 노력했지만 좀처럼 진도가 나가지 않았다. (pp. 132~33)

전혀 실수가 아닌 실수로 아버지를 죽게 한 후, 그는 두 해가 넘도록 어떤 갈등 상태에 빠져 있었던 것으로 보인다. 아마도 그 갈등은 라캉의 용어로 표현하자면 '아버지의 이름'이 갖는 권위와 그것의 '폐제' 시도 간의 갈등으로 보인다. 특권적 기표로서의 아버지를 죽였으니 그는 자신이 부과한 상징적 질서에서 자유로울 수 있는 기회를 얻었다. 그럴 때 선택지는 두 가지다. (이제 살펴보게 될) 라캉이 유일하게 '윤리적'이라고 한 자살적 행위, 아니면 상징적 질서의 완전한 붕괴가 수반하는 '정신증'이 그것이다. 양자 사이에서의 결정은 이후에, 그러니까 모성적 초자아로부터의 분리까지 수행된 후에 이루어진다. 여인숙 여주인 살해가 그것이다.

부권이 약화되거나 부재할 때(가령 IMF 사태 이후의 한국처럼) 흔히 그렇듯이, 그녀가 어느 시점에서 석원에게는 모성적 초자아의 역할을 자임하고 나섰다는 사실은 앞서 지적한 바 있다. 여성 취객에 대한 또 한 차례의 '실수'가 감행된 후, 석원은 자신을 의심하게 된 여주인을 죽인다. 이 행위는 심리적인 의미에서 모성적 초자아와의 결별처럼 읽히는데, 왜냐하면 이후 두 해 동안이나 진척이 없던 예의 글에서의 '다음 문장'이 씌어지기 때문이다. 게다가 그 문장은 "앞의 문장이 주는 충격을 덜어"내는 것이 아니라 오히려 배가시키는 문장이기도 하다. 그는 이렇게 쓴다. '그에겐 두려울 것이 없었다'(p. 160).

다시 저 문장을 앞의 문장들과 나란히 놓고 읽어보면 이렇다. "아버지를 죽였다. 실수였다, 아니다 실수가 아니었다, 아니다 실수였다…… 그에겐 두려울 것이 없었다." 아버지를 죽였고, 그를 간섭하던 모성적 초자아에게서 분리된 주체가 저렇게 쓴다면, 그는 지극히 무서운 주체가 된 것이다. 게다가 저 문장은 앞의 문장들이 보여주는 갈등과 망설임을 일거에 제거해버리는 단호한 문장이기까지 하다. 아버지의 이름을 폐제한 주체는 상징적 질서 밖으로 이탈한 자이고, 그에게는 그 어떠한 법도 자신의 욕망보다 우선할 수 없다. 게다가 실수를 강요하는 대타자가 사라졌으므로 그는 실수할 리도 없다. 그야말로 파괴적이고 무서운 주체다.

아니나 다를까, 소설 말미는 그가 이제 실수와는 아예 거리가 먼, 치밀하고 용의주도하고 의식적인 연쇄살인마가 되었음을 보여주는 장면들로 채워진다. "그는 몇 개의 구멍을 깊이 파 화분 하나하나를 조심스럽게 묻고 돌아왔다. 그가 지금껏 가장 신경 써서 묻은 화분들이었다. 그녀를 모두 파묻는 데는 나흘이 걸렸다. 땅을 너무 얕게 파서 묻거나 비닐봉지와 함께 묻어 금세 눈에 띄게 하는 실수를 하지 않도록 조심했다"(p. 159). 그는 이제 '조심스럽게' '지금껏 가장 신경 써서' '나흘에 걸쳐' '금세 눈에 띄게 되는 실수를 하지 않도록 조심하는' 연쇄살인마다. 화분과 시신을 구별하지 못할 지경이니 그는 정신증자가 맞지만, 역설적으로 실수를 종용하는 초자아가 없으므로 정신증자에게 실수는 없다. 그는 이제 완전히 실수하지 않는 인간이 된 셈이다.

덧붙이자면, 자신의 악행(이 악행은 너무도 끔찍해서 줄거리를 요약하고 싶지 않을 정도다)을 모두 알고 있는 미술 교사를, 급발진 사고의 위장 가능성을 염두에 둔 채 차로 치어버리는 「너를 닮은 사람」의 주인공, 그리고 내내 자신이 믿어왔던 것과는 달리 혼혈아 제인이야말로 자신의 가족이 완전히 파괴해버린 희생자였다는 사실 앞에서, 동화 같은 망상 속으로 도피해버리고 마는 「이곳에서 얼마나 먼」의 주인공이, 석원과 한패거리에 속하는 인물들이다. 상징적 질서의 붕괴 앞에서 그들 모두가 정신증 속으로의 도피를 택한다는 점에서 그러한데, 정소현 소설은 이런 방식으로 IMF 이후의(실은 지젝이 말한 후기 자본주의 시기 전체의) 점증하는 폭력과 광기의 분출에 대한 심리학적 설명을 제공한다. 최종적으로 사회가 실수한다. 사회적 규율들의 과부하를 이겨내지 못해 상징적 질서 너머로 이탈한 정신증적 주체들을 양산함으로써, 자신의 내부에 자신을 부정하는 적대를 산출한다는 의미에서 그렇다.

5. 유기물들의 연대

비록 석원의 반사회적 행동이 개인사적 견지에서 이해할 만하고, 또 일견 통쾌함을 수반한다고는 하나, 그는 감당하기에는 너무도 무서운 (비)주체다. 아버지의 이름을 폐제하고, 모성적 초자아와도 분리됨으로써 상징적 질서 일반을 송두리째 부정해버린 주체는 더 이상 주체라 불릴 수도 없는 어떤 폭력과 충동의 덩어리에 불과할 것이기 때문이다. 석원과 그 패거리들이 정신증 속에서 해결해야 할 것, 또 누릴 것이 있다면 해결하고 누리게 내버려두자. 그러나 만약 상징적 질서의 완전한 파기 이외의 다른 대안이 필요하다면, 이제 정소현의 또 다른 인물에 대한 이야기를 해야 한다.

정소현 소설 속에서 모성적 초자아들이 저지르는 다른 실수의 두번째 결과는 사회 내에 바로 그 사회를 부정하는 '윤리적 주체' 또한 출현시킨다는 점이다. 「폐쇄되는 도시」의 삼이 그런 인물인데, 그녀도 자신이 내내 세워온 상징적 질서가 실재와 대면하게 되는 위기에 처한 적이 있다. 그녀 역시 자신이 속해 있다고 믿었던 상징적 질서 내에 제대로 기입되어본 적이 없는 존재, 곧 유기되거나 실종되어 기원을 알 수 없는 존재라는 사실에 직면해야만 하기 때문이다. 그러나 실재의 침입이라고도 부를 만한 이런 외상적 사태 앞에서 그녀는 석원과 달리 정신증 속으로 도피하지 않는다. 폭력과 충동 속으로 스스로를 내던지지도 않는다. 대신 어떤 자살적 행위를 감행한다. 가령 그 행위는 묵시록적인 현실 속에 버려진 유기물들과 함께 머물기로 작정하는 '결단'의 형태로 나타난다. 「폐쇄되는 도시」에 등장하는 C시(자꾸 'Corea City'의 약자로 읽고 싶어지는)의 풍경이다.

이주가 막바지에 이르렀다. 시민들은 대부분 빠져나갔고, 관공서도 모두 다른 도시로 임시 이전됐다. 숨어 있지 말고 모두 나갈 것을 권유하는 방송이 매시 정각에 시보처럼 거리에 울려 퍼졌다. 옆 도시의 경찰과 용역 업체까지 동원되어 빈집에 남아 있는 사람이 없는지 순찰했다. 주인이 떠난 빈집에 기거하던 부랑자들이 도시 밖으로 추방되었다. 시내버스 대부분은 폐선되었고, 기차와 시외버스의 운행 시간이 대폭 축소되었다. 거리에는 경찰차와 응급차, 재활용 쓰레기 수거 차량과 동물 보호 센터 차량들이 바쁘게 오갔다. (p. 112)

정소현의 소설에서는 예외적으로 사회적인 것이 뚜렷이 그 모습을 드러내는 장면인데, 여기저기 언급된 다른 정보들에 따르면, 30년 넘은 시민 아파트만 흉물스럽게 남아 있는 저 도시는 현재 재개발 중이고 주민들에게는 강제 이주 명령이 내려졌으며 버려진 개와 쓰레기 들, 그리고 유기된 '인간쓰레기'들(노인들)만 남아 있다. 풍경은 지극히 묵시록적이지만 또한 지극히 현실적이고 낯익기도 하다. 용산 이후로, 그리고 최근 묵시록적 상상력이 만연하게 된 이후로, 우리는 그런 풍경에 아주 익숙해졌다.

아마도 저 도시에 남아 있는 '수거 대상'으로서의 '인간쓰레기'(바우만)들이야말로 사회적 상징 질서에 기입될 수 없는 잔여, 곧 사회적 '실재'라고 불릴 만할 것이다. 그런데 주인공 삼은 처음에는 스스로를 '유기'가 아닌 '유괴'당한 존재로 여김으로써 저 버려진 것들의 일원이 되기를 거부한다. 대신 오랫동안 가족 로망스적 탐사를 지속하는데, 그 탐사는 동화 속에나 등장할 법한, 어떠한 초자아의 억압도 없는 '아이들의 집'을 찾는 여행을 연상시킨다. 그러나 결국 소설 말미에서 그녀가 발견하게 되는 것은, 그런 집은 더 이상 존재하지 않는다는 점, 자신은 바로 그런 집의 부재를 확인하러 여기 온 것에 불과하며, 외부에서 유괴된 존재가 아니라 처음부터 여기로 유기된 존재라는 사실이다. 삼은 원래 버려진 존재여서 천생 상징적 질서 내에 기입되지 못한 C시의 일원이다. 따라서, 이제 상징적 질서 바깥에 서게 된 그녀에게 주어지는 선택지 역시 「실수하는 인간」의 석원에게서와 마찬가지로 두 가지다. 여기서 그녀의 행로는 석원의 행로와 갈린다.

삼은 폐쇄 하루 전의 C시에 남는다. 그리고 유기된 할머니를 찾는 복과의 공동 탐사를 마다하지 않는다. 결국 그녀가 찾은 가족은 할머니와 복과 자신, 곧 유기된 자들이 이루는 어떤 희귀하고 자살적인 공동체다. 그녀는 2010년대 한국의 안티고네인 셈인데, 폐쇄되는 도시와 함께 영원히 버려질 것임에 틀림없는 존재들과 함께 머물기, 그 결단이야말로 라캉이 유일하게 '윤리적'이라 할 만하다고 지칭한 '자살적 행위'임에 틀림없을 것이기 때문이다. 또한 그런 의미에서라면 그녀 역시 결코 실수하지 않는 인간이기도 한데, 이는 어떤 억압도 존재하지 않은 '아이들의 집'이라는 환상, 곧 헛것으로서의 '대상 a'와 맺었던 환상적 관계를 청산하고 새로 탄생한 '주체'가 바로 그녀, 삼이기 때문이다.

6. 정신증과 윤리 사이에서

정소현의 소설은 이렇게 '석원'과 '삼' 사이에 있다. '석원'은 무섭고 감당하기 힘들지만 통쾌하고 매혹적이다. 그가 더 많은 화분들을 흙 속에 심더라도 한국 문학에 그다지 손해가 될 것처럼 보이지는 않는다. 왜냐하면 문학작품 속에서 어떤 악마적 인물은, 자신이 가진 위력을 기존의 세계를 파괴하는 데에 충분히 발휘하기 전까지는 사라지지 않고 견뎌주는 것이, 악을 어떤 진지한 탐구의 대상으로 승격시키면서 그 이름을 세상에 남기는 방식이기 때문이다. 『악령』의 스타브로긴이 오래오래 인구에 회자되는 이유다.

'삼'은 올바른 것들이 흔히 그렇듯이 온건하고 무력하나, 주체나 사회체에 필요하고도 설득 가능한 '윤리'의 모델을 제시한다. 그녀가 더 많은 유기된 '인간쓰레기'들과 접촉하더라도 역시 한국 문학에 손해가 될 것처럼 보이지는 않는다. 왜냐하면 문학작품 속에서 어떤 윤리적 인물은, 자신이 제안하는 이상적 인간상이나 사회상을 충분히 그려 보이기 전까지는 사라지지 않고 견뎌주는 것이, 선을 어떤 공동의 추구 대상으로 승격시키면서 그 이름을 세상에 남기는 방식이기 때문이다. 『백치』의 미쉬킨 공작이 오래오래 인구에 회자되는 이유다.

게다가 저 둘의 존재가 반드시 모순적이라고 보기도 힘든데, 스타브로긴과 미쉬킨 역시 한 작가가 탄생시킨 두 인물이기 때문이다. 신예 작가 정소현이 첫 창작집으로 단박에 이미 한국 문학의 가장 앞쪽에 위치한 두 갈래 길에서 서성거리고 있다는 말, 그래서 앞으로 무엇을 쓰건 믿음직하다는 말을 이렇게 하는 거다.

작가의 말

이제 한 시절의 문을 닫는다.

그 시절 들려오던 음악과 공기의 흐름, 골목들의 고마움, 좌절의 기특함과 지리멸렬했던 증오, 그리고 조용한 생활. 그것들은 이미 오래전에 사라지고 없는데, 난 그것들이 한때 거기 있었노라고 기록하느라 너무 오래 머물러 있었다.

그 시절을 통과하는 동안 나는 조금은 단단하고 담담한 사람이 되었고, 시간이 흘러가버리는 것이 아니라 내 안에 조용히 쌓인다는 것을 알았다. 시간이 흐르고 모든 것이 소멸을 향해 질주한다는 사실이 더는 두렵지 않다. 슬프지도 아쉽지도 않다.

그러므로 이제 용감하게 문을 닫고, 간다.

문 앞의 길이 어디로 이어지는지 모르겠지만 엄살 부리지 않고 긴 호흡으로 걸어가겠다.

평온한 마음으로 소설을 쓸 수 있는 건 재홍 덕택이다. 오랜 세월 한결같은 그가 없었다면 만성적인 불안을 떨쳐내지 못했을 것이다. 소설집이 묶이는 동안 얻은 두 딸, 은유와 은교. 이 작은 아이들의 체온과 살냄새가 마음을 놓이게 한다. 다정한 것들이 모두 내 곁에 있어줘 안심이다. 무엇보다 부모님의 느긋한 믿음과 물심양면의 도움이 없었다면 소설집은 영영 완성되지 못했을 것이다. 두 분의 깊은 사랑과 희생에 늘 감사드린다.

그리고 내 머릿속에 이미지로만 존재했던 책을 세상으로 끌어내준 문학과지성사, 민희 씨와 디자인 팀 두 분, 해설을 써준 김형중 선생님께 감사의 마음을 전한다.

마지막으로, 사랑하는 외할머니께 이 책을 바친다.

2012년 9월

정소현

나는 무언가에 마음을 잘 싣지 않는 사람, 무엇이 소중한지 잘 모르는 사람, 후회할 것을 알면서도 기어이 놓아버리는 사람이지만, 소설을 쓰고 싶다 생각했던 순간과 첫 책을 만들던 때의 마음만은 쉽사리 잊지 못한다.

그 시절로부터 멀리 온 줄 알았지만 내 마음은 여전하고, 세상도 여전하나, 똑같은 자리는 아닌 듯해 다행이다.

다시 함께해준 민희 님과 슬기 님, 새 옷을 기꺼이 입혀준 문학과지성사에 처음과 같은 감사를 보낸다.

2021년 가을의 시작

정소현

수록 작품 발표 지면

양장 제본서 전기 『문학과사회』 2008년 봄호

너를 닮은 사람 『현대문학』 2011년 1월호

폐쇄되는 도시 『창작과비평』 2008년 겨울호

실수하는 인간 『한국문학』 2010년 가을호

돌아오다 『문학과사회』 2009년 봄호

지나간 미래 〈문학웹진 뿔〉 2011년 4월호

이곳에서 얼마나 먼 『문학동네』 2009년 겨울호

빛나는 상처 『현대문학』 2008년 4월호